闘争の詩学

民主化運動の中の韓国文学

金明仁
渡辺直紀訳

藤原書店

日本の読者たちへ

このような言葉から始めたいと思います。「アンニョンハシムニカ？（お元気ですか）」。

この「アンニョンハシムニカ？」という言葉は、韓国ではもともとありふれた挨拶の言葉ですが、いまやただの平凡な挨拶言葉ではなくなりました。先日、韓国のとある大学生が、自分の大学の掲示板に、この挨拶の言葉で始まる文章を自ら書いて貼り出し、韓国社会に大きな反響を引き起こしました。その大学生はその文章（学生が学校に任意に掲示するこのような文章を韓国では「大字報」といいます）で、新自由主義の嵐の中で生存競争の死闘に駆られ、一日一日を苦痛と不安でかろうじて生き延びている韓国の普通の人々に、はたして「元気に」暮らしているかと訊ねました。世の中が何か誤った方向へ進んでいるのに、目をかくし、耳をふさぎ、口もふさいで、生存の戦場をさまよう人々に、はたして「元気に」暮らしているのかと近況を聞いたのです。はじめはただ、一大学の片隅に掲示されていただけの、この問いに対する世の中の人々の反応は、意外に熱いものだったと思います。はじめはその学生の大学の同級生たちが、その次はこの文章に接した普通の市民が、仔細にこの問いに返答しはじめると、その後、ある日刊新聞の紙面に毎日この「アンニョンハシムニカ?」というタイトルの文章が、しばらくの間、ほぼ定例のように掲載されていました。彼らの返事は一様に「元気ではありません」というものでした。

どうして元気なわけがあるでしょうか。私が暮らしている韓国社会は、これまで三〇年もの間、もしかしたら最も劇的な形で、いわゆる「民主化」というものを成就させ進展させてきた社会と言えるでしょう。しかし、その政治的民主化の三〇年は同時に、新自由主義的資本主義によって推し進められてきた経済社会的な反民主化の時期だったと言えます。多くの韓国人が軍部支配勢力を駆逐して成し遂げた政治的民主化の成就に酔っている間、韓国社会は悪性の市場資本主義といえる新自由主義体制とそのイデオロギーによって、深刻な病に冒されつつあります。それまで韓国の人々は、軍部の独裁下で政治的に沈黙を強要され人権を蹂躙され、構造的貧困のために苦痛を受けていましたが、少なくとも自らの現在や未来に対する存在論的な不安や恐怖を体験することはありませんでした。たとえ奴隷的な境遇ではあっても、仕事をすれば食べる物を得ることができましたし、またさらに多くの仕事をすれば、いつかは貧困から脱して人間らしい生活を送れるという希望を持つことはできました。持てる者の横暴はありましたが、持たざる者のすべてを奪ったりはしませんでしたし、人々の間には少なくとも同じ社会の構成員としての共同体意識は生きていて、誰かを完全な絶望に追い込むようなことはありませんでした。

ですが、今はすべてが変わりました。韓国社会はこれまでの三〇年間で、いつの時期よりも豊かになっていますが、もはやその豊かさを等しく分けるべきだという考えはなくなりました。以前、貧困は社会的救援の対象でしたが、いまや貧困は単に貧しい者の責任になりました。誰かが飢えるならば、誰かが失職するならば、誰かが自殺するならば、それは社会の責任でなく、単にその人自身の責任になりました。誰かが途方もない富を蓄積すれば、それは他の社会構成員がそうなるよう支援したからではなく、彼がうまくやったためであり、誰かが失職して破産すれば、それは社会がそのように仕向けたからではなく、彼が誤ったためであるという考えが蔓延しています。今、韓国の人々はみなが不安です。どのようなポストでもどのような職業でも安定できず、下手をすると一瞬にしてそのポストから追い出されるのではないかと恐れています。そして誰もそうなった人を助けたりはしません。それはその人の問題だというわけです。現在に対する不安と未来に対する恐怖、今、韓国の人々は、このような環境のなかで一日一日を生きています。元気なはずがありません。韓国の人々はようやく、自らが決して「元気」ではなく、また自らが「元気」でないのは自分自身のせいではなく世の中のせいだということを、自分一人の力では決して人生の安寧を守ることができないということを、はじめて悟り始めているようです。いまや韓国の人々は、その悟りをもってあらためてこの世を変えることを始めなければならないでしょう。

そのように「元気」でない韓国人のひとりとして、日本人であるみなさんにあらためてお聞きしたいと思います。「アンニョンハシムニカ？（お元気ですか）」。私は日本人ではなく、また日本のことを深く勉強したこともないので、日本社会のことはよく知りません。ですが、私の短い所見でも、日本や日本の人々もやはりさほど「元気」ではなさそうです。いや、単に元気でないのではなく、かなり元気を喪失しているようです。日本社会はたとえ相当期間、停滞の状態にあったとしても、アジア最高の「先進国」らしく、ながらく安定した国でした。一時「一億総中流」を豪語した社会だっただけに、日本の人々にとって人生の不安と恐怖というものは、さほどおなじみの感覚ではなかったでしょう。ですが、いまや日本の人々も、その長年の安寧の感覚から引き離され、まったくなじみのなかった不安と恐怖の世界へと引きずり込まれているのではないかと思います。二〇一一年三月一一日、私は、金曜日の午後の日常を破った韓国のテレビの緊急放送を通じて、東日本の海岸を途方もない津波が襲う光景と、福島の原子力発電所で爆発が起きる場面を、戦慄をもって目撃しました。私はその光景をテレビで見ながら、日本はおそらく再び以前の日々に戻ることはないだろうと考えました。地震と津波だけをもってしても、私たち韓国人としては想像すらできない災難であり、その傷を治癒するだけでも長い歳月のかかるつらい道程ですが、それでもそれはもしかしたら、時間が過ぎれば治癒が可能な傷かもしれません。ですが、地震と津波の後に続いた原子力発電所の爆発という事件は、これまで自然の威嚇によく耐えてきたと思われる日本の社会的な防御の壁が一気に崩壊した事件でした。日本はもはや、安全な国ではないという感覚、長年の安定感の裏で、怠惰と手抜きと危険が毒素のように蓄積され、ついに仮面を脱いでその醜悪な素顔をさらしてしまったというその感覚こそ、今後、長期にわたって日本の人々の生を威嚇する放射能の恐怖とともに、絶対多数の日本の人々にとって消し去ることのできない傷になったでしょう。

私は三・一一以降、数万人の日本の市民が原子力発電所の稼動の全面中断あるいは廃棄を主張して街頭に出たことをよく知っています。韓国でも著名な日本の評論家・柄谷行人氏がこのことについて「デモができる日本」と言って感激していましたが、私もやはりこのような日本の市民の決断と行動に深い感銘を受けました。それは単に「原子力発電所反対」だけを要求したことに終わるのではなく、原子力発電所の爆発という災難を起こさざるを得なかった日本の社会体制全体に対する更新の要求が結集したものと思ったからです。ですが、その決断と行動は、残念ながら日本全体を変化させるほどの意味のある結果につながらずにいると思います。そうではなく日本社会は、危機に直面した支配勢力が状況の反転のために試みる、古く危険な選択によって、今一度大きく動揺しているように見えます。最近、安倍晋三首相とその政権が示している日本の平和憲法に対する威嚇と好戦的な軍事化、東アジアの隣国に対する挑発的な敵対政策などは、三・一一で触発された日本社会内部の不安と危機を対外的な危機醸成を通じて隠そうとする、典型的なファシズム的戦略のように見えます。このことをよく知っている多くの日本の市民は、このような安倍政権の煽動戦略に簡単に振り回されないだろうと信じていますが、耐えがたい災難によって、不安や恐怖、あるいは無気力を感じざるを得ない、より多くの普通の日本の人々にとって、このような安倍政権の好戦的な動きは、もしかしたら古い国家主義の記憶を呼び起こし、相当な呼応を引き出しているかもしれません。私は、これは一種の「ストックホルム症候群」ではないかと考えてみました。人質犯に捕まった人質は、最初は人質犯に抵抗しますが、時間がたつにつれて自暴自棄の状態で人質犯に感情移入してしまう現象のことです。地震が起きて津波が襲い放射能に汚染されても、故郷と祖国を簡単に捨てて離れることのできない日本の人々には、このように不安な体制であっても、やむを得ずそれを信じて頼るしかない状態に置かれているのではないかと思うからです。おそらく韓国でこうしたことが発生するならば、私もやはり同じ態度を示さないとは言えないでしょう。私は最近、安倍政権の動きを不安に思えば思うほど、彼らの人質になってしまった日本の人々の苦痛と傷をさらに深く感じざるを得ません。

結局、韓国も日本もそれぞれ異なる理由でですが、まったく「元気」でない国、「元気」でない社会になってしまいました。そして両国の人々ともに、いつ終わるとも知れぬ、際限なく続く不安と恐怖の中で、まったく元気でない存在になってしまいました。「同病相憐れむ」です。日本の人々を嫌いになったことはありませんが、とはいえ、率直に言って特に好きだと思ったこともなかった私は、三・一一以降、急激に日本の人々が気になり始めました。誰かのことを考える時、胸が痛くなるならば、その人のことが好きだということではないでしょうか。私は元気でない国の一知識人として、それよりもはるかに元気でなくなってしまった隣国のみなさんに、言葉にならない憐憫と連帯感を感じるようになりました。どのような慰労とどのような激励が、みなさんにとって力になるかを考えるようになりました。それは苦痛の連帯です。傷の連帯です。私も胸が痛みますが、それよりも胸を痛めているみなさんとその痛みを分かち合いたいと思います。みなさんが元気でないことをよく知っています。ですが、ぜひその傷に打ち勝って元気になるよう祈ります。隣国の韓国の人々が不安と恐怖を蹴散らして再び立ち上がろうとするように、たとえ手に余る不安や恐怖の支配の下に置かれたとしても、みなさんもやはり再び立ち上がるだろうと信じています。立ち上がっているだろうと信じています。

このような時期に日本で私の著書の翻訳が刊行されることになりましたが、嬉しいという気持ちよりは、複雑で息苦しい気持ちの方が先行しています。韓国の文芸評論家が、単に韓国文学と韓国社会について語っている、本書に掲載された文章が、現在、未曾有の災難や不安と向き合っているみなさんにとって、どのような慰労や激励になるだろうかを考えると、今でも日本での本の刊行に気持ちが揺らぎます。そのうえ本書に掲載された私の文章は、現在の韓国社会に対する文章でもなく、長くて一〇年ほど、近くても七、八年前に書かれた文章で、最近のようにすべてが急変する世の中ではすでに有効性をなくしているかもしれない、きわめて古臭い文章の彫刻に過ぎません。ですが、にもかかわらず、結局、本書の出版に際して、私はまた日本語版への序文をみなさんに書いています。本書はみなさんにとっていかなる慰労や激励にもならず、さらに韓国文学と韓国社会についてさえ、いかなる最新の情報も提供できないかもしれませんが、本書を通じて隣国の一知識人が自らの社会の矛盾や問題をどのように理解し、その解決のためにどのように苦悩してきたかを読む間、もしかしたら日本のみなさんも、自らの社会が直面した問題に対してさらに深く考え、その解決のために苦悩できるようになるかもしれないという漠然とした期待だけが、私がこの僭越な著書を日本で刊行することに対する唯一の弁明になるだろうと思います。

遅れましたが、私の紹介を差し上げようと思います。私は一九八五年から二〇〇五年ごろまで二〇年余りの間「文芸評論家」として活動してきました。ですが、二〇〇五年ごろからは文芸評論を書いていないので、現在は「前」文芸評論家であるといえます。二〇〇五年に大学の教員になりましたが、大学の教員になったから文芸評論をやめたわけではありません。今でも私は文学が好きで、学生たちにも文学を熱心に教えています。ただ文芸評論家というものが、自らの同時代の作家が作り出した文学作品を評価して、これを読者たちに知らせる仕事をする人間であるならば、そのような点で私は、現代の文芸評論家ではないということです。私にとって文学は世の中を変える方法や道具の一つですが、少なくとも私が文芸評論を始めた一九八〇年代の韓国文学は、まさにそのようなものでした。文学とは美しさを追求する芸術領域ですが、その美しさは世の中の変革の中で最も輝かしいものだと私は信じていたので、世の中を変えようという自分の考えと文学を一つに結び付けることができました。ですが、九〇年代が去り、二〇〇〇年代へと進むうちに、韓国社会において文学は、いつの間にか世の中を変えることからますます遠ざかり、そのために韓国文学はますますその美しさを喪失するに至りました。世の中と対抗することの美しさを示し、今とは異なる世の中をみちびく熱い啓示でぎっしり埋まった文学が、いまやただ醜悪な世の中の一部として、ただ卑陋な兆候としてのみ残ることになったのです。私にはこのような文学に頼りながら、世の中を変える夢を見て、行動することはできませんでした。だから私は、同時代の韓国文学に興味を失うことになったのです。したがって今、私は、文学などに頼らずに世の中を変えることを夢見ます。そしてその夢を、私の言葉と私の文章で表現しようと日夜努力しています。世の中でいうところの文学が変わったのであるとすれば、私は、自分の言葉と自分の文章で自分の文学をするということです。

本書でみなさんが読むことになる文章は、私がまだ文芸評論家であった時のものです。私が同時代の韓国文学に対して幻滅を感じ始めていた時期であり、まだ同時代の韓国文学に対する未練を払拭してしまうことができなかった時期、つまり文芸評論家としての私の最後の時期の文章です。同時にその時期は、韓国社会が民主化の疲労に突入し始めた時期です。民主化がすべてを変えると信じた純真さを、新自由主義の支配秩序があざ笑い始めた時期でした。二〇〇七年に私が韓国で出した評論集のタイトルのように、この時期は「幻滅の文学、背反の民主主義」の時期でした。ですから、ここに掲載された文章は概して憂鬱で悲観的です。ですが、今になってあらためて読んでみると、これらの文章にはそれでもロマンチックな楽観主義がいくらかは残っているようです。この時期はそれでも盧武鉉《ノムヒョン》大統領が政権にあった「民主政府」の時期でした。その後、詐欺師まがいの李明博《イミョンバク》氏や、独裁者の娘・朴槿恵《パククネ》が政権を連続してにぎり、韓国社会はそれ以前の時期よりはるかに悪化し、はるかに憂鬱かつ悲観的になりました。ですが、闇が深くなれば夜明けも近いのだとすれば、もしかしたらこの闇と憂鬱と悲観は、ふたたび希望の火がともされる前兆なのかもしれません。私は韓国社会を支配するこの闇と憂鬱と悲観を、みなさんの国、日本社会を支配している闇と憂鬱と悲観のとなりに並べて、これをみなさんと分かち合いたいと思います。そしてまた、そのなかで、困難ではあるけれど希望の前兆を見出すことを、ともにやっていきたいと思います。そのことが、私が不充分このうえない本書を出すもう一つの理由です。私はみなさんの名前も顔もわかりませんが、心の深いところでみなさんの名前を呼び、みなさんの顔を思い出すことができます。なぜならば、私はみなさんであり、みなさんは私だからです。私たちはこの苦痛のなかでひとつだからです。

もう一度お聞きします。アンニョンハシムニカ？　ぜひお元気でいらしてください。

（追伸）私の数少ない日本の友人の努力がなかったとすれば、本書がみなさんの書斎に並ぶことはなかったでしょう。まず、ほとんど偶然のように出会った私を過分に評価し、私の文章を集めて本を出す決心をしてくれた藤原書店社長の藤原良雄氏、今は職場を移られたが、やはり藤原書店在職時に私の書いたものに過分な共感と支持を下さった西泰志氏、そして難渋で身勝手な私の乱文を超人的な努力で精製し日本語に翻訳して下さった武蔵大学の渡辺直紀氏がその方々です。そして今は韓国に帰ってきていますが、早稲田大学の客員教授であった当時、私を藤原書店に紹介してくれた金應教氏（現・淑明女子大）の役割も、やはりなくてはならないものでした。それから、直接お目にかかることはありませんでしたが、今回、本書の編集の実務にあたられ、最後まで責任を持って一冊の評論集としての内容と体裁を整えてくれた藤原書店編集部の小枝冬実さんにも感謝せざるを得ません。私とともにこの方たちをぜひご記憶下されればと思います。

二〇一四年三月一一日

東日本大震災と福島原子力発電所の
事故が起きて三年になる日に

金明仁《キムミョンイン》

闘争の詩学　目次

日本の読者たちへ　I

第1章　一九八七年、そしてその後

——革命と反動、共同体と個人の間、六月抗争二〇周年を語る——　19

第2章　光州民衆抗争とは何だったのか

——韓国民主化の敵としてのアメリカ、そして韓国の現在——　56

第3章　新しい時代の文学の抵抗のために　74

闘争の詩学

民主化運動の中の韓国文学

第1章　一九八七年、そしてその後

——革命と反動、共同体と個人の間、六月抗争二〇周年を語る——

1　プロローグ——ある自画像

このように生きていていいのだろうか？

やや感傷的な問いではあるが、少なくとも三十代になってから、一度たりともこの問いから自由ではなかった。一九八七年——この年をピークに文学評論家として世に名を知られるようになり、大学院に入って修士、博士の学位を取って非常勤講師となり、季刊誌の編集主幹となり、文学を教える大学の教員になって本を七冊も出したが、一度も自らがきちんと生きていると思ったことがない。懸命に生きてこなかったというわけではない。世俗的な意味で私は常に懸命に生きてきた。ときおり自らが同年配の他の人間より二倍は生きているかもしれないと思う時もある。しかし懸命に生きていると考える時、このように生きていてもいいのかという問いは、より頻繁にはげしく私を襲い、その悪夢のために私は夜中に目を覚ますことも茶飯事だった。

大学の教員になってからもう二年ほどになる。大学の教員になった時、私は自らがいま分かれ道の一方に進み入ったことを悟った。大学の教員になった瞬間、私はこれ以上自由なルンペンの人生を歩めなくなったのである。いかなる組織や位階秩序にもこだわらずに、自ら想像し自ら行動する人生はもう終わったと思った。大学の教員となるならばその道を進むのであり、もしそうでなければ、すべての公的な生活から引き上げて、まったく違った人生を生きると心に決めていたのが、ちょうどその頃だったので、もし大学に就職できなかったら、私はおそらくその時「このように生きていてもいいのか？」という長年の問いから自由になる機会をつかんだかもしれないのである。

しかし私は大学の教員となった。そしてこれが私の道なのであれば、もしかしたら進んでいたかもしれないもう一つの道に未練を残すことなどするまいと思った。どうせこの道に立ち入ったのならば、大学教員としての人生をまっとうに生きてみようと思った。それは勉強し、また教える者としての人生であり、学び教えることを通じて自分自身を全面的に実現していくような人生を生きることを意味した。それは当然のことながら、拘束されることでもあるが、その拘束を能動的に受け入れ昇華させて、新たな自由の領域を開拓することでもあった。それを職業的インテリゲンチャとしての人生と名付けることができるかもしれない。

最初の年度は成功だった。講義時間は増えたが非常勤講師の時よりずっと多くの本を読んだし、より多くのものを書いたし、より忠実に講義の準備をしたし、新たな指導学生とも熱っぽく交流した。その一方で長い間、霧のように不透明だった私の現実世界に対する立場も明瞭になり、私の知識機械はまるで新たに潤滑油を注入されたように、円滑かつ躍動的に動き始めた。夜の一二時となり、一日の読書を終えたある日、真っ暗闇の研究室の窓外を眺めながら、「生きている」という充実感に身を震わせもした。

しかし、不幸にもそのような赴任初年度の感激的な経験が、おだやかに持続可能なものでないということを悟るには、さほど長い時間を必要としなかった。大学はもはや往時の象牙の塔ではなかった。あれほど充実感にあふれた一年目を過ごし、二年目に入って学科長の職責を担うようになって各種の学校雑務に忙殺されるようになり、あれこれの研究プロジェクトの受注に対する有形・無形の圧迫と、また一方で、著書の刊行、論文の発表など、研究業績の目標達成に対する強迫は、奇妙な反比例関係を形成し、私の日常を締め付けはじめた。各種の政府機関や学校当局から研究プロジェクトを受注するために提案書を作り、プロジェクトを受注した後に研究費を管理し、研究員や大学院生を激励しながら報告書を作るなど、プロジェクトの形式を整えることが、当のそのプロジェクトの本質である研究自体のために投入する時間の大部分を食い、研究の質的内容の確保をおびやかす本末転倒の状況の中へと、いつの間にか陥ることとなったのである。昨年から自らの考えと関係なく、いわゆる「ＢＫ21（Brain Korea 21）事業団所属教授」となった私にとって、このような状況は日常的な現実となってしまった。

これまで一〇年の間に、国家は学術振興財団の研究プロジェクトやＢＫ21などの差別配分的な支援事業などを通じて大学を統制し、所属の教員にそのようなプロジェクト受注を迫る一貫体制が大学を支配するようになり、また一方で量的な研究成果による昇進・昇給体系や再任用政策によって、大学教員の身分的な不安定さが増すことで、大学は決定的に市場システムの支配下に置かれるようになった。一昨年、大学に就職した私は、まさにそのシステムの中に組み込まれてしまったのである。

それればかりではない。私が在職する師範大学〔教育学部〕は、また他の意味で韓国の大学教育の矛盾を拡大再生産する現場だった。大学よりひと足先に機能主義的な教育理論の犠牲となった中等教育体制に、教師という人材を供給しなければならない師範大学の文学担当の教員としても、私は少なからぬ心痛を感じている。入試競争中心の反人文的な学校風土の中で高等学校を終え、安定した職業としての中学教師の職を得るために、大学に入って正教師の資格を取り、採用試験に合格して、また反人文的な学校現場の教師として出ていくことになる学生に対して、人文学としての文学を教えることはつらいに違いない。学生が高等学校で学んだことや採用試験が要求することと、また彼らが将来働くことになる学校現場で強制されることは、すべて文学を道具にした浅薄で機能主義的な試験技術、教育技術にすぎない状況において、私は狭量かつ陳腐にも、文学を通じた世界に対する批判的省察と、人間に対する深い理解をひとり力説しているありさまなのである。

このように大学全体が国家と資本による市場システムに掌握され、市場が要求する「人的資源」とイデオロギーを生産する人間工場に転落していく状況において、はたして「大学の教員としての人生をまっとうに生きてみよう」という私の赴任当初の決心は、一体どのような意味を持つのだろうかと深刻に疑わざるを得なくなった。大学内に研究室を初めて与えられ、机と書棚を入れ、そこに本を一杯満たして椅子に座った時、この八坪余りの空間がこれから塹壕になるだろうか、監獄になるだろうか、墓場になるだろうかと自問してみた。幸いにもまだ墓場にはなっていない。私の意識だけは依然としてまっとうだからである。赴任初日を過ごし、もしかしたら塹壕になるかもしれないという気はした。しかし二年の歳月を過ごしてみると、この空間が監獄になっていくという気持ちが強く頭をもたげはじめた。国家や資本がいくばくかの金を握らせて、私に対して市場イデオロギーを受け入れ、それを再生産しろと強制し、一日の半分以上を大企業の社員のようにせわしく電話にしがみつき、書類を持ってもたもたと歩き、たび重なる会議に喘がなければばならない状況であってみれば、この研究室は監獄といわれても仕方がない。

このように生きていてもいいのだろうか？

大学教員としての赴任とともに、しばらく休んでいたその問いがまた息を吹き返しはじめた。一九八七年一二月にあの初めての挫折を経験し、また一九九一年の、振り返ることもつらいあの没落以降、二〇年近い歳月の間、私を押さえ付けてきた悪夢にも似たあの問いが、である。その二〇年近い歳月は、私にはどのように生きてもきちんと生きたとはいえないような歳月だった。何か根本的な問題を解決できずに、常に周辺だけをうろうろする人生の連続だった。人生で解決できずに後回しにしてしまったことなどは、絶対にそのまま立ち消えになってしまうわけがない。必ずまた自分のところに戻ってきて、まるで血も涙もない高利貸業者のように債務の返済を要求したり、あるいは復讐したりするに決まっている。今、またあのドアの向こうに、黒い仮面をかぶった生涯の債権者が立っている。これまでの二〇年間、私はどのような債務をどれほど負ったのだろうか。

2　これまでの世の中の話——小さな革命、大きな反動

一九八七年に対する省察

振り返ってみれば、一九八七年六月の民衆抗争がもたらした変化が革命的だったことは事実である。四・一九学生革命（一九六〇年）の記憶よりも光州《クァンジュ》民衆抗争（一九八〇年）の記憶の方がより近い私としては、七〇年代末から軍事独裁勢力と闘争はしてきたが、勝利できる闘争などというものは根本的にあり得なかった。朴正熙が暗殺されて訪れたいわゆる「ソウルの春」が、単に目前に迫る新軍部勢力の血生臭い権力奪取の計画のための前奏にすぎなかったことを、あまりにも骨身にしみて悟っていたために、朴鍾哲《パクジョンチョル》や李韓烈《イハンニョル》の致死事件などとともに爆発的に高揚した全国的な民衆抗争が最終的に新軍部の降服を引き出す場面を目撃しても、また再び迫ってくるかもしれない反動の影をまずは懸念しなければならなかった。しかし少なくとも懸念された暴力的反動クーデターは起きなかった。つまり一九八七年を契機に韓国社会は、軍部クーデターという後進国型政治変動との断絶に成功したのである。いわゆる「政治の文民化」を達成しただけでも確かに革命的変化であった。

権威主義の遺習を廃止し、大統領直選制を勝ち取り、各種の反民主的な悪法を改廃し、過去の清算に着手し、平和的な政権交代をなしとげたこと――このような政治的民主化の不可逆的な戦取だけでも「革命」と呼ぶに値する。また、充分満足に値する水準ではなかったが、市民に政治的自由を与え、社会心理的な解放を経験させ、下からの民主主義文化の形成の土台を作ったということ、また労働運動の領域において正常な労組活動の領域が一般的に保障されたということも、一九八七年とその後の変化を革命的であるといえる大きな理由となる。

しかし、この六月の抗争とその後の変化が示した革命性は、その背後で作動していたさらに大きな反動によって、その窮極的な発現が制約されざるを得ない、制限された革命性であった。六月の抗争を経て、韓国社会は長年の宿願だった政治的民主化の不可逆的な達成に成功した。それは一国的な観点から見るならば、数多くの犠牲と苦痛を支払った大きな革命的成就に違いないが、資本主義世界体制の観点からマクロ的に見るならば、一九八〇年代に入って本格化した新自由主義世界体制の要求が韓国社会に貫徹された結果にすぎなかった。世界資本主義が自国保護主義を基調にしたブレトンウッズ体制から、一九七〇年代後半の危機を経てサッチャーリズムやレーガノミックスに象徴される世界的規模の自由貿易体制へと変化する過程で起きた付随的な効果の一つが、朴正熙―全斗煥軍部体制の崩壊と政治的自由化、韓国資本主義の開放化だったのである。もちろんここに、一九八〇年代末から九〇年代初にかけての現実の社会主義の敗北と崩壊による冷戦体制の解体と、それによるアメリカの朝鮮半島の管理スタイルの変化という状況的条件も見逃すことはできないだろう。

新自由主義世界体制は、七〇年代後半あたりから、中南米を含め自己運動の全地球的な拡張に障害となる、世界各国の古い政治経済諸体制を一つずつ除去しはじめた。韓国の場合も、アメリカの東アジア冷戦戦略上の主な拠点という点で、その速度が一定程度遅かった点はあるものの、結果的には同じ道を歩まざるを得なかった。日本から原資材や資本財を輸入し生産した商品をアメリカに輸出して支えられる韓国の三角貿易体制は、アメリカが韓国の国家独占資本体制を支える装置であり、軍事独裁勢力は根本的にこのような物的基礎によってのみ存在が可能だったのである。だが冷戦体制の崩壊とアメリカ経済の新自由主義への移行は、韓国の閉鎖的な保護経済とは両立し得なかった。アメリカを拠点とする海外資本と軍事独裁体制というインキュベーターにおいて、ある程度、自生的な成長力を確保した韓国内の独占資本は、新自由主義世界体制の要求に合わせて韓国の古い政治的パートナーを交代したのである。

もちろんその再編過程は円滑ではなかった。一九八〇年の光州における虐殺―抗争はその過程の危機をよく示している。権威的で閉鎖的な軍事独裁の慣性は依然として強固な力を維持しており、この慣性を急激に無力化させて政治的文民化（自由化）を構築する過程において、一九六〇年の四・一九学生革命以降、長年にわたって蓄積されてきた韓国社会の民族・民主的な力量がいかなる変数として登場し、韓国支配ブロックの順調な再編を阻むのかは未知数だった。一九八〇年春の韓国社会の民衆的動向は、充分に革命的とはいえないまでも、彼らに脅威を与えるには充分だったといえる。光州における虐殺―抗争は、まさにこのように支配ブロック再編の速度を調節しようとするアメリカの意図と、これまで間隙を利用して韓国の権力を掌握しようとした新軍部勢力の欲望が妥協点を見出したところで発生した悲劇的な事件だった。

以降、一九八〇年代の基本的流れは、このように自らの再編過程を完成し、韓国社会を新自由主義世界体制に服属させようとする支配ブロックの意図と、アメリカや新軍部勢力によって民主化の希望を剥奪されながら民衆・民主主義的な急進化の道へと進んだ被支配ブロックの抵抗が拮抗する過程だったといえる。そして、その拮抗と葛藤がふたたび爆発的な形で噴出したのがまさに一九八七年であり六月の抗争だったのである。クーデターと虐殺を通じて権力を奪い取ったものの正当性を確保できなかった新軍部権力は、被支配民衆の漸増する抵抗と急進化する要求を効率的に統制する能力を持たなかったが、これはまさに朴鍾哲、李韓烈の殺害とずさんな官制スパイ作り、大統領直選制固守などと無茶な形で表現され、このような政治権力では体制安定を維持できないと判断した支配ブロックは、ふたたび第二次再編過程の手順を取ることとなる。一九八七年六月二九日の民主化宣言と改憲、そしてその年の冬の大統領選挙がまさにそれであった。

その年の大統領選挙で金大中《キムデジュン》―金泳三《キムヨンサム》の二人の候補が一本化できず、漁夫の利のようにずさんな文民偽装劇を演じた新軍部勢力の盧泰愚《ノテウ》が当選したことは、ありとあらゆる陰謀や不正選挙の結果として見ようと、あるいは偶然を装った歴史の悪知恵と見ようと、結果的に支配ブロックにとっては自らの二次再編を成功裡にまとめた「快挙」であったといえる。先に私はこの敗北の経験を「初めての挫折」だったといったが、実際にそれは単純な個人的挫折以上の歴史的意味を持つ事件だった。第一に、この大統領選挙によって支配ブロックは、一九六〇年の四・一九学生革命以来、韓国民衆の長年の民族的・民衆的・民主的な念願を、手続的な民主主義の実現という制限された範疇に収斂することに成功した。第二に、このことをもって支配ブロックは、軍事独裁による暴力的支配方式からヘゲモニー的支配方式への成功的な転換をなしとげた。第三に、その反対として以前までの反軍事独裁の単一の隊列のもとに結集していた民主化運動勢力は、政局の主導権を喪失するとともに徐々に分裂の道へと向かうこととなった。

そして先進国への仲間入りの幻想をあおった一九八八年のソウルオリンピックや海外旅行自由化などの開放化の開始、不動産ブームや全斗煥《チョンドゥファン》政権期以来の好況、南北朝鮮の政府間における平和統一三原則の宣布、マスコミ・出版・集会・結社など政治的民主主義の表面的な保障など、支配ブロックの柔軟化戦略は、一般国民大衆からそれまでの抵抗的パトスを相当部分奪いとり、政治的武装解除の誘導に成功したといえる。そして折よく全世界的に現実の社会主義諸国が連鎖的に崩壊するという大事件が立て続けに起こることで、ただでさえヘゲモニー喪失の危機を病んでいた民衆民主主義の運動勢力の内部では、清算と分裂、転向と急進化など、破綻的な諸様相が見られるようになり、イデオロギー戦線において全面的な守勢化をきたすこととなる。

歴代民主政権の本質

一九九二年に金泳三大統領によるいわゆる「文民政府」が誕生したが、これもまた周知のように、俗に「野合」といわれる民自・民主・共和の三党合同という変則的過程を通過したものである。これはいわゆる民主化勢力にとっては、既存の支配ブロックのヘゲモニー便乗への追認を得るための屈辱的な通過儀礼に他ならなかった。これは支配ブロックの亀裂や動揺を生んだのではなく、民主化勢力の亀裂や動揺、支配ブロックへの投降を生んだのであり、その点でこれは支配ブロックの外延拡大と包摂と考えざるを得ない。このように誕生した「文民政府」は、軍部粛清、金融実名制、前職大統領の逮捕・起訴など、旧体制の清算や民主化の拡張をはたしたが、これもまた長い目で見れば、新自由主義体制の定着のための政治社会的な地盤固めの過程であり、支配ブロックの体質改善の過程にすぎなかったのである。なぜならば、このような諸措置は外見上「民主改革」の様相を帯びていたが、事実上は韓国社会が国家独占資本体制から新自由主義的な開放体制へと移行するためにも、やはり必須かつ必要な「自由主義的改革」だったからである。

実際に文民政府期の最大の変化は、このような「民主化改革」というよりは、このような整地作業を土台にＯＥＣＤに加入して「先進国」隊列の末席に連なり、一九九五年にスタートしたＷＴＯに加入して、いわゆるグローバリゼーションの流れに編入されていったことと、またそれに合わせて「競争力」や「グローバリゼーション」イデオロギーが積極的に拡がりはじめたものと見るべきである。特に「グローバリゼーションを前提にした国家競争力強化」のイデオロギー、「グローバルスタンダード」イデオロギーの拡がりや主流化は、朴正熙《バクチョンヒ》式の国家統合イデオロギーにとっても、その対抗言説であった民衆・民主主義言説にとっても、ともに存在した強い集団主義や共同体主義の伝統を形骸化させ、現在、韓国社会を支配している市場自由主義的な個人主義を育てたイデオロギー的な培養器であった。この文民政府は結局、政権末期に相次いで起こった不正事件はもちろんのこと、労働法・国家安全企画部法の国会強行採決を契機にその反民衆性を露呈して、ゼネストという民衆的抵抗に直面することとなり、産業のリストラやグローバリゼーションなど、急激な新自由主義政策の導入の産物であると同時に、新自由主義世界資本の韓国経済に対する馴致プロジェクトともいえるＩＭＦ事態をもたらすに至る。

一九九八年に今度はいわゆる「最初の水平的な政権交代」を通じて、金大中《キムデジュン》を首班とする「国民政府」がスタートする。もちろんこれもまた金鍾泌《キムジョンピル》の共和党との地域連合戦術を通じたもので、「民主化勢力」の純粋な自力によるものではなかった。しかしこの選挙は、八〇年代の新軍部政権のスタート以来、民正党・民自党・新韓国党とつながる垂直的な政権交代の連鎖を断ち切って権力のシフトを果たしたということだけでも、また金大中個人の長年の闘争の間、秘蔵するであろうと信じていた「隠しカード」に対する予感だけでも、少なからぬ期待を引き起こしたことは事実である。

しかし、このような期待は出だしからはずれた。最初の三年間の「国民政府」は、事実上、ＩＭＦ非常事態政権だった。三年でＩＭＦ管理体制から「卒業」はしたが、その過程で韓国経済は二度と戻れない川を渡ってしまった。企業の連鎖倒産や労働者の大量解雇、企業を海外に廉価で売却するなどの嵐を経て、韓国経済は新自由主義世界体制の支配に完全に包摂されるに至ったのである。この過程で「民主的市場経済論」という名のいわゆるＤＪノミックスは「民主主義と市場経済の並行発展論」へと密かに変質し、結局、国家と社会の市場経済に対する統制は放棄されるに至る。それは市場における競争において脱落したり、あるいは脱落せざるを得ない経済的弱者に対する社会的配慮と、競争で勝ったり、あるいは勝たざるを得ない経済的強者に対する社会的牽制の同時的な放棄であり、他の言葉でいえば、経済民主主義に対する放棄を意味している。

ならば「国民政府」の下で経済民主主義が放棄された代わりに、社会政治的な民主主義は開花したのだろうか？　経済民主主義が放棄された社会において他の民主主義が可能だという考えは単純である。民主主義は直接民主主義でも代議制民主主義でも、社会構成員の利害関係を合理的に調整し最大多数の最大幸福を追求することにある。ここで最大幸福の絶対条件が生活のための物質的土台の確保であるとする時、経済民主主義は民主主義の窮極的な成功のための絶対条件である。経済民主主義が放棄されて勝者が独占する経済体制が固着していく社会は金権社会にならざるを得ない。金権社会は事実上、貴族政であって民主共和制とはいえないのである。このような社会において政治というものは支配層内部の権力と金力の配分ゲームにすぎず、民主制度というものはその配分ゲームの形式にすぎないのである。国民の政府が市場の社会的統制を放棄した時、政治の寡頭化と民主主義の虚構化はすでに予定されていたのであり、民衆の生活は政界の外に投げ捨てられる運命だったのである。

盧武鉉《ノムヒョン》の「参与政府」と同様に、金大中の「国民政府」も保守的なマスコミを含めた守旧勢力の抵抗を改革失敗の大きな原因として主張したが、すでに根本的な革命的変化の不可能性と自らの物的土台の健在を看破した守旧勢力が、その力を背景に、いかなる物的土台も持つことができない見かけだけの「民主政権」に対して、政治社会的な影響力を強力に行使し、ことごとに改革政策にブレーキをかけるのはあまりにも当然のことといえる。

このように経済と政治の部門における民主主義の実現に失敗した「国民政府」が、その代わりに最も力を入れたのが、「太陽政策」という対北朝鮮和解政策であった。そしてそれが南北朝鮮の緊張と冷戦的な敵対性を緩和し、平和的な方法による分断克服の原則を確立し、朝鮮半島問題でこれまで疎外されていた韓国政府を周辺諸国と対等な主体にまで引き上げたという点は認めるに値する。しかしこの部分も無条件に高く評価できるわけではない。まず九〇年代以降、北朝鮮の事情はそれ以前とはかなり変化があったという点を考えなければならない。九〇年代初にソビエト・ロシアや東欧社会主義諸国の崩壊をピークに北朝鮮の国力は著しく弱まったが、このことによって彼らが以前のように強力な自主性を主張したり対外的な敵対政策を固守したりすることが不可能になったのは事実である。だから北朝鮮は、自らの体制を能動的に変化させられないとしても、以前まで敵対的だった相手との対話と和解を模索しなければ、一つの国家としての存立自体が難しい状況だということを、彼らも把握していたと考えなければならない。

このような点で「太陽政策」が本当に分断状況の葛藤や難関を突破した画期的な戦略であったかどうかには異論の余地がある。むしろ太陽政策は、六〇～八〇年代の軍事独裁政権の南北間の敵対的な相互依存政策と本質上、何ら異なるところのない「非敵対的な相互依存政策」であったような気がする。そしてそのような点から見れば、これもまた分断体制の管理戦略の一つにすぎず、分断体制の克服戦略としての積極的な意味は持ち得ないだろうと思うのである。冷戦的な軍事独裁期には、南北朝鮮の平和と和解を追求することが、まさに韓国の反民主政権に対する抵抗であると同時に冷戦体制に対する拒否として、また分断体制（分断によって維持・管理される体制という意味で）に対する挑戦としての意味を持ったといえる。だが、脱冷戦期であると同時に、北朝鮮の政権が決定的に弱体化した条件における「文民政府」の時期には、平和と和解の追求というものは、これ以上、分断体制の窮極的な止揚のための必要十分な戦略にはなり得ないのである。

窮極的な水準において分断という条件が南北朝鮮の両体制の性格を規定しているのは事実だが、分断克服が両体制内部の矛盾を解決する万能の新薬にはなり得ない。場合によっては、分断状況の解消あるいは克服はそれなりに進みながらも、両体制の内部の矛盾や問題は温存され、はなはだしくは拡大再生産される可能性もある。分断体制論を主張した白楽晴《ペクナクチョン》の議論によれば、分断体制とは現在の資本主義世界体制の下位体制だが、現在のように資本主義世界体制の決定力が場合によっては分断状況すら解消できるほどに強い時期には、分断克服運動というものも世界体制の運動論理に包摂され、その進歩性が色あせる可能性も高いのである。端的にいえば、新自由主義世界資本の運動論理によって南北分断が解消され、南北朝鮮の体制がともに分断という媒介なく新自由主義世界体制に編入される場合、これまでの分断克服の過程がまさに世界体制に対する一つの意味ある離脱・抵抗の過程となるかもしれないという素朴な希望は、水泡に帰してしまうのである。

「太陽政策」などの和解・協力政策は、これ以上、韓国の支配ブロックにとって脅威にならない、韓国社会の本質的な変革課題とは大きく関連のない戦略になってしまったといえる。だから「国民政府」は、新自由主義に対する全面的投降と民主改革の失敗にもかかわらず、「太陽政策」だけには大きな抵抗なく全力投球できたし、二〇〇〇年の南北首脳会談や六・一五共同宣言という結果を作り出すことができたのである。

とにかく韓国の支配勢力は、金泳三の「文民政府」、金大中の「国民政府」の期間を通じて、いわゆる「民主化勢力」という社会勢力が、窮極的に既存の支配秩序を決定的に転覆させうる力と意志を持った勢力ではないということを確認し、その限りにおいて、その勢力が政権を取ることが、多少居心地が悪くはあっても決して不利なものではないということも切実に理解した。また二〇〇二年の大統領選挙も、あの劇的な展開過程にもかかわらず、結果的にはこのような事実を確認させたにすぎなかった。盧武鉉政権――つまり「参与政府」も、韓国社会の既存の支配構造を揺るがす土台レベルの変革プログラムを準備したり、最低限、新自由主義的な基調に逆ったりしないかぎり、支配ブロックにとっては、その残余の部分において起こりうる些細な葛藤や紛争程度は「コップの中の嵐」にすぎない、いくらでも耐えられるものだった。そのうえ盧武鉉政権は、長期的な社会的イッシューや国家的展望を提示したり、これを段階的に進めていくことができず、支配ブロックとの構造的な妥協と表面的な葛藤の間を行き来しながら、民主政権の最大の土台といえる倫理的ヘゲモニーと道徳的正当性すら失墜させ、いわゆる「民主化勢力」の破産を引き起こしたといえる。

ならば結論的に、はたしてこれまでの二〇年は単なる「反動の歳月」だったのだろうか。それはイエスともノーともいえるだろう。もう少し長い目で見れば、その二〇年は韓国社会で初めてブルジョア民主主義革命が完成した時期と見ることもできる。革命は「経済的土台と上部構造の不整合状態を矯正する歴史的な変動過程」であるという古典的な定義によるならば、一九八七年の市民抗争は、韓国資本主義が初めてその発展にふさわしい政治社会的な諸構造を構築する確固たる契機になったという点において、四・一九学生革命以来のブルジョア民主主義革命の課題が完遂された時点だといえるだろう。ただそれがあまりに遅れたという点が問題なのである。

韓国のブルジョア支配階級は、植民地の遺制や軍事独裁、外国勢力などによって生まれたが、同時にそれらと相応に対立しながら今日のような自律的領域を確保し、ついには自らのヘゲモニーの下に韓国社会の政治社会的な再編をはたしたといえる。学生や知識人、労働者・農民・都市貧民らは、時には彼ら資本家階級と対立し、時には協力しながら、これまで数十年の間、古い上部構造の解体（つまり民主化）をはたしたが、結局、その最大の受恵者は資本家階級であることが明らかになった。そして現在は、資本家階級のヘゲモニーに政治社会的な上部構造（形式的・制度的な民主化）はもちろんのこと、イデオロギー領域（新自由主義的な市場主義イデオロギー）も従属した状態になってしまった。

しかし、この革命はあまりにも遅かったために反動的にならざるを得ない。韓国の資本主義はその発展の恩恵を民衆的に共有する、いかなる社会的牽制装置もなく、ただちに新自由主義的世界体制の中に編入され、その結果、韓国資本主義の今日を作り上げた絶対多数の労働者、農民などの民衆は、豊かさの中の貧困という奈落の底に真っ逆さまに転落しているのである。後発資本主義国家としての韓国において、近代的ブルジョア民族国家への統合過程は、他でもない、つまりその解体過程だったのである。

3　これまでの私、あるいは私たちの物語——共同体から個人へ

希望と疲労の記憶

一九八七年という年に、私は三十歳で、人文社会科学系の専門出版社の編集長、文芸評論家として活動していた。しいて言うならば汎民衆民主主義系列（PD——People's Democracy）的な性向を持っていたが、特定の党派や運動組織に属さず、文学者団体に参加しながら部門運動としての文学運動に携わっていると自ら考えていた。朴鍾哲《パクジョンチョル》拷問致死事件があり、四・一三護憲措置（大統領間接選挙制を固守し国民の期待に背いた）があり、街頭闘争が展開されているなか、李韓烈《イハンニョル》の死によってその抗争が劇的に高揚し、ついに六・二九民主化宣言で長年の軍事独裁体制が崩壊する時、私は一人の市民抗争の主体としてその局面に参加してはいたものの、同時に一歩距離をおいてその状況を観照してもいた。

当時の私にとって一九八七年の市民抗争は、いまだ本格的な革命的高揚を告げる出来事ではなかった。新軍部の政権は危機に直面し、大衆の反政府闘争はますます果敢かつ激烈にはなったが、その闘争は依然として学生や知識人、在野勢力中心の闘争であり、労働者階級を含めた基層の民衆が、自らの利害関係を越える政治的覚醒に及ぶことはなかったからである。そしてそのような

闘争の熱気は、新軍部の権力喪失とともにただちに冷えきってしまうだろうと思われた。それはすでにそれより七年以上も前に、朴正煕の死とその後の状況が教えたところのものでもあった。

重要なのは労働者階級の動向だった。私の主な関心事は、常にいつ労働者階級が階級的覚醒を通じて革命的組織を遂げ、ついには革命的状況を演出するかにあった。一九六〇年の四・一九学生革命も一九七九年の釜山・馬山抗争も、またそれにつづく一九八〇年のソウルの春も光州民衆抗争も、結局、労働者階級の組織的闘争につながることなく失敗したと私は固く信じていた。一九八七年の六月も労働者階級の進出はなく、結局は単に新軍部政権の失脚ともう一つのブルジョア権力の樹立に帰結するだけだと私は眺めていた。六月のアスファルトは熱く、学生、市民らがスクラムを組んで進む街頭、耳元に聞こえる民衆歌謡『朝露《アチムイスル》』の合唱の声は、私にも恍惚かつ美しいものではあったが、それはやがて訪れるさらに大きな解放の交響楽に比べれば、単に軽やかな前奏曲にとどまっていた。

一九八七年の六・二九民主化宣言が軍事独裁体制の終焉を告げたその頃、街頭は民主抗争の勝利に湧き立ち、無料のビールがあふれ、新たな時代に対するあらゆるうわさが市井を流れる間、私はこのように拡がった合法的な運動空間を通じて、どうすれば労働者階級の革命的進出を導き出せるかを懸命に考えた。戦線的民衆運動組織を基礎にした新たな政治勢力が労働者階級の進出のための道を開き、その条件の中で革命的な労働者階級運動が爆発的に成長するべきだった。そ

李韓烈の永訣式に参加した後、運柩について行進した学生たちや市民たちがソウル・市庁前広場に集まっている（1987 年 7 月 9 日）
（提供）京郷新聞社・民主化運動記念事業会

のためにそれまで韓国の民族民主運動に貫徹していた小市民階級の主導性は、一時も早く民衆の主導性に取って代わらねばならなかった。私はその考えを一篇の評論として書いた。「知識人文学の危機と新たな民族文学の構想」（一九八七年）がそれだった。

その評論を脱稿した年の七月、市民抗争の勝利を知らせるラッパの音が長い余韻とともに残る頃、ついに韓国の労働者階級が長年の沈黙を破って歴史の全面に登場しはじめた。七・八月の労働者大闘争が始まったのである。私はこのように劇的に、しかしながらきわめてタイムリーに来るべきものがきたという思いに嗚咽しそうであった。蔚山《ウルサン》で、馬山《マサン》で、九老《クロ》で、仁《イン》川《チョン》で、全国各地の多様な公団や工場で、「特に重化学工業の男性労働者集団において」（階級革命言説にまで浸透したこの頑強な男根主義の痕跡！）、ほとんど毎日、民主労組結成闘争の知らせが聞こえ、各種の消息紙や雑誌、労働現場の文芸作品や文化公演が、沈黙の海から湧き起ころうとする労働者文化の強力な力をそのまま生き生きと伝えていた。労働者階級はいまや、このような闘争の中で遠からず、長い間すくんでいた姿勢を伸ばし、偉大な跳躍を遂げるかのように思えた。大闘争は九月が過ぎる前に政府の弾圧政策によって消滅したが、この時に成立した労働関係法の民主的改正は、不充分ながらもそれ以降の階級運動の展開過程に重要な跳躍台になるだろうと予想されたし、何よりも労働者階級の意識上の変化にかける期待は小さなものではなかった。

だが、実際にその労働者大闘争は、私が期待したような階級闘争の前哨戦ではなかった。それは単に労働現場における、一般社会に比べて遅れたもう一つの民主抗争にすぎず、労働法改正を通じて形式的な民主主義が労働現場でもある程度、貫徹されると、その生命力もまさに消滅した。それもまた結局、ブルジョア民主主義革命としての一九八七年革命の本質的性格に包摂された出来事にすぎなかったのである。もちろんこのような民主的土台の確立は、階級闘争の展開過程にも重要な土台になるものだが、そのためにはおびただしく飛躍的な量と質の転換の契機が絶対的に要求されるのである。しかし、韓国資本主義の持続的成長は資本家階級をして、労働者階級の革命的転換を限界的に抑制させるほどの余力は保障し続けてきており、新自由主義論理の貫徹とともにやってきた労働柔軟化という悪条件が、より一層、資本による労働の包摂、あるいは非敵対的な依存関係を強化している状況において、はたして労働者階級はその本質的な進歩性を維持できるかどうか疑わざるを得ないのである。

その年の一二月に改定憲法による大統領直接選挙があり、歴史の奸智は金泳三・金大中という二人の金氏の分裂という意匠をまとって絶妙に自らを実現した。その夜明けの失望と憂鬱は今も記憶に鮮明なほどつらいものではあったが、二人の金氏のうちの一人が当選するより、もしかしたらもっと早く革命的状況がくるかもしれないという思いで自らを慰めた。しかしその冬が過ぎ、新軍部のナンバー2である盧泰愚《ノテウ》が「普通の人」を自ら任じて大統領となり、なぜだかすべてが以前のようではなかった。わずか数か月前に大衆の絶対的支持を受けた民主化運動勢力は、また大衆から孤立したまま、民主化された社会で法外に過激な要求をする急進勢力として見なされはじめ、大衆は昨日のことは忘れて日常に戻りオリンピックに熱狂し、急騰する不動産の価格に神経を尖らせた。

私の記憶が正確ならば、この時から「運動圏」という言葉が登場しはじめた。それは「私たち」が自らを命名するために作ったものではなく、他の誰かが作った言葉である。その用語は民主化運動勢力、あるいはそれ以上の根本的な目的意識を持って現状態（status quo）を変革しようとする社会勢力、特に知識人や学生集団を一般市民大衆と分けて呼称するために使われた。この用語の誕生自体が、一九八七年の大統領選挙、あるいはそれ以前の六・二九宣言をピークに、韓国の支配ブロックが抵抗勢力から社会変化のヘゲモニーと大衆の支持を奪い取り、抵抗勢力を大衆から分離させることに成功したことを意味する。その後これまで運動圏は一度も大衆から「私たちのために、私たちの側で」戦う正義ある人々という認識を獲得できなかったといっても過言ではない。その言葉とともに「私たち」は主体から他者になってしまったのである。

民主化と民主化以降の変革を夢見たこの「私たち」の挫折と喪失感、また社会的他者化は、意識と行動における急進・過激化につながりやすいものである。そのうえ光州抗争以降、八〇年代にかけて新軍事独裁政権との闘争にほとんどすべてをかけた私たち「運動圏」には、それまでの急進的な慣性も無視できないものだった。正当性も伝統も持つことができなかった支配ブロックの立場では、安定的なブルジョア政権以前の過渡的政権にすぎない第五共和国の新軍部政権〔全斗煥政権〕との対決の意味を、私たちは無限に拡張していった。この政権との戦いにおいて、植民地時代以来のすべての階級矛盾と民族矛盾は終焉しなければならず、その戦いが終わる日にこの地には「労働者階級が主人となる統一された近代民族国家」が樹立されていなければならなかった。光州における虐殺を阻むことができず、あの時あの場所にともにいることができなかったという負債意識と、それに正比例する全斗煥政権に対する憎悪感がそうさせたのだが、情緒的情熱と科学的な冷静さはいつまでも均衡をとることができなかった。私たちはあの時、みな精神的な「特攻隊」であった。

この時期、通時的には全人類史の、共時的には全世界の革命理論がおそらくほとんどみな流入しただろうが、そのうちで最も正統的で最も速戦即決的なボルシェビズムと、現実的可能性という面で最も可能性のある北朝鮮の主体《チュチェ》革命理論が二大主流を占めたことは、この時の私たちの精神的な性急さに照らしてみた時、自然な帰結だったといえる。一九九一年に急進的な運動圏の首を締めてきた公安政局の渦の中で、明知大の学生・姜敬大《カンギョンデ》の死を筆頭に続いた死の行列は、私たち内部に潜在していた、この傷ついた特攻隊的衝動と関連がないとはいえない。現在、また振り返れば、あの時、金芝河《キムジハ》が「死の巫祭などやめてしまえ」と叫んだのは、私たち内部に確かに存在した、あの乾いたタナトスに対する生命論者の切迫した詩の警告として充分に受け入れられるべきものだった。

その頃もう一つの衝撃があった。ソビエト・ロシアを含めた東欧社会主義諸国の連鎖的崩壊だった。それは実際に社会主義の仮面をかぶった国家資本主義が、資本主義世界体制の力学関係の中で競争力を喪失することで引き起こされた一種の連鎖的な国家破産現象にすぎないものだったが、当時としては「現前する展望」であり「実在するオルタナティブ」だった社会主義諸国の没落は、私のような純粋でファンダメンタルな社会主義者には何ともいえない衝撃だった。そしてその衝撃は、まるで私たちが社会主義を受け入れる時と同様に、科学的な検証の過程もなく、一つのパトスとして受け入れられた側面があった。まさに泣きたい時に頬をひっぱたかれたのも同様だった。

　ただでさえ長い間、苦心してきた変革運動が、支配ブロックによって形式的民主主義の復元という形態へと変質を余儀なくされ、運動勢力は社会的ヘゲモニーの喪失という困難に直面している状態で、この現実社会主義の崩壊という知らせは、「運動圏」の内的解体を加速化させる触媒の役割をはたした。社会主義が崩壊し、そのために展望を失って運動を清算するのではなく、運動を清算したいところに、折よく現実の社会主義の崩壊という言い訳ができたというのが事態の本質だった。

　私の場合も同じだった。「民衆的民族文学」という（私の観点では最も現実整合的だった）批評的準拠を持って、「（小）市民的民族文学」、「民主主義民族文学—労働解放文学」、そして「自主的民族文学」などの「右寄り」あるいは「左寄り」的な論理（いま考えればおかしな分類だが）と論争をする一方、労働者階級大衆を含めた基層民衆の文学的・文化的解放のための実践的企画を模索したが、常に観念が先んじて実践には至らず、現実はまったく異なった論理によって進んでいった。何よりも疲労感が問題だった。低迷期の疲労感といえばかなり贅沢な表現かもしれないが、まるで伝染病のように「私たち」の間では、マゾヒスティックになったりサディスティックになったり、あるいはサド／マゾ的な症状が拡がっていって、虚無と冷笑が決意と実践よりも常に先んじていた。これではいけないと思いながら、私も自らへの虐待と自らへの憐憫の間を往復しながら、公的な自我という長い間使い慣れていたペルソナを失っていった。

野蛮な世の中、無力な個人

しばらくして私は疎遠になっていく「運動」とその関係を断ち、やがて批評自体をやめた。そして大学院という内的な亡命地を選択した。他の人間もほぼ同じだった。会社に就職したり、商売を始めたり、高級専門職試験の準備をしたり、留学に行ったり、政界をあちこちのぞいたり、それとも潜伏したりと、みんなバラバラに散らばってそれぞれの生きる道を歩んだ。「それぞれの生きる道を探しもとめる!」——この言葉ほど、当時の私たちの状況を赤裸々に示す言葉を他に見つけにくい。いまや「私たち」は解体され、みな「私」だけが残り、自らの生きる道を探しに出た。

この変わり果てた世の中を生きて行くためには、共同体的な連帯や規律などかなぐり捨てて、裸一貫の孤立した個人とならねばならなかった。新しく再編された支配ブロックは、「ここに政治的民主主義と経済的自由主義として新装開店した、すばらしい新世界が開かれている」と、過去の暗い記憶はあのすらりとした記念塔と気障りな補償金の中に埋葬してしまい、一緒にあの素敵な新世界へ行こうと誘惑の手を伸ばしてきた。ただその新世界に行くためには条件があった。個人資格という条件である。

私たちが一九八〇年代から一九九〇年代へと進む過程は、まさに集団（共同体）から個人へと進む過程だった。韓国の近代史を振り返る時、民族、民衆、階級、家族などの集団的主体の運命も苛酷だったが、「近代的個人」の運命もずいぶんと険しかったのは事実である。私たちは近代を生産するはつらつとしたブルジョア的個人を持つ機会がなく、私たち各自ははてしなく集団の一員としてのみ扱われてきた。ときおり「個人」を発見し主張する思想的・文学的な突出がなかったわけではないが、その場合、たいていは罵倒や処罰、あるいは呪咀が待っているだけだった。

一九九〇年代以降の個人の発見、あるいは発現は、このような点から見れば「抑圧されたものの回帰」としての切迫性があると思う。しかしその個人の発見の前史と後史をよく見ると、その「回帰」は不幸なものだった。もともと近代的個人の誕生は前近代的な抑圧的集団性からの脱出と転覆を意味するものである。ならば一九九〇年代の個人はいったい何からの脱出と転覆の産物だったのだろうか。それは抑圧的な軍事独裁体制と国家独占資本体制が作り出した「国民」という全体主義的集団性と、その全体主義に対して戦う過程で形成された「民衆」という集団性からの、二重の脱出の産物だったのだといえる。ならば、はたして一九九〇年代の「個人」は、国民であることと民衆であることを本当に対自的に乗り越えた、目覚めた主体としての個人だっただろうか。その答えは否定的である。国民であることは充分に克服されず、民衆であることは充分に実現され得なかったからである。

そのような状態で性急に過剰決定された「個人」は、一九九〇年代以降の新自由主義的市場体制というもう一つの全体主義的支配体制の中で、孤立した労働者かつ消費者として根本的に他律的にしか自らを実現できない一つの「単子」的な存在となったにすぎない。このような脈絡から見る時、私は、一九九〇年代以来、韓国社会で強力な知的潮流を形成してきた各種の「ポスト」言説は、それが近代の疲弊した「ポストモダン的な個人」を前提としているという点で、私たちには依然としてアナクロニズム的な言説だという考えを打ち消すことができない。

一方、私が大学院に亡命し、いかなる教義にも依拠しないまま、ひたすら実存的主体の力だけで世の中の重荷に耐えようという古い十九世紀的な個人訓練をしているうちに、外の世界では「市民運動」という形式の大衆運動が新たに定着していた。人権、女性、環境、教育、消費者、多様な形態の政府監視など、いわゆる非政府機構の運動や多様な形の市民キャンペーン運動がまさにそれである。それらは早い速度で過去の民族民主運動に取って替わっていった。そして多くの「運動圏」がこの新たな領域で民主化以降の社会における自らの役割を発見したかのように思われた。この運動は一九九〇年代序盤の「呪われた転換期」(私の考えだが)を過ごす間、私たちが陥っていた虚無と冷笑、無気力と清算主義を身軽に越えて、支配ブロックの一方的な独走に対する牽制体制を構築したという点で、決してその意義を無視できない運動形態だった。

しかし、それ以前の運動とこの新たな市民運動には決定的な違いがあった。それは本質的に階級運動でも革命運動でもないという点である。資本家階級の窮極的支配とヘゲモニーに挑戦せず、「労働者階級的な党派性」を受け入れないという点で、階級運動ではなく市民社会(ブルジョア社会)運動であり、現状態の急激な変革を期待も準備もしていないという点で、革命運動ではなく改良運動だということである。そしてもう一つ付け加えるならば、それは権力の獲得を目的にしないという点で政治運動でもない。

この点では九〇年代以降の労働運動も同じだといえる。労働者大闘争とその結果である労働法の民主的改正を契機に、労働運動は組織的に大きく成長し、一九九六年の労働法改悪阻止ゼネストを遂行して、制度政党である民主労働党を建設し、高水準の政治闘争力まで備えたが、そこには確かに八〇年代的な革命性が欠けていた。現在の労働運動が現在のように国家や資本家階級に包摂され、資本家階級のパートナーとしての事実上の非敵対的な依存関係を再生産するにとどまり、資本がつねに生成する新たな周辺部(非正規職および外国人労働者、第三世界の労働者階級)に対する搾取に寄生する現実を変えることができないならば、それもまた多くの市民運動の一分派を越えることはできないだろう。

もちろん、このような一九九〇年代の市民運動や制度化された労働運動の、それ以前の運動との差異をそのままひっくり返して、「権力獲得を目的にした革命的階級運動」と命名し、それ以前の運動の性格がまさにそうだったのかといえば、その答えはそう簡単ではない。それ以前の運動は情緒的・観念的には過激だったが、本質上、民主化運動にすぎず、ならば民主化をはたした後に、より「クールな」市民運動へと転換していくのは自然なことだからである。そして事実上「権力獲得のための革命的階級運動」というものは、八〇年代の急進的な運動圏にとって対内的には公然のことだったが、対外的には隠すべきことだったのであり、また現在は陳腐で古臭くなり、むしろ笑い話にさえなってしまった一つの「夢想」にすぎなかったことでもある。

だが、その夢想の中には、百や千の市民運動でもすべてを区分することができない強力な力があった。それは現状態に対する本源的拒否の力である。それが国家独占資本主義であれ、新自由主義的な世界資本主義であれ、人間が人間を搾取して疎外する世の中の土台と上部構造全体を総体的に変革すべきだという、非妥協的な精神の力がその核心にはあった。一九九〇年代以降の市民運動にはこのような力が欠けている。そしてこのような力が欠けているかぎり、市民運動と労働運動はその批判的・牽制的機能の重要さにもかかわらず、永遠にブルジョア支配社会の周辺部的な付属物として存在せざるを得ないのである。

たしかに一九九〇年代のほとんどすべてを自閉的な状態で過ごし、二〇〇〇年代に入ってようやく少しずつ自分自身と世界の関係に対する具体的省察に赴くことができるようになった私のような存在に比べれば、その期間、献身的に市民運動的な実践に携わった人々ははるかに解放された存在であり、より主体的な人間だった。はなはだしくは相対的に開放された現実政治の領域で、支配ブロックの専横を牽制するために政界に跳びこんだ元運動圏も、たかだか一つの大学教員のポストを見つけた私よりは、道徳的・倫理的により優位に違いない。私はむしろそのような日常的実践の領域において一歩退いた知的観照者にすぎない。ただ私は、その知的観照を通じて、「現状態」を肯定することにとどまってはいられないという結論を下し、「現状態」を越えなければならないという前提の上に、世の中と自分自身を解釈し、再構成しているだけである。

現在、世界は新自由主義的な資本主義体制の全面的支配の下に置かれている。その支配は無限開発と無限競争という市場自由主義イデオロギーを全面に掲げ、資本の運動を阻むすべての障害や境界を撤廃し、人間と地球に属するすべてのものを商品化し植民化し搾取している。一国的資本主義の相対的な自律性がある程度保障された以前の時期までは、それすら少しは可能だった共同体的感覚と、それによる市場に対する社会的牽制は、世界資本主義の無差別的拡散と攻撃によってつねに武装解除を迫られ、一国的規模の富が世界的規模の富として拡大再生産されるほどに、一国的次元の貧困も世界的次元の貧困として拡大再生産されている。そして何よりも最大の問題は、このようなすべてのことがまるで「世の中の法則 the way of the world」として受け入れられ、多くの人々がこの法則に疑問を提起するよりは、この法則に喜んで投降する側に立っているという事実である。

もちろん二〇〇〇年代に入り、このような暗澹たる現実の中でこの野蛮な世界に抗い、新たな世界の倫理と論理を主張しようとする動きも徐々に力を得てきているように思える。全世界的に拡大している反グローバリゼーション、あるいは下からのグローバリゼーション運動や反米運動、エコフェミニズム、マイノリティー運動、再解釈されるアナーキズムやトロツキズムなどは、この世界の「現状態」を越えるための世界的レベルの理論的・実践的努力として、私たちに示唆するところが大きい。のみならずこの運動と言説は、私たちの問題の全世界的連関性——解釈と実践の両面における——を先鋭に提起しながら、これまで私たちが抱えてきた一国主義的な傲慢と無知を大きく反省させている。

結論的に言えば、現在、私と私たちは、圧倒的に反動的に違いないこの世界の「現状態」を受け入れるか、あるいは拒否するかという、認識論的かつ存在論的な岐路に立っているのである。では、どちらの側に立つべきだろうか？

4 エピローグ——ふたたび解放のために

恋愛すら思いきりできず、好きな音楽に没頭することすらも時には罪責感の原因になった若い日を過ごした私としては、はばかることなく自らの人生を歩んでいく新たな世代のすべての足取りの一つ一つが、本当に羨ましいと感じられる時が多い。そしてそのようなことを思うたびに、それでも私と私たちの世代が命すらかなぐり捨てて戦い、このように世の中を変えたからこそ、あのような自由が可能になったのだと自らを慰めてみる。

しかしながら、本当にあの若者たちが自らの人生に対する、自らの運命に対する決定権を持っているか、それはもしかしたら幻想ではないかという考えがふと頭をよぎる。いわゆる一流大学を出たおかげで、運動をしても、刑務所に行ってきても、その気にさえなればまた就職し大学院にも行き、大学教員や専門職について……だからあの若者たちもプチブル的な人生の条件を受け継ぎ、やはり自分がやりたい勉強や趣味に没頭して、留学も自分が決めた通りに行ったりできるのではないか思うと、急に頭に血が上ったりもする。

二〇年前、いや三〇年前に、貧しくて力がないために、同じ人間に抑圧されていたあの人々——まさに「民衆」(!)と彼らの子供たちも、はたして何はばかりりなく自らの人生を歩んでいけるようになったのだろうかという問いに対して、どれほど自信を持ってそうだといえるだろうか。無限競争と適者生存の論理だけがはびこるこの新自由主義の地獄の道の中で、はたして彼らと彼らの二世、三世は一度でも同じスタートラインに立ったことがあっただろうか。ある人はかなり素朴で感傷的な問いだというが、私はまだこの問いの前で一度たりとも堂々としていられたことがなく、それは今もまったく変わりない。だが、たとえ裕福な両親のもとで育ったとか、本当に見るに忍びない劣悪な競争を通過して、ようやくこの社会の上層二〇%、あるいは一〇%

の中に入った人間だとしても、それがはたして幸せだろうか。彼らの生や意識も八〇%の不幸と交換したものならば、決して堂々としていられたり幸せだったりするはずはないではないか。またその二〇%の生を維持するために、あるいは少しでもその二〇%に近づくために、人間がまるで牛馬や機械のように自らの生のすべての他の可能性を担保に取られ、資本の奴隷となってあえぐ人生が、地獄ではなくて何であろうか。

この世の中が構造的に絶対多数の不幸と絶対少数の幸福、また窮極的にはすべての存在の不幸を生産する世界だということが確かならば、私はこのような世の中に同意できない。せいぜいのところ、このような世の中を作るために、あのように長年、涙を流して胸を痛め、踏み付けられ拷問されて刑務所に行ってきたのか思うと、二度と耐えられなくなる。このように生きていてもいいのかという問いが、ますます頭をよぎる。決してこのように生きていくことはできないのである。

集団の狂気に振り回されず、覚醒した個人の主体性を堅持しながらも、人と人の間、人とすべての生命の間の共同体的な連帯意識をふたたび回復すること、また人間を事物化して地球上のすべてのものを搾取と商品化の対象とし、窮極的にそのすべての存在を枯渇させ荒廃させる、この巨大な野蛮の流れを止めなければならない。人間も他の生きとし生ける物も、自らの生と他者の生の自由と解放を獲得するまで戦わなければならない。

これまでの二〇年間、私のそばをうろついていた生涯の債権者にそろそろ負債を返す約束をしなければならない。もちろん一括払いは不可能である。しかしあの歳月の向こうに埋もれた希望の銀行口座をふたたび復活させ、私たちの見果てぬ夢を増殖させ実現させれば、いつかはその負債をすべて返すことができるだろう。それでも未練が残るので最後にもう一度聞く。中間の選択はないだろうか。一方ではこのおかしな世界の大勢を認めながら、そのなかで次善の策を見つけることは不可能だろうか。――長い間考えてみたが、それは不可能のようである。その方法はどの道に進んでも偽善かつ欺瞞とならざるを得ない。世界を変えなければならないという、現状態を拒否しなければならないという目的意識を持って生きることと、現状態を認めて変えることができないという意識を持って生きることはかなり異なるからである。はてしなくこの世界の外部を思惟し、他の世界に思いを致さないかぎり、またこの世界を自分自身の内部から拒否しないかぎり、この世界は絶対によくならないからである。

この世界の外部はない。なぜなら私たちは事実上、この犯罪的世界の共謀者だからである。しかしこの世界の外部はある。なぜなら私たちは常に懐疑し省察して、他の世界を夢見る存在だからである。これが一九八七年以降、二〇年近い歳月の間、私の切迫した存在論が教えた教訓である。

（二〇〇七年）

第2章 光州民衆抗争とは何だったのか

――韓国民主化の敵としてのアメリカ、そして韓国の現在――

事件の記念と忘却

――一九八〇年五月一八日に起きた光州《クァンジュ》事件。隣国で起きた事件であるのに、日本人には現在、ひとつ理解できていないところがあります。本日は、韓国の気鋭の批評家である金明仁さんに、事件についてご教示いただきたいと思います。まず事件で、何人ぐらいの方がお亡くなりになったのでしょうか。

公式には六〇〇名と言われていますが、まだ正確には明らかにされていません。実はまだ仲間の中にも行方不明者が多く、それよりはもっと多いと想像しています。ただ私も正確にはわかりません。しかし本質的には、そのような数の問題ではありません。仮に六〇〇名だとしても、こんなことはあり得ない、軍人が市民六〇〇人を殺したということは……。

――光州事件とは何だったのかと、事件の問い直しはなされているのでしょうか。

セミナー、学術会議、シンポジウム……どれももう本当にたくさんなされてきました。そしていまや国家にも受け入れられて、広大な記念墓地公園がつくられ、また国家自らがわれわれのような者に「光州民主化有功者」として証明書を発行し、電車の無料パスを配布したり、補償金を与えたりしています。しかし問題は、そのようになることで、「現在としての光州」ではなく、もはや「過去の光州」として、その時の記憶が失われつつあることです。

――「記念する」ことが「忘却する」ことになってしまっている……。

ええ、そのようなふうに、事件があたかも過去に埋葬されてしまうことの方が問題です。顕在化されるのではなく、過去のものにされつつある。ここに、一九九七年以降(金大中政権以降)の「民主化」の問題が現れているように私は思うのですが、詳しい説明は後でいたします。

事件の本質とアメリカの存在

そもそもこの事件はどういう事件だったか。一九八〇年五月一八日に起きたこの事件に対して、現在では「光州民主化運動」という公式の名前があります。それに対し、民主化運動に参加した光州の人々は、これを「光州民衆抗争」と呼んでいます。あるいは、いろいろな立場があって難しいからということで、単に「五・一八」と言ったりもします。アメリカの「九・一一」や日本の「二・二六」のようにです。

しかし私の考えでは、これは「光州虐殺」、ジェノサイドだと思います。「民主化運動」や「民衆抗争」でも意味は通じますが、本来の核心、ポイントを突いてはいない。ポイントは虐殺であって、ですから私は「光州虐殺事件」と言いたいのです。

「民主化運動」と国家は言うけれども、民主化運動そのものは、光州事件だけでなく、一九七〇年代から一九九〇年末までずっと続いていました。また「抗争」という言葉も、これは本来、「何かに対して対抗する」という意味のはずです。しかし、何に対して闘ったのか。闘った相手は、もともと意図していた相手ではなかったのです。思いもしなかった虐殺が突然、眼前で繰り広げられ、そして結果として新軍部独裁体制に対して闘ったということ、そこがポイントです。では新軍部勢力は、どうしてそうした虐殺を行ったのか。そこでアメリカが問題になります。軍の指揮権は、当時アメリカが握っていたからです。そのアメリカが虐殺を容認したのか。そこに問題の本質があると思います。

アメリカに対し新軍部が強権を誇示

一九七九年一〇月二六日、朴正熙《パクチョンヒ》大統領が暗殺されました。その後、民主化運動が活発になり、それでわれわれは「民主化の春」と言っていたのです。そのような状況下で、五月一八日に、光州で虐殺事件が発生します。

アメリカが行ってきた「保守介入政策」が、韓国では朴正熙政権の崩壊をもたらしました。そして朴正熙の暗殺後、朝鮮半島の南、韓国をどう扱うか、アメリカは次の選択に悩みました。当時、金大中《キムデジュン》や金泳三《キムヨンサム》という伝統的な野党指導者、民主化指導者が、権力獲得に向けてアプローチしたり、他方、朴正熙を支えてきた勢力、特に新軍部勢力のエリートたちが、そのような人々に対抗するといった状況にありました。

アメリカとしては、朴正熙を追い出すことに成功していた。しかし金大中や金泳三によって急激に民主化が進むことになれば、アメリカにとって都合が悪い。アメリカは、誰かを積極的に支えたことはない。しかしはっきりしているのは、少なくとも民主化に対しては留保したということです。強権的な人物が強大な権力を握るのであれば、それが左翼でないかぎりアメリカとしては容認する。これはアメリカの弱小国に対する政策の一つです。その典型として、韓国では新軍部勢力が権力を握ることになる。彼らはそうしたアメリカの政策を知っていたのです。それを実行に移したのが、光州虐殺事件だと思います。この事件で彼らは「自分たちは強い」ということ

対峙する光州市民と武装警察（1980年5月27日）
（提供）京郷新聞社・民主化運動記念事業会

をアメリカに示そうとしたのです。

なぜ光州か

ですから光州は、そうした権力者が選んだスケープゴートです。朴正熙暗殺後、一二月一二日に全斗煥《チョンドゥファン》が権力を握りますが、この間、光州だけでなく、ソウルや釜山をはじめ、あらゆる都市で、人々はみな抵抗し、闘い続けていました。その時、全斗煥は、まだその権力の半分ぐらいしか示していませんでした。

そして彼らは自らの権力を示すために光州を選んだ。ソウルや釜山は、そうした虐殺をするには危険なところだからです。どのような結果をもたらすか予想できない。そして大邱《テグ》は、全斗煥を始め新軍部勢力の出身地ですから大邱も選択しない。他方、昔から全羅道に対しては、地方差別、偏見が存在する。そこは金大中の故郷でもあり、戦略的に見ても孤立させやすい地域だった。そこで軍部は、ソウルでもなく、釜山でもなく、大邱でもなく、光州を選びました。そして彼らは、無防備な市民に対し、恐怖を煽るように、最精鋭の特殊部隊、アメリカのグリーンベレーのような空挺部隊を投入したのです。

新軍部が衝突を意図的に誘発

虐殺が起きた前日、五月一七日、戒厳令が全国に拡大されましたが、すでに済州島を除き、光州も含めて朝鮮半島の南部全域に戒厳令が敷かれていました。そのうえでこの日、済州島にも戒厳令を宣言したわけです。戒厳令拡大の規模としては小さいように思われるかもしれませんが、それまで全国で戒厳令に対する抗議がずっとなされており、ここで新軍部は、戒厳令の撤廃どころか逆にこれを拡大したのです。そして抗議を抑えるために、全国の各大学に軍を投入し、民主化活動家を次々に逮捕し、拷問を加えました。つまり、これは、計画性をもった意図的な挑発だったのです。

実は、光州では、戒厳令反対運動は、他の都市と比べて少し遅れて始まりました。しかし不思議なことに、戒厳令が全国に拡大されたとき、最も強く抗議したのが、光州の人々でした。こうして市民と軍が衝突することになりますが、衝突を意図的に誘発したのは、新軍部勢力だったのです。たとえば、金大中を大統領にする目的で市民が暴動を起こした、と見えるようにです。一七日に全斗煥が金大中を逮捕します。しかしこれには恨み以外のいかなる理由もありません。光州は、新軍部にとって、そうしたスケープゴートに最も仕立てやすいところだったわけです。そして一度、発砲が殆まれば、その後は軍人の特性で……。

洗脳された虐殺ロボット

――韓国人が同じ韓国人を虐殺したことになるわけですが、そのとき虐殺する側に回った軍人には、どのような人たちが多かったのですか。

初めは、光州地域出身の軍人、郷土軍人が配置されていましたが、彼らは、市民に対して銃を向けることを拒みました。自分と同じ郷里の人々、知っている人々だったからです。そこで、もともと、韓国で最も暴力的な空挺部隊の司令官だった全斗煥――私たちは彼を「大統領」とは呼びません――は、自分の部隊を投入しました。全斗煥は、彼らに一か月間、厳しい訓練を課し、そこで「共産主義者を殺せ！　アカを殺せ！」と来る日も来る日も洗脳したのです。彼らは、もはや人間ではなく、ロボット、虐殺ロボットでした。

――それも、アメリカの指令によるものだったのでしょうか。

部隊の選択までは、アメリカは介入しなかったと思います。しかし、指揮権はアメリカにあったのです。そうしたなかで市民を殺すために特殊部隊が投入されることになってもアメリカは何の介入もしなかった。少なくともそこには明らかに問題がある。

抵抗する美しい光州コミューン

しかし光州事件は、初めの意味は「虐殺」ですが、その後の意味がとても重要だと思います。本当に偉大だと思いますけれども、事件は、虐殺直後から、涙が出そうな「抗争」の段階に入ります。韓国には権力に対しての抵抗の歴史がありますが、そうした歴史のなかでも、かつてないほどの本当に美しい抵抗でした。

当時、光州は武力によって封鎖され、孤立させられました。光州の外では、「抗争はアカが仕組んだものだ」と繰り返され、情報操作によって、光州以外の人々は実際に何が起きているのかまったくわからなかったのです。そうした完全な孤立状況の中で、美しい共同体が生み出されたのです。人々は、そのときの光州をパリコミューンのように「光州コミューン」と言っています。食べ物もみんなで分かち合いました。これまで、犯罪などひとつも起こりませんでした。みなが隣人で、みなが同志でした。

――そうした状況はどれほど続いたのですか。

二六日までで、一七日から始まったと考えれば、一〇日間です。ですから「一〇日抗争」と言われています。二七日の早朝、全羅南道の道庁における最後の抗争で抗争指導部が全滅しました。深夜二時頃、いきなり特殊空挺部隊が入ってきて、当時の抗争指導部の人々はみな殺しにされました。日本でも、戦争のときに「玉砕」ということがよく言われましたが、まさにあの玉砕のようにです。そのように、新軍部の非道さと、抵抗の正当さを、自らの死を以て示しました。英雄たちです。現在光州には、彼らの記念館があります。

アメリカ帝国主義の本質

そこから韓国の民主化運動は新たな段階に入りました。それまで民主化運動は、アメリカに対して友好的な考え方を持っていましたが、ここでアメリカ帝国主義の本質を徹底的に思い知ることになったのです。

「一〇日抗争」の間、アメリカの航空母艦が釜山に停泊し続けました。当初、韓国の人々は、民主化を助け、新軍部勢力を始末するためにやって来てくれたと考えていたのですが、アメリカは、この機に乗じて北朝鮮が侵攻してくるのを防ぐために、航空母艦を派遣したのです。そして光州における虐殺を、少なくとも黙認していることがはっきりし、もはやアメリカは信じられなくなりました。

——鄭敬謨《チョンギョンモ》さんもアメリカの本質を理解する上で、光州事件とその直前のイラン革命（一九七九年）を結びつけるべきだとおっしゃっています（「世界帝国アメリカの徳性を問う」『環』（藤原書店）第二四号所収）。韓国で、親米独裁政権が消滅したイランの二の舞となるのは絶対に避けたかった。逆に言えば、イランや韓国は、アメリカから民主主義を与えられたのではなく、むしろそのアメリカに抗して民主主義を勝ち取ったということですね。

その通りです。そのアメリカは、その後、レーガン政権となり、社会主義の没落を通じて、現在に至る新自由主義の戦略をさらに本格的に展開していくわけですが、韓国は光州事件の時点で、アメリカの本質を把握し、アメリカに対して幻滅したということです。

民主化運動の主体と霧林事件

その後の民主化運動の展開において重要なのは、ここで運動の主体が変わったことです。以前は在野の知識人や学生が主体でしたが、光州事件の過程で銃を持って闘い、死んでしまった大部分の人々は、ふつうの民衆でした。それ以降、そうした民衆が主体でなければならないということが強く意識されるようになりました。

私も関係した「霧林《ムリム》事件」という事件があります。光州事件から半年後、一九八〇年一二月一

全南道庁前に集まった光州市民(1980年5月)
(提供)京郷新聞社・民主化運動記念事業会

一日、光州で実際に何が起きていたのか、徐々にわかってきたわれわれは、ソウル大学構内でビラを撒きました。

「光州虐殺」の衝撃の嵐が一九八〇年六月以降、伝統的な民主化勢力は新軍部の抑圧の下、息を殺していました。また、大学周辺でもこの悲惨と恐怖をどのようにして乗り越えなければならないか、水面下では多くの議論が繰り返されていました。新軍部の抑圧に対抗する犠牲的で果敢な闘争を通じ、再び民主化運動に火をつけようという立場と、もう一方では、それまでに損失した闘争戦力を見直してさらに組織化し、翌年の一九八一年春頃を起点として新軍部政権と総力的な戦争を試みようという立場が、学生運動指導部内で対立していました。いわゆる「霧林事件」と呼ばれる一九八〇年一二月一一日の、ソウル大学における印刷物撒布と学生デモ事件は、このような闘争路線の葛藤を乗り越えて、その後の民衆中心の革命的デモクラシー運動を準備し予告する、言うなれば宣言的闘争だったんです。

当時、私は大学四年生であり、その時撒布されたビラであった「反ファシズム学友闘争宣言」を起草しました。その宣言文の原文は、今では探すことができないのですが、部分的に残った資料と記憶によれば、その宣言文の核心テーゼは次のようなものでした。

私たちの敵は誰で、彼らの本質は何か。……国内買弁独占資本と買弁官僚集団、買弁軍部などがまさに彼らだ。また買弁ファシズム政権を支持するアメリカやその代理人である日本は私たちの永遠の友邦になり得ない。…（中略）…

私たちの運動の究極的な課題は、民衆が主体となる統一民族国家の樹立であり、それは具体的に、収奪体制によって基本的な生存権さえ歪曲されている労働者、農民など勤労大衆と進歩的な知識人勢力が自らを組織化して、外勢と国内買弁支配勢力をこの地から完全に追い出して、一切の分断条件を粉砕して、究極的に民族の統一を成就する偉大な民衆闘争の勝利を意味する。

そして、このような革命的民衆闘争の本格的展開を早めるために学生運動が闘争においてリーダー的な役割をはたすべきだというのが、この宣言文の提示した短期的な闘争戦略でした。

資料が残っていますが、このとき、新聞は根拠なく、「この宣言文の作成者は金日成が派遣した者によって訓練されたか、共産革命理論に詳しい者、あるいは北傀（北朝鮮）の対南放送を聴取した者である」と書きました。もちろん私は金日成が派遣した人に会ったこともないし、あるいは「北傀」の対南放送を聴取したこともありません。ただ、「共産」まではなかったけれども、「革命論」を勉強したことは確かだから、彼らの言う「自生的な社会主義者」であったことは確かです。

一二月一六日、私は逮捕され、スパイと関係を持っているのではないかと拷問を受けました。李根安《イグナン》という有名な刑事がいます。拷問の名手、「拷問技術者」です。多くの人が彼の拷問を受けています。民主化の後、顔面整形をして逃亡を企てましたが、結局、捕まって、今は牢獄にいます。この人物が私の担当刑事で、「金明仁の友達はみな共産主義者だ、組織は霧のようにつかめない」と、彼が素晴らしい「才気」をもって「霧林事件」という名前を考えました。

結局、このとき、ソウル大学の学生数十名が逮捕されました。光州事件以降、学生運動はこうして徹底的に弾圧されたのですが、それを足場に、運動は逆に急速にラディカルに展開し、その「反ファシズム学友闘争宣言」が予言して期待していた通り、広範な民衆連合的な反ファシズム闘争が展開されました。一九八〇年代後半、六月の民衆抗争と七、八月の労働者大闘争という韓国民主主義に一線を画す大事件が起こったのです。

一九八七年以来一貫している対米従属
——その後の韓国はどうなっていったのでしょうか。

ひとつの大きな区切りとなるのは、一九八七年六月です。「六月民主抗争」があり、ここで新軍部体制に対し、民主化勢力がようやく勝利を収め、ついに「六・二九民主化宣言」(大統領直接選挙制の実施と金大中の赦免・復権を約束)が出されました。もちろん光州虐殺に責任のある盧泰愚《ノテウ》が大統領になったことは残念だったのですが、少なくともこれ以上、以前のような軍部独裁体制を続けることはできなくなった。

しかし盧泰愚に始まる一九八七年以降の体制の中で、忘れられていったものがあります。それは何かと言うと民主的なヘゲモニーです。軍部独裁の廃止、言論・出版・集会など表現の自由の獲得、選挙による政権交代、こういったことをわれわれは民主化運動で要求してきたわけですが、それらがすべて実現したところで、本当はそれ以上にもっと重要な問題、階級問題、貧しい人々の暮らしの問題、帝国主義との葛藤や闘争の問題、そうした問題がすべて溶解してしまい、問題にされなくなりました。これからはわれわれも、「もうまともに生活してもいいのではないか」という気分の中で、光州民主化運動を通じて発揮されてきた民衆の力、歴史的希望、そのようなものが一九八七年のシステムが始まってから、ほとんどすべて消滅してしまいました。

盧泰愚政権の後は、金泳三《キムヨンサム》政権、金大中《キムデジュン》政権、盧武鉉《ノムヒョン》政権と続き、形式的にはさらなる民主化が達成されていったように見えますが、アメリカへの従属は以前とまったく変わっていません。新自由主義的なグローバリゼーションという巨大な流れに飲み込まれ、韓国はこれに全面的に従属しています。

今日さらに深まっている危機

――それが現在まで続いているわけですね。そしてそれは金明仁さんがおっしゃる「文学の危機」とも関係しているのでしょうか。

そうです、文学の危機にもつながっています。

韓国内で民衆の生活はどんどん悪化しています。一九八〇年代に三〇〇万人ぐらいだった極貧層が、二〇〇四年には八〇〇万人にまで増えています。外から見れば、韓国は世界で一〇位くらいの世界の貿易国で、豊かな国になったと言われてきましたが、中身を見ると実は逆だということです。

こうした根源的な問題は、階級問題とつながっていますが、最近は進歩的と言われる勢力もこうした中心的な問題を考えなくなりました。「民主化運動の中心だった金大中や盧武鉉が政権に就いているわけだから、もうこれからは大丈夫だ」という雰囲気の中で、進歩勢力もそうした問題を考えなくなった。これまでに状況はどんどん悪化していったのです。

分断克服、南北統一、南北社会の和解に関して言えば、一見、今は画期的な時代に入ったように見えます。しかし現在の推移をよく見ると、朝鮮半島の統一と平和は、当初、多くの人々が考え、願っていたように、世界史や世界体制についての新たな希望へとつながるものとして実現するのではなく、統一と言っても、まるで朝鮮半島全体が、もう一度アメリカのシステムに従属させられるような危険もあるように思われます。

光州論を独占する国家

——そうした意味でも、昨年（二〇〇五年）は光州事件からちょうど二五周年を迎えたわけですが、この事件の本当の意味を、いま改めて考えることがとても重要なのですね。

そうです。しかし金大中政権のときに、先ほど言ったように、大規模な記念公園をつくったり、記念事業を行ったりして、光州論を国家自身が議論するようになり、国家と異なる考えを語るのは、本当に意味のないことになりました。国家が光州論を独占しているような状況です。記念式もいつも大きく見せます。虐殺側と同じ陣営だったハンナラ党の人々も参加しています。こうなってしまえば、もはやコメディです。

民主化時代なのに民主主義のない時代

——民主化といっても、やはり大事なのは、その民主化の主体は誰なのかということで、それは一人一人の自分たちだという意識が持続しないかぎり、国は変わらないし、地域も変わらない……。

絶対的に同感です。

現在は、民主化時代なのに民主主義のない時代です。韓国の著名な政治学者である崔長章《チェジャンジプ》先生（高麗大）が『民主化以降のデモクラシー』（二〇〇二年）という本で、民主化成立後の韓国社会でいかにデモクラシーが後退しているかを痛烈に批判しました。

韓国の知識人社会においてもますます一般化しているようですが、アメリカが主導する新自由主義の世界秩序とそれを基盤とするグローバリゼーションのイデオロギーの中で、デモクラシーは、多国籍または超国家的な資本が自由に移動しながら利潤を獲得する野蛮な市場自由主義と同一視されています。そうしたことにより、人類が階級的・民族的・人種的な抑圧および差別と経済的搾取、そして疎外から解放されて、本当に自分の生と運命の主人になる本当のデモクラシーの夢は、韓国社会でますます実現しにくくなっているように見えます。

「世界十大貿易国家」という華麗な修飾の裏には、全人口の二〇%にのぼる八百万人の絶対貧困層が存在します。「二〇%の人間がこの世の資本の八〇%を特っている」とされている社会が、さらに「一〇%の人間がこの世の資本の九〇%を持つ」ような社会になっていくような急激な格差の深刻化が、現在、進行しており、失業者・非正社員は言うまでもなく、正社員たちまでもが、仕事をしながらも貧困を再生産せざるを得ません。

このように、生きていく上でデモクラシーが踏みにじられるような社会で、大統領選挙によって多少の言論の自由を享受し、権威主義から脱しただけという形式的で手続的なものにすぎないデモクラシーを獲得したことに、はたしてどれほどの意味があるのかということを考える必要があります。

一九八七年以降の韓国社会にあっては、もはや一つのイデオロギーにすぎなくなってしまった「民主化時代」という言葉を捨て、アメリカ中心の一極的な世界体制が強要する野蛮な市場自由主義に対抗して、人間の尊厳と希望を復活させるような第二の民主化運動を始めるべきだろうと思います。

——金明仁さんのお話しから光州事件の重みを感じることができました。同時に、一九八〇年五月一八日、一体、自分は何をしていたのかと痛切に考えさせられました。「戦後民主主義」と言いますが、戦後日本に本当に民主主義は存在してきたのか。今日のお話しは、自分自身も含めて、アメリカに従属しながら「平和」と「繁栄」を享受してきただけの戦後の日本人が知ろうとしてこなかった問題ではないかと思います。本日は本当にありがとうございました。

（二〇〇六年一月一九日／聞き手・藤原良雄／協力・金應教）

第3章 新しい時代の文学の抵抗のために

1 映画『ペパーミントキャンディ』（李滄東監督、二〇〇〇年）が教えること

このところ映画『ペパーミントキャンディ』シンドロームが続いているという。はじめは上映館を確保できず心配していたが、封切からひと月半近くになって、むしろ上映館数が増え、観客数もますます増えつづけているという。志のある観客の間では「ペパーミントキャンディ二回鑑賞」運動も展開されているという。

新たな世紀が始まると大騒ぎしていた一月一日午前〇時に封切となったこの映画は、この、どこか雲をつかむような数字遊びの騒動をあざ笑うかのように、逆行する汽車に私たちを乗せ、二

〇年という歳月をさかのぼり、私たちの今日を作った昨日、あるいは私たちの今日とはまったく違った昨日に遭遇させてくれた。また映画の中の主人公をして「それでも生は美しいか?」と私たちに反問させる。この二〇年の歳月を苦悩しながら生きてきた人間ならば、誰がその人生を美しかったと言えるだろうか。この映画が一つのシンドロームになったとすれば、それはこの映画特有のフラッシュバックという美学的構造によって、私たちが、私たちの、美しさを失った、破壊された生を直視し反省することができたからであり、この映画が、私たちがもう忘れて久しい「生に対する省察」という行為を私たちに取り戻してくれたからだろう。

この映画が封切されてから、多くの記者や映画評論家が絶賛の花束を捧げた。映画週刊誌『シネ21』の封切映画二〇字評価欄に参加した五人の評論家すべてが、この映画に四つ星以上を与えた(なかでも一人は四つ星半を与えた。私はこの二〇字評で五つ星もたまに見たことがあるが、このようにすべての評論家がすべて等しく四つ星以上を与えた場合をほとんど見たことがない)。

映画担当記者や映画評論家がいい映画に注目し、評論を書いて広く知らせることは当然である。だが、専門の映画評論家でない文学者まで、あちこちでこの映画に対して一言ずつ言及しているのは、他の映画とは異なる、この映画だけの格別な現象のようである。私が見かけたものだけでも、朴婉緒《バクワンソ》、キム・ヨンテク、黄芝雨《ファンジウ》、キム・ヨンヒョン、ハ・ジェボン、シン・ギョンスク、シム・サンデ、チョン・ユンスなど、詩人、小説家、あるいは評論家が、多くの新聞・雑誌にこの映画に対する論評を寄せた。私も最近『ペパーミントキャンディ』を糸口に一篇の評論を書いた。

映画の最後に、すべての象徴とエピソードが完璧に一つにモザイクされる情景を見るのは楽しい。かつてこのようにすべてのエピソードが、懐かしさや痛みが、傷や無視や暴力ですら、このように完璧に互いをつつみながら結ばれる韓国映画を見たことがない。このように重厚な話をディテールにおいて完璧に近く処理した映画も見たことがない。日常性に対する徹底的な検証と時間旅行の映画的な構成は、『ペパーミントキャンディ』を一級芸術映画としてラインアップすることに最大の役割をする。……個人的に私は、小説家・李滄東《イチャンドン》が映画で失敗し、また小説に戻って来ることをひそかに期待したが、『ペパーミントキャンディ』を見て、それがすべて虚妄であると悟った。すべてが虚妄である。（シン・ギョンスク「忘れられるか、その男の純粋な視線を……」「ペパーミントキャンディ」『朝鮮日報』二〇〇〇年一月九日付）

人はどうして生きるのか。いい暮らしをするために、だから、多く消費するために生きるということ以上の、正解がない世の中に、文学が足をおろすところもますます狭小となり、ついに押し出されてしまうようなことも、新たな千年の憂鬱な展望のうちの一つだった。自らが身を捨ててかかわり、矜持を感じていたものが消えていく後姿を見ることほど虚しいことはない。しかし、意外にも最近見た『ペパーミントキャンディ』という映画は大きな慰めとなった。ああ、映画をこのように作ることができるのか。実際に、いいリアリズム映画の手本のような映画だったが、ストーリーがなく虚ろなシーンだけの映画に慣れた目には、きちんとした筋書きがあることすら新鮮に思われた。……より嬉しかったのは、文学が奮闘すべき理由のようなものを感じさせてくれたからだ。……誰も反省せずにすばらしい夢を見ることはできない。

（朴婉緒「「ペパーミントキャンディ」が与える意味」『韓国日報』二〇〇〇年一月一四日付）

感動する映画を見てからは、その揺り返しの余震のためにどうすることもできず、ずいぶん長い時間をかけるのが私の癖だが、一九七〇年代のような里門洞《イムンドン》の降りしきる雪の中で、私は初めて彼と別れた。李滄東はもう私の友人ではない。……『ペパーミントキャンディ』の美学的勝利は、まず時間を逆流する映画的ナラティブの新しさにあるといえる。生というものがそうであるように、すべての物語は直線的時間に逆えない運命の中に閉じこめられているが、李滄東は映画でまさにこの運命に挑戦したのである。より重要なのは、これまでどの映画も試みたことがない時間に対する挑戦を、彼が説得力をもって成功させたという点である。「逆行する映画」とは！　この映画は時間を逆流する七つの章で構成されている。そして章が繰り返されるほど、観客は「原因を結果する」巧みな逆因果性を経験することとなるが、この映画で監督が窮極的に意図しているのもそれである。人生の時計の針を過去に戻したいという人たちの人生のことである。（黄芝雨「李滄東に――私たちのプライド」『中央日報』二〇〇〇年一月二一日付）

李滄東監督が時間に逆らうことを決めたのは、この映画の純度を高める決定的な方法論である。この映画を出来事の進行順に並べてみると……これは新派演劇である。「誰がこの人物のことを理解できないだろうか？」というようなレベルの過剰な感情に流されるのがおちである。光州の体験は集団的新派の古い原型となり、群山港の居酒屋の娘の涙はみすぼらしくなり、三十代の事業家キム・ヨンホは作為の産物となり、初恋の相手ユン・スニムの死は安っぽい装置に転落し、……まったくこのようになった場合、この映画は後日談小説の薄暗い複写版になる危険性が高い。李滄東はこれを覆したのである。……出来事の推移を逆に解釈する瞬間、私たちは私たちのひとときを、適切な距離を確保したまま眺められるようになったのである。（チョン・ユンス「汽車は世の中に出る」『月刊中央』二〇〇〇年二月号）

しかしこの映画を偉大にしたのは、単にあの暗く痛ましい過去を暴き出したからではない。このような映画が作られる前に、すでに文学の中では過去の時代の傷と、その傷の治癒のための刮目する作業が存在していた。……『ペパーミントキャンディ』は「暴力と狂気の歴史」が作り上げたもう一つの犠牲者である「権力の下手人」の目を通じて歴史を逆に眺める。外から逆に眺めるこの視線こそ、闇の中から明るい外部を眺める李滄東の卓越さと冷笑の特徴がよくわかる側面なのである。……『ペパーミントキャンディ』は、いまや私たちの歴史認識が、単に過去を振り返ったり、「回顧談」であったりはしない芸術を通じて、ついに勝利したということを示す最高の傑作である。（キム・ヨンヒョン「逆に映った私たち生の荒れ地」、『シネ21』二三七号、二〇〇〇年一月）

どうしてこのように有数の作家が、一本の映画にこのように多くの献詞を捧げたのだろうか。李滄東監督が一〇年前までは代表的な八〇年代の小説家のうちの一人だったからだろうか。しかし、彼の前作映画『黄緑色の魚』（一九九七年）の時はこうではなかった。だとしたら、『ペパーミントキャンディ』自体のもつ芸術的な力、特に文学的な力が、彼らをして、かつての同業者である李滄東監督に、このように心の底から賛辞を送らせたのだと考えなければならない。

『ペパーミントキャンディ』のもつ文学的な力は二つある。一つは物語の力、つまり内容の力

映画『ペパーミントキャンディ』

であり、もう一つは形式の力である。キム・ヨンヒョンが指摘するように、八〇年代と九〇年代を「抗争者」の生を通じて描かず、「小さな加害者」でありながら同時に「大きな被害者」である人物を通じて描き出すことで、八〇年代の運動圏の型にはまった現実認識が介入する余地を遮断し、あの時代を生きた誰もが共感できる物語を作り上げた。また、歴史性が強い代わりに日常性が弱い八〇年代型の物語と、日常性が強い代わりに歴史性が隠れてしまった九〇年代型物語が、この『ペパーミントキャンディ』の物語では同時に克服されている。

映画を見る観客は、ある名もない人物の、苦しくしがない生の軌跡の背後に隠れた、過去の時代の悪魔的な表情を読み取っておののき、その戦慄がいつの間にか自ら一つ一つの生の中に広がっているのを感じるのである。そして、この映画の時間を逆行する物語構造は、チョン・ユンスが言うように、「客観的距離」、つまり、ひょっとすると新派演劇におちいるかもしれない物語に、省察のための距離を用意する。そして同時に一種のミステリー的緊張を堅持しながら、その緊張の終りで出会った純粋な人間の情景に、ある種の始原的な価値と地位を付与する。だから「俺は戻るんだ！」という最初の場面の叫びに、なんとも形容できない重みが加わるのである。

九〇年代の文化的雰囲気において、この映画の出現は突然のものである。映画としても文学としてもそうである。しかし、それが突然出てきたように感じるのは、私たちみながある種の錯覚に陥っていたからかもしれない。八〇年代『ストライキ前夜』（イ・ウン監督ほか、一九九〇年）を作ったイ・ジョングク、チャン・ユンヒョンのような映画活動家が文化的敗北主義に陥り、『接続』（チャン・ユンヒョン監督、一九九七年）、『テル・ミー・サムシング』（同、一九九九年）、『手紙』（イ・ジョングク監督、一九九七年）のような大衆的メロドラマに才能を浪費する間に、キム・ナミル、チョン・ドサン、パン・ヒョンソク、チョン・ファジンなど、八〇年代の民衆文学の作家が後日談の沼にさまよってペンを擱いた。その代わり、ウン・ヒギョン、シン・ギョンスク、ユン・デニョンなど「歴史なき日常」の専門家が一時代の文学を風靡する間に、文学をやりながら映画を考え、映画をやりながら文学をついに忘れなかった李滄東は『ペパーミントキャンディ』を作った。恥ずかしくないだろうか。良心的な熾烈さ、芸術的な熾烈さの極致にまで行ってみようとする努力もなく、ただ恐れるだけで大衆をとがめ、文化的変化をとがめてきた、私たちの惰性と怠惰が。

私は朴婉緒を含めた多くの作家・詩人が、『ペパーミントキャンディ』に対してこれほど熱のこもった賛辞を捧げたのには、陰に陽に「自らが身を捨ててかかわり矜持を感じていた」（朴婉緒）

文学に対する危機感と敗北意識が、また、そのような泥沼から忽然と脱し、芸術家としての矜持を高めた『ペパーミントキャンディ』とその作家に対する羨望が作用したのだと思う。ファン・ジウが「李滄東はもはや私の友人ではない」という時や、シン・ギョンスクが李滄東の文学への回帰を「すべて虚妄である」といったことにも、同様の心理的機制が作用しているのである。では、もはや文学は映画に一流芸術の座を渡して、自ら二流の座に転落してしまうのか？　もはや文学の時代は本当に去ったのだろうか？

長い間、作品を書かずに水安堡《スアンボ》で蟄居していた小説家の朴泰洵《パクテスン》が、最近、民族文学作家会議の機関誌である季刊『明日を開く作家』の一九九九年の冬号に「レ・ミゼラブル」というタイトルの短篇小説を一篇発表した。彼の以前の作品もそうだったように、この作品も不満な現実に対する、この作家特有の鋭い毒舌が作品の全編を縦横に横溢している。だが、その毒舌の中に次のようなものがある。

　歴史の終焉を知った文豪は誇らしく主張していた。文学者が文学をやっていた時代は過ぎ、読者が文学を営む時代であるという主張だった。

現在は作家ではなく読者が文学を営む時代であるという、ある作中人物の主張を出したのは、大衆読者の低級な趣向に迎合する文学を批判するためだろう。もちろんその批判は正しい。九〇年代の文学は大衆の低級な趣向に迎合したとまでは言えないが、大衆の日常世界を越える冒険をはじめから放棄していた。

しかし、はたして九〇年代の、または今の時代の大衆は、本当に堕落した、無反省的な大衆であろうか。むしろ、作家がそのような大衆像を作り、自らをそこに縛りつけていたのではないだろうか。そこに迎合しようと、そこから距離を取ろうと、そのような態度が大衆に対する不信と固定観念にもとづいているという事実においては、異なるところがない。私は『ペパーミントキャンディ』に多くの観客が殺到するのを見て、少し飛躍かもしれないが、総選挙市民連帯の落選運動に市民大衆の烈火のような呼応があったのと同様に、韓国大衆の政治感覚と芸術感覚は、作家よりもずっと先んじており、自らの時代を感知し省察しているのではないかという気がした。

その限りにおいて、基本的に反省と省察の様式である文学の時代はまだ終わっていない。いつももたもたと怠けているのは文学であり文学者である。朴婉緒の言うように「誰も反省せずにすばらしい夢を見ることはできない」。敗北主義と芸術的怠惰から立ち戻るべきである。『ペパーミントキャンディ』が、李滄東が、それを痛烈に教え示している。

（二〇〇〇年）

2　二〇〇〇年代の文学をどう開いていくべきか

韓国現代史において、合理的にうまく説明できない奇妙な現象が、まさに一〇年単位で一つの結節点が作られるという事実である。きわめて興味深いことだが、朝鮮戦争、四・一九革命、光州民衆抗争など、韓国の現代史全体の主な流れを形成する大きな出来事が、それぞれ一九五〇年、一九六〇年、一九八〇年と、それぞれの年代の最初の年度に起こっている。もとはといえば全泰壹《チョンテイル》焼身自殺事件があり、金芝河《キムジハ》の『五賊』や黄晳暎《ファンソギョン》の『客地』が出た一九七〇年前後も、東西ドイツの統一と東欧社会主義の解体という事件があった一九九〇年前後も、出来事の性格が異なっているからであって、その画期性と衝撃においては互いにそう変わるところがない。

なぜだろうか？　私たちの預かり知らぬところに歴史の奸智というものが本当にあり、一〇年ほどの周期で歴史の流れに作為し、適当な変化を与えるからだろうか？　いや、もしかしたら私たちが、ある種の矛盾と問題が一〇年以上長続きすることに耐えられず、一つの一〇年代が変わるのを契機に、その矛盾と問題の解決を模索するからではないだろうか？

その原因がどこにあろうと、私たちにはいつの間にか一〇年単位で時間の縛りを作り、そのうえにある意味を付与する独特の慣行が位置づけられるようになった。一〇年単位の一つの年代が変わる時、新聞・雑誌などのマスコミの編集者は「〇〇年代の懐古と反省」とか「〇〇年代の展望」のような特集企画の準備に奔走する。そしてちょうどその一〇年の時間に意味付けをして、新たな一〇年にあえて新たな意味を期待するのである。それはある意味でとても能動的な歴史参加の行動だといえる。「万人の口があれば鉄をも溶かす」という話もあるように、歴史とは時折、多くの人々の結集した無言の意志によって動く場合も少なくない。ある時代に対してある意味を付与できるということ自体が、すでにその一時代を克服する準備ができているということを意味する。ミネルバのふくろうが飛びたつのは、すでに一つの時代が終わったからである。

今年は二〇〇〇年、ひとつの千年が終わり、ひとつの世紀が終わり、ひとつの一〇年が終わった後、新しく始まった、新たな年代の最初の年度である。ただでさえあらゆるところで、この大転換期の商品性を最大限に極大化させ、もはや少し食傷気味でもある。ある人はよほどのことだったのだろう、「ミレニアム、おお、ミレニアム！」と皮肉一杯の評論まで書いている。しかし、このような一過性イベントのような大騒ぎはそれとしてやり過ごすことがあっても、それとは別個に、この千年の転換、百年の転換、素朴ながら一〇年の転換について意味付けすることは、それなりに持続させなければならない。それは前述したように、私たちが歴史に対して能動的で主体的に介入していく一つの厳粛な実践過程だからである。もちろん私がこの場でできることは、たかだか文学部門における過去の九〇年代についての若干の評価と反省であり、二〇〇〇年代の最初の一〇年にも該当するかもしれない、新たな方向に対する一つの提案にすぎないのではあるが、重要なのは始めることである。

韓国文学において一九九〇年代に対する評価と批判が出始めたのは一九九九年からであった。季刊誌を中心にさまざまな点検が試みられたが、そのうち注目に値するものとして、『創作と批評』(一九九九年夏号)の特集「世紀の岐路に立った韓国文学——九〇年代批判」と『文学トンネ』が一九九九年秋号と冬号の連続特集で掲載した「九〇年代の韓国文学とは何か」のⅠとⅡである。『創作と批評』の特集には七〇~八〇年代の民族民衆文学の牙城らしく、九〇年代的なものに対する痛烈な批判が含まれており、『文学トンネ』の特集にはやはり九〇年代の文学主義の牙城らしく、九〇年代的なものに対する擁護と防御の論調が目につく(これら二つの季刊誌以外に、韓国文学の季刊誌文化の一つの軸を形成してきた『文学と社会』と『実践文学』が、いつの間にかこのような論議の中心から離れているように見えるのは、その原因が何であれ、きわめて残念だと言わざるを得ない)。

まず『創作と批評』の九〇年代批判を先に見てみよう。

八〇年代の過剰決定された革命文学から大規模な脱走を敢行した九〇年代文学は、派手な修辞の氾濫にもかかわらず、八〇年代とはまた異なった位相で文学の危機を招いた。いや、もしかしたら、八〇年代の革命文学の社会性の過負荷とその反動として出てきた九〇年代文学の脱社会性は、コインの裏表の関係かもしれない。文学を政治闘争の下部に編制した八〇年代の革命文学と、その圧迫から文学を救うといって公共領域から引潮のように退却した九〇年代文学が、ともに文学の衰退に向けて傾いたということは寂しい反語と言わざるを得ない。……九〇年代文学は八〇年代の革命文学の崩壊を、思惟の原初的な場とするのではなく、その時間帯を急いですり抜けて来なければならない「地獄の季節」として無視したのである。
（崔元植《チェウォンシク》「文学の帰還」『創作と批評』一九九九年夏号）

九〇年代の詩精神に迫った危機の本質は、微細に噴火した巨大な世界を総体的に眺めることができない作家意識の限界にある。総体的に眺められないほど、現実が急変することにその理由があるのではなく、総体的に世界を理解しようとする認識自体を頑強に否定していることにより大きな理由がある。……九〇年代は巨大言説が除去した「日常性」を修復しながら、逆に「巨大言説」を生活世界から追い出してしまった。
（イ・ヨンジン「九〇年代という仮説、荒地を救援する忍耐の美学」、前掲雑誌）

九〇年代に勢力を得た一部の文学言説には、いくつかの顕著な恐怖症、あるいは嫌悪症phobiaがある。階級・民族・啓蒙・真摯性などがその対象であり、このような錯綜した敵対感は、当然のことながら、脱階級・脱民族・脱啓蒙・脱真摯性（軽さ）など、「脱」（post）に対する熱狂とも結び付いている。九〇年代の言説が自らを定立するなかで起こったこのような恐怖・嫌悪症は、八〇年代の言説と自らを区分する過程において目立つ。つまり八〇年代的なものを古く抑圧的なものと見て、ここから脱して解放されることが九〇年代的なものであるという世代論の構成である。……九〇年代がかかげた新世代的な指向は、逆に進歩に対する打撃を目標にして出てきたという点で特異である。（尹志寛《ユンチグァン》「九〇年代の精神分析」、前掲雑誌）

崔元植、イ・ヨンジン、尹志寛など、九〇年代批判に参加した三人の論者の見解は、このように九〇年代文学が八〇年代文学に対して自らを対他的に定立する過程で、八〇年代文学のもつ、捨てられない核心を遺棄したという事実に集中している。九〇年代文学は八〇年代文学を乗り越えたのではなく、単にそれに対立してそれから脱走し、自らを定立することにとどまることで、自ら一種の不具状態に陥ってしまったというのが、これら九〇年代批判の論者の共通した見解であるといえる。これは八〇年代の急進的な「革命文学」が、「抽象的理想主義」（崔元植）に陥って没落を自ら招いたが、その出発には、七〇年代のより「穏健な」民族・民衆文学の伝統からの連綿とした更新と継承という、確固たる前提があったこととといい対照になる。

もちろん、八〇年代と九〇年代の差は七〇年代と八〇年代の差に比べて、はるかに急激で断絶的なことは事実である。しかし、それは厳密にいえば、現実自体の断層というよりは現実認識の断層であった。だから、八〇年代世代が自らの急進的な文学観が崩壊することを目撃しながら急激に無気力状態に陥る間に、九〇年代文学の主体は、前世代の古い現実認識を批判的に乗り越えながらも、その合理的核心を保存しながら、そのうえに自らの世代の論理を構築していくのが望ましい道であっただろう。しかし、不幸にも彼らが歩んだ道は、批判と克服の道というよりは、意識的な断絶と決別の手順であった。『文学トンネ』の特集に掲載された、ある九〇年代評論家の九〇年代文学に対する評価を見てみよう。

八〇年代の文化的言説が「抗争」という熱い戦場において形成されたとするならば、九〇年代の文化的論理は巨大な市場として具現される。……戦場が消えれば八〇年代式のオルタナティブ文化は存立しえない。解体され、市場の秩序の中に編入されるか、文化的言説の水面下にある博物館に行って陳列物となるか、二者択一があるだけである。そのように九〇年代式市場は八〇年代が持っていた文化的価値の位階を破壊してしまった。そのことで極端な趣向の相対主義が成立する。誰も趣向に序列を付けることはできない。ただ互いに異なる趣向があるだけである。……八〇年代の小説が持っていた真実／虚偽の対立が根本的に社会的・歴史的なものであったとすれば、九〇年代の小説においてこのような対立は個人的な次元に転置される。社会の次元で成立する正義ではなく、それぞれの個人の直面する真正性が問題になるのである。（ソ・ヨンチェ「冷笑主義、死、マゾヒズム——九〇年代小説に対する一省察」『文学トンネ』一九九九年冬号）

このような立場に対して本格的な批判を加えるには、ここは適当な場所ではない。ただこの評論家の二分法、つまり「八〇年代＝戦場／九〇年代＝市場」、「八〇年代＝社会的次元／九〇年代＝個人的次元」と単純化された二分法は、まず問題視するに値する。

はたして八〇年代の戦場と九〇年代の市場の間には、万里の長城でも築かれているのだろうか。市場というのは九〇年代だけに固有のものではなく、すでにそれ以前から存在してきた私たちの基本的な存在条件であった。違いがあるとすれば、八〇年代はまさにその市場的な存在条件に対抗する戦いが激しく、そのような雰囲気が蔓延した戦場を形成したのだが、九〇年代はその戦場が消滅したという点であろう。しかし、戦場の消滅がすなわち敗北ではないだろうし、ましてや戦いの終末でもない。たとえ、やむを得ず一時的に戦場を離れても、人々からその戦いの大きな意味まで剥奪することはできないのであり、価値あるものとそうでないものを区別する、判断と意志を封鎖することはできないだろう。

九〇年代の評論家であるソ・ヨンチェの論理は、これ以上、公的な戦場における戦いは不可能だという敗北主義に深く浸潤された論理であるといえる。彼がこのとりとめもなく拡張され深化する市場の論理を全面的に受け入れ、その一方ですっかり馴致された生を生きることに決めたわけでないのであれば、彼は市場の中の戦場、あるいは戦場の中の市場という問題と、社会的次元の中の個人的次元、個人的次元の中の社会的次元という問題を、自らの批評の話題にするべきであった。そのことが、九〇年代文学が八〇年代の合理的核心を保存しながら、また八〇年代をまさに克服する道ではないのか。そして、だとしたら、どうして「九〇年代文学の風景が私にはどの時代よりも鬱蒼として多彩な、ただあまりに身近にあって、むしろきちんと見えない森のように見える」と、あれほど忌憚なく豪語することができたのか。

私は、同じ誌面に掲載されたファン・ジョンヨンの次のような冷静な診断が、九〇年代批評が九〇年代という自足的空間を越えて、八〇年代と出会い、また新たな年代をともに模索できる道を開いたように思える。

九〇年代の韓国文化では、特に大衆文化を中心に脱抑圧、より正確にいえば、「脱昇華」が広く流行し、それを支持する各種の解放と脱走の言説が流行したが、そのような現象が真に文化の更生に対する約束なのかは少なからず疑問である。社会を支配する堕落した理性が、抑圧された狂気の復元を通じて打破されると信じるのは、どうしても純粋な考えである。

……狂気のカーニバルはブルジョア的アイデンティティを破壊する効果があるというよりは、むしろ再建を助ける効果があるというのが妥当である。

（ファン・ジョンヨン「卑陋なもののカーニバル」、前掲雑誌）

誰も想像できない方式で九〇年代を新たに批判する、生き生きとした若い二〇〇〇年世代はまだ登場していない。そのように考えると、まだ九〇年代は終わっていないのかもしれない。むしろ現在の九〇年代文学批判は、八〇年代以前の文学的世代によって成立しているという興味深い状況である。形だけを見れば一種の反動だが、この反動はこれまでの一〇年の間、八〇年代世代である自らの時代に対するそれなりの熾烈な反省の重みが加わった、手強い反動でもある。九〇年代を自らの時代として生きた世代は、彼らによる「反動的批判」にもう少し深く聞き入る必要がある。

今、必要なのは、八〇年代と九〇年代の熾烈な自己批判、およびそれにもとづく批判的相互介入と対話的疎通であり、これを通じた八〇年代的なものと九〇年代的なものの同時的で生産的な克服であると考える。そして、そのようなしっかりとした土台の上に、真にはつらつとしてバランスの取れた、新たな世代の出現を待たなければならないだろう。そしてそのことは今、二〇〇〇年が始まったまさに今、始めなければならない。依然として人間の積極的な介入なしに歴史は発展しない。今、この瞬間に二〇〇〇年代が始まっている。

（二〇〇〇年）

3　生の植民化に抗して戦う文学

九〇年代文学は八〇年代文学に対する対立物あるいは反射物だった。それは二つの側面でそうである。一つは八〇年代文学の崩壊が一種の世代的断絶を生んだ結果、新たな世代の無血入城が可能だったという点でそうであり、もう一つはそのような世代的断絶現象と相まって見られたことだが、八〇年代的なものに対する否定（または「溺れる犬は棒で叩け」）を主たる言説戦略とする九〇年代的な批評言説が旺盛であったという点でそうである。九〇年代文学は作品と批評の両面において、八〇年代の崩壊に絶対的に依存していたのである。「止揚」という言葉には、廃棄するものは廃棄し、保存するものは保存して高揚させるという二重の過程が内包されているが、そのような意味で九〇年代文学は、八〇年代文学の止揚態ではない。そこには八〇年代的なものの合理的核心を保存する過程が欠如しているからである。

あの九〇年代序盤の激しい断絶の時期に、革命と党派性の名でそれ以前の世代の文学を否定した八〇年代の革命文学の主役が、先に進んだり後ずさりしたりして退場したところに新たに登場した世代が、幻滅のポーズを示しながら内面と日常を語った時、そこには八〇年代文学のもつ歴史感覚や現実感覚の跡はまったく残っていなかった。それはまるで分断と戦争の渦中で、絶対多数の進歩的作家が越北〔北朝鮮行き〕の道を選んで以降、その場に登場した五〇年代の作家群の作品の中に、前時代の文学の熾烈なリアリズム的成就が徹底的に蒸発していたことと類似した現象であるといえる。そして九〇年代批評は、これを問題視する代わりに、むしろこの不連続性と欠乏性を美学的に正当化し拠点化した。

もちろん、九〇年代文学は、単に八〇年代文学に幻滅を感じた九〇年代作家と評論家の世代論的戦略が目的意識的に新たに作った人工的な構成物ではない。巨大言説、あるいは巨大企画に対する幻滅と脱歴史化、また私的世界の拡大は、九〇年代の一般意識であり、九〇年代文学はその実感を文学化したにすぎない。だから、九〇年代文学が八〇年代文学の止揚態になり得ないことを九〇年代の文学世代の責任にするのは問題の解決にあまり役に立たない。責任を論じるならば、むしろ自らの時代の文学の合理的核心を保存・擁護し、これを次の世代に渡すことができずに逃亡してしまった八〇年代作家と評論家の方に、多くのことを問わなければならない。転向と後日談の文学、清算と離脱と投降の批評――ここにいかなる止揚が介在する余地があったというのか。

「沐浴の湯を捨てて赤ん坊まで捨ててしまう」という言葉がある。八〇年代がそのように沐浴の湯のように残すことなく捨てられても、捨てられてはならない、八〇年代のものというよりは、むしろ近代文学一般のものであるといえる貴重なものが、相次いで放棄されることとなった。党派性の信仰、社会科学への傾倒、抽象的理想主義や革命的ロマンティシズムなどのような捨てるべきものとともに、正当な歴史意識、啓蒙の意志、不幸な隣人に対する共同体的な関心や愛情、すべての誤ったものに対する正しい公的な怒りや批判など、捨ててはいけないものまで打ち捨てられたのである。

最近、八〇年代の復帰、あるいは復元が少しずつ行われているように見える。九〇年代的なものに対する八〇年代的なものの批判が始まっていたり、八〇年代作家や評論家が活動をまた再開したり、作品の中で八〇年代的な世界認識や現実感覚が少しずつ復元され始めたりするということが徐々に目立っている。これは鼓舞的な現象である。しかし、その復帰、あるいは復元は、まだ低い次元できわめて消極的なものである。蠢いているだけとでも言えるだろうか。離脱と内的亡命の経験から始まった自意識が、まだこの復帰と復元をきわめて内気な形式に縛りつけている。まだ九〇年代という茫漠たる沼の中で、自ら存在ひとつを救い出すことに汲々としているだけで、その存在の中に保存されている八〇年代的なものをどうすべきかという点には、まだ力が及ばないのである。韓国の文学はこのようにまだ九〇年代の真っ只中にある。内部に向けられた目はあるが、外部に向けるべき目がない。内省はあるが批判がない。これが現在の私たちの文学である。

このところポストコロニアリズムの言説が急速に私たちの知識市場で流通しているように見え

る。ポスト構造主義、ポストモダニズム、ポストマルクス主義など、九〇年代以降、私たちの知識市場を席巻した既存の「ポスト」シリーズのように、しばらくまた、あれこれの韓国型複製品を作るだろうと予想される新型の舶来品である。とにかく尋常でない植民地体験を経験し、現在もまた新植民主義の桎梏から抜け出すことができていない私たちの現実では、ポスト構造主義やポストモダニズムよりはそれでも参照しうる言説であるという気はするが、ある学会で「ポストコロニアル理論の第三世界的な模索」というテーマの学術大会を参観する機会を持って、私はその席に発表者として参加した一社会学者から、目眩がするほどの強烈な衝撃を受けた。その発表者は聖公会大学社会学科の金東椿《キムドンチュン》教授だったが、彼の発表文「韓国社会科学のポストコロニアルの模索」は、社会科学の論文ではあるものの、私はその論文が同時代のいかなる文学批評よりも、私たちの文学に対して根源的な問題を提起していると思った。そして一人の評論家として大変恥ずかしく思った。

批判と反省の能力を失った九〇年代の韓国の社会科学を手厳しく批判するその論文において、最も印象的なのは、ポストコロニアリズムの問題に対する強烈な主体的接近であった。彼はまず、私たちにとって問題になるものが、ポスト植民なのか、反植民なのかを問うた。これは韓国内に流入したポストコロニアリズム言説に対する最も基本的な問題提起だろう。もちろん彼は、私たちに重要なのは反植民という立場だっただろうとし、ポストコロニアルを語る前に、植民、あるいは植民化（colonization）が何であるかをまず先に問わなければならないと言いながら、次のように言っている。

植民化とは何か？　それは人間が自らの運命の決定において、そして自らの生の方式の選択において、主人になれないということである。それはヘーゲルやホーネットが言ったように、個人的次元で見れば、まず人間が人間として認められないことであり、いかなる権利も喪失してしまうことを出発点とする。集団・民族・国家にこの概念をそのまま拡大することができる。それはつまり、政治経済的支配であると同時に、被支配者が自らの言語で語る能力を喪失することである。俗に近代社会は、まさしく権利を持つ主体の登場を前提にするものだが、ならば植民化とは、まさに近代の中の前近代、あるいは近代の制限性を示すものとなる。だが、この植民化の過程は、まさに近代の象徴である資本主義や国民国家の自らの拡張、帝国主義的侵略の産物であるがゆえに、国内的には独裁と労働抑圧を、国外的には植民地民全員に対する抑圧と搾取、精神的な奴隷化を伴っている。だから、これが単純な前近代的支配と異なるのは、それが近代化・文明化の一過程で見られるものであり、また近代化・文明化という論理によって正当化され、同時に文明化の一部をなしているという点である。

つまり植民化とは、被植民地人民の個人の立場から見れば奴隷化であり、これは自らの運命を自らが決めることができないこと、自らの生の方式を自らが選択することができないことであり、自ら自身の言語で語れないことであるというのである。「自らの言語で語れないこと」、私はこれが植民化の核心であるという彼の言葉に、今、韓国の文学がまさにこのような状態に陥っているのではないかという思いが、戦慄のように脳裏をかすめるのを感じた。彼は続けて言う。

筆者は、資本主義の世界政治経済の秩序の中で、植民化は三つの次元、あるいは様相として見られると考える。第一は、基本的には資本主義的な利潤動機にもとづいたものではあるが、外形的には国家の強圧的な支配として見られる、旧植民地段階の植民化、二つ目は旧植民地時代、あるいは被植民地国家が形式的な独立を獲得し、資本の支配が内部化されたところに見られるもので、先進資本主義国家の内部における、女性、移民労働者、少数者などに対する植民化、あるいはハーバーマスのいう生活世界の植民化であり、最後は、このような二つの過程とある程度重なっているが、グローバル資本主義の下で、もはや市場や商品が生の全領域に浸透し、アメリカの単一覇権主義や多国籍企業や超国籍企業の主導の下に、軍事・政治的な植民化とともに生活の基盤を完全に剥奪される経済的植民化、あるいは多国籍企業やアメリカの文化商品の支配の下に完全にさらされて、自らの文化や伝統、考え方や生の方式を、それに合わせて再組織するようになった、第三世界民衆の生の植民化がそれである。このすべての植民化は、経済的支配を最終審級とするなかで、事実上、政治・経済・文化の全支配領域にわたっている。

これによれば、私たちは現在、生の植民化の段階にある。これは私たちがアメリカの新植民地か否かという古い議論をあざ笑う、まったく違った、そしてより悪化した状況である。これは新自由主義体制に便乗したグローバル資本の支配の生んだ不可欠な現象だからである。このように生の全面的植民化という状況の中で、人々は豊饒の虚偽意識に陥るか、それとも極限的な貧困や疎外のために自らの言語で自らの現実を語る機会を持つことができず、存在はしているが不在であるような状態に置かれることになる。これをどうするべきか。金東椿教授はこのような植民化に対抗する戦いが、つまり脱植民化であり、それは記憶と体験の再構成、批判、そして特殊と普遍の統一としての「個別性」の追求という三つの方法で具現されうると言った。それはつまり、無視され抑圧された記憶を復活させ、それを「口に出す」ことであり、それらを政治権力との連関の中で批判することであり、最後にその発話と批判を通じて、私たちの実体的個別性を確認し、私たちの主体をきちんと構成することである。

金東椿教授はこの論文を、批判力を喪失していく韓国の社会科学のための苦言として書いているが、私はこの論文を、いまだ他愛ない内省のくびきにとわわれている韓国文学に対する叱咤として読んでいる。記憶し発言し批判することは、社会科学がやる前にまず文学がやるべき仕事だからである。九〇年代文学の開花した場所は、金東椿教授の言葉を借りれば「生の植民化」が進んでいた九〇年代の日常だった。九〇年代文学はその日常を想起した。しかし、そこには発言や批判がなかった。ひょっとすると、批判があったとしても、権力の次元、政治の次元に還元されることはなかった。だから主体の実体的再構成、つまり真のアイデンティティの確認がおこなわれるはずもなかった。九〇年代文学の最大の特徴は個人化であり自己愛であるが、植民化され奴隷化された自らの実体の認識に失敗したということはアイロニーに違いない。しかし、全体に対する感覚や、生の政治的審級に対する理解がない、あるいはそれを意図的に無視した九〇年代文学において、それははじめから期待自体が困難なことだった。

ここで八〇年代文学の合理的核心の再発見が重要な課題として浮上する。不幸な隣人に対する共同体的な愛情、誤ったものに対する公的な憤怒や批判、そして政治的審級を頂点とし、または最底部とする、生の全体性に対する感覚が、八〇年代後半の革命主義的過誤以前の、私たちの文学のもつ美徳であると同時に合理的核心だったといえる。これを修復するということは、まさにこのように全面化していく生の植民化に対立し、真の記憶を呼び出して、口を開いて発言し、これを政治的次元で批判・暴露し、そうすることで自らのアイデンティティを確認し、またそのうえで記憶、発言、批判へと進む、真の脱植民化の闘争が可能になるということを意味する。私は九〇年代文学が切り開いた日常と内面のひだに対する繊細な感覚と、八〇年代までの私たちの文学が持っていた全体に対する政治的感覚が幸福のうちに一致する時、それは可能になると信じる。いまや内省の長いトンネルから出る時である。そこから出て、私たちをこの理由のわからぬ劣等感の中にはてしなく縛りつける、この植民化された生との戦いを始める時である。はてしなく核心から滑り落ちていく文学を、いまや生の中心に持ち込む時である。

（二〇〇〇年）

4　文学でベトナムを克服するということ

二〇〇〇年六月二七日、ソウル市内にあるハンギョレ新聞社に、数千人におよぶ軍服を着た年配の男たちが群がり、警察の阻止をかいくぐって車を燃やし、建物に乱入してガラス窓や施設を壊し、新聞社の業務を長期間妨害するという暴力事態が発生した。彼らは「大韓民国枯葉剤後遺症戦友会」の所属会員であることがわかった。彼らは現在、アメリカ政府を相手に枯葉剤後遺症補償のための訴訟を進めているところだが、『ハンギョレ』とその新聞の姉妹週刊誌『ハンギョレ21』が、ベトナム戦争当時、韓国軍によってなされた良民虐殺の真相を取材し記事化したことが、在郷軍人たちの名誉を深刻に傷つけているばかりか、係争中の訴訟にも悪影響を及ぼすというのが、この「乱闘」の直接的な動因であった。

それから九日が経った七月六日夜、評論家のユ・シミンが初めて司会をつとめたＭＢＣテレビの『百分討論』という生放送の討論番組が放映された。その日のテーマもベトナムだった。討論のパネリストは、李泳禧《イヨンヒ》漢陽大名誉教授、チェ・ミョンシン初代駐ベトナム司令官、韓洪九《ハンホング》聖公会大教授、そして軍事評論家のチ・マンウォン氏ら四人だった。討論は結局、枯葉剤被害はまず韓国政府が補償し、その後アメリカに対して賠償を請求するべきだという方向で、ベトナム良民虐殺は真相調査後に適切な補償をするべきだという方向で、それぞれ結論が出たが、私はそのような常識的な結論よりは、二人のパネリストと一人の電話参加者がそれぞれ見せた予想外の態度が始終、記憶に残った。

その一人は李泳禧先生だった。先生は討論の間じゅう、ずっとベトナム戦争の歴史的意味を各種の具体的資料で明確にしようとしていた。つまり、ベトナム戦争はベトナム人民にとっては民族解放戦争であり、アメリカにとっては醜い帝国主義戦争だったというのである。そうなれば、当然、韓国軍のベトナム戦参戦はまさに誤った、あってはいけない選択になるのである。この点を指摘しているのは、すでに著書『転換時代の論理』（一九七四年）以来、李泳禧先生の畢生の作業でもあるので、実際にこと目新しいことではなかったが、生放送を通じてその話をもう一度聞くというのはたしかに印象的であり、言ってみれば今昔の感がするのであった。

しかし、私をさらに驚かせたのは、先生が几帳面に示したベトナム戦関連の米政府文書ではなく、ベトナム良民虐殺問題に関する先生の立場だった。先生の立場は一言で「戦争の中にはそのようなこともある」というものだった。「そのようなこともある」？――李泳禧先生がそう言ってしまったら本当にそのようになってしまう。だが、それは本当に、すべての戦争につきものの、そしてベトナム戦という特殊な性格の戦争だから、そのようなこともありうるのだろうか？

もう一人はチ・マンウォン氏だった。彼がはじめ軍事評論家という肩書きで新聞や雑誌に寄稿を始めた時、私は韓国にもそのような職業が存在するのかという新鮮な衝撃を受け、韓国の軍事問題に関する彼の明快で批判的な論調にかなり好感を持ったことがあった。だが、このシンポジウムで接した彼は、評論の中の彼とは違っていた。韓国現代史を専攻し、現在、ベトナム良民虐殺真相調査にかかわる団体に関係している韓洪九教授が多く使った、韓国軍による「良民虐殺」という言葉、当時、韓国軍が米軍の「傭兵」であったという言葉に対する彼の反応は、とても手厳しいものだった。彼は韓洪九教授に執拗に「良民虐殺」「傭兵」などの用語を撤回することを要求した。彼はベトナム戦に将校として参戦した「参戦勇士」だったのである。

最後に、そのシンポジウムで印象的だったのは、電話インタビューに応じたキム・ジンソンという予備役の大将だった。私は彼を実際に全斗煥《チョンドゥファン》や盧泰愚《ノテウ》の部下くらいに認識していた。だが彼は退役後、自らも将校として参戦したベトナム戦やベトナムに関する書籍をあまねく渉猟した後に、ベトナム戦争が民族解放戦争だったという事実がわかったと明らかにした。彼は自らがこのような事実を知り、ベトナムに派兵されたら、戦闘命令自体に逆らうことはできなかっただろうが、おそらく戦争に臨む姿勢や方向がまったく変わっていただろうと言った。この三人の人物の予想外の回答と反応を見ながら、私は真実というものの理解不可能な多面性について考えた。ベトナム良民虐殺という、まったく同じ事実の前で、ある人は意外にも適当に座視し、ある人は意外にも理性を失い、またある人は意外にも深い省察を示した。さあ、真実はどこにあるのだろうか？　誰の態度、誰の考えが本当に真実に近いのだろうか？

真実はここにもある。

「韓国の人々には幸いである。虐殺現場に写真記者がいなかったということは……」。そうだろうか？　私はトゥイ・ウン・アの言葉を聞きながら、もしかしたら幸福なのはアメリカ人かもしれないと思いました。彼らはここミライ博物館に来て、自らの血の色の歴史に出会います。ですが、ベトナムで私たちが出会える歴史はありません。私は自信をもって言うことができます。一度だけでもこの場所で、自らの良心に突き刺さる痛みと対面することができたら、誰もが平和主義者になってしまうでしょう。

（ク・スジョン「トンジャン村への道――ベトナムから来た手紙」『同時代批評』一九九九年冬号）

このエッセイを書いたのは、『ハンギョレ』の紙面を通じた「良民虐殺」の暴露において、結局、枯葉剤戦友会員の暴力的行動の誘発に大きな功績をはたした『ハンギョレ』のベトナム通信員である。氏が自分の手に負えない怒りや呵責に身を震わせながら、なかなか開けられない口を開いて、握れないペンをとって、韓国軍による良民虐殺の実際を伝える時、氏の心を動かした真実は何だったのだろうか？

私たちが米軍のノグン里良民虐殺事件の真相に接して、みなが憤怒する時、またアメリカ市民の良識と良心に訴えようとする時、志のある人々はまず先に、私たちの良識と良心を試さなければならないと考えた。その良心のリトマス試験紙がまさに、単なるうわさだけで、もう忘れてもいいような、大っぴらなうわさとしてのみ流れた、ベトナムにおける韓国の軍人による良民虐殺問題だった。

当然、私たちはノグン里に限らず、朝鮮戦争の中でおこなわれた米軍のすべての良民虐殺に対して、北朝鮮地域も含み、公式的な謝罪と賠償を受けなければならない。同時にこの原則は、私たちの南北の政権によっておこなわれた良民虐殺にもそのまま適用されなければならない。
しかし、それ以前に私たちはやるべきことがある。「戦線なき戦争」という口実で銃をとり、武器を持たない赤ん坊や子供達、女や年寄りまでを無惨に虐殺した韓国軍のベトナム良民虐殺行為に対して、日本やアメリカよりも先に、政府、参戦軍人、そして韓国市民がともに真に謝罪しながら、過去の痛恨の歴史を清算することである。

（カン・ジョング「ノグン里の怨念を越え、ベトナム虐殺の懺悔へ」『黄海文化』二〇〇〇年春号）

真実はどこにあるのか？　真実はどのように明かされるべきか？　ベトナム戦における良民虐殺問題は、接近方法と立場によって多様なスペクトラムが存在するだろう。まず参戦軍人の立場がある。その立場において、これははるか遠い異国の地、命令一つで死線を行き来しなければならない極限状況、そのなかで起こった偶発的で不可避な状況の所産としての「民間人被害」なのである。その反対に被害者の立場がある。その立場において、これは到底受け入れることも忘れることもできない、人間によっておこなわれた最悪の犯罪行為であろう。この間に数多くのスペクトラムが存在するだろう。一つの真実がそのうちどこかに隠れているのではなく、それぞれ異なる顔でそのすべてに隠れている。ならばその真実とは、誰でもそれぞれに正しいというような、相対性の盾の中に隠れて、まったく姿を現わさないだろうか？　そうではなく、そのようなこともあり得ない。

私たちは、精神的な恐慌状態に、知的・文化的な野蛮状態に陥らなければ、真実の、このような理解不可能に思える多面性にそれぞれ誠実に接近し、たとえ不完全なものであっても、ある種の全体の像に到達しなければならない。そして、その全体像に対して共感を分かち合い、幅広い合意を導き出して、ある種の可能な共同の行動で、社会構成員の力を合わせなければならない。その時に初めて、私たちは真の意味における民主的な世界市民になることができる。

いい文学作品が、まさにこの地点において必要である。いい文学は真実の多面性を示す。そして、その真実の間に多声的な対話の場を準備する。そして、その最後において、このような真実の間の角逐に耐えた、より高い水準の、より全体像に近い真実を示すようになる。

最近、発表されたキム・ナミルの短篇小説「チャミウォンにどう行くか」(『実践文学』二〇〇〇年夏号)は、まさにベトナム良民虐殺を素材にした作品である。ここには二人の主要な人物が登場する。まず話し手である「民主ムーダン」イ・ウネがおり、二年半もベトナム戦線をさまよった参戦勇士であり、今は零細企業の社長であると同時に教会の執達吏であるパクという人物である。ウネとパクは診療奉仕活動をしようという若い歯科医療陣とともにベトナムに来て、韓国軍の良民虐殺と関連する証言を聞く。ウネは医療陣の特別の依頼で、韓国軍によって犠牲となったベトナム良民のための巫儀をとりおこなう。彼女はこの巫儀を通じて、自らの複雑な家族史の因縁と、無念にも死んだベトナム人民の恨みを晴らすが、その過程でパクという人物の秘密も明らかになる。

パクは韓国軍の良民虐殺を否定する典型的な参戦勇士として、そのうわさを否定するためにこの仲間に颯爽と合流した人物である。しかし現地に来て、ふたたび三〇年も過去の記憶を思い起こしながら、彼はある部下の兵隊の死に対する自らの責任と、その部下の兵隊の死に対する報復としておこなわれた、良民虐殺の記憶にふたたび遭遇するのである。

この小説は記憶による浄化を語っている。記憶は真実を振り返り、振り返られた真実に直面してそれを回避しない時、その遭遇するものと受け入れるものは、まさに浄化と治癒につながることを示している。何が正しく悪いのかを、何が不可避であり不可避でなかったのかを語るのではなく、その是非を越えた記憶自体の復元、それ自体に対する率直さと誠実を要請しているのである。そうする時、それぞれの真実は、我執や弁明の手段というくびきから解放され、より大きな真実の形成のための土台になるからである。

文学がとらえたベトナム戦争の真実はここにある。

ギエンは時々、夢のために忘れてしまった記憶を取り戻す。彼にも一時は若い時代があった。今はまったく想像すらできないが、顔と心がまだこの戦争の野蛮と暴力に染まる前の若い時代が彼にもあった。それなりに苦痛と絶望はあったが、あの時、彼はまだ純粋で、今のあの兵士たちのように欲情や愛に陥った。
戦争は本当に悲しいものである。家庭も根もなく、果てしなく可憐に流浪しなければならないからである。戦争は男も女もなく、感情も欲望もなく、ただ悲しみと絶望しかない世の中をもたらした。まさに人間が作り上げた世の中なのだ。

（バオ・ニン『戦争の悲しみ』イェダム、一九九九年、四五ページ）

このようなことを考えたベトナムの若い兵士たちが韓国軍を射殺したように、まったく同様にこのようなことを考えた韓国の若い兵士たちが、まさに彼らを撃ち殺し、彼らの家族を突き殺したのだろう。この真実と真実の出会いと錯綜、このような普遍的な真実のもつれを深く肯定することにおいて、すべての浄化と贖罪が起こる。
だが、どのようにすれば、それぞれ異なる真実にさいなまれている人々が、互いに出会うことができるのだろうか？　文学はそのようなことまでできるのだろうか？

（二〇〇〇年）

5　文学よ、つばを吐け

私が現在——まさにこの瞬間に——するべきことは、このうっとうしいおしゃべりをやめて、おまえの、おまえの、おまえの顔につばを吐くことである。おまえが、おまえが、おまえが私の顔につばを吐く前に。

昨今、繰り広げられた、いわゆる「文学権力」に関する騒然とした議論に接しながら、私の頭中にはずっと、金洙暎《キムスヨン》の詩論「詩よ、つばを吐け」（一九六八年）に出てくるこの有名な一節が離れずに巡っている。文学は時に思弁の外装をまとうこともあるが、その思弁はすべてのものの根源に至ろうとする切実な熱望が言語の限界にぶちあたり、ありったけの力をふりしぼりながら哀惜する痕跡のようなものであるべきであって、言語の巧妙さにもたれた饒舌となってはいけない。

文学が必死のあがきの表現であることをやめて饒舌になる時、何の使い道もないおしゃべりになる時、それは醜い。そのとき、もしかしたら私たちはいっそ言語を捨てて、本当につばを吐いたり、頬を力一杯たたいたりする方がいいかもしれない。ならば、つばを吐く者も、そのようにつばを吐かれて顔を汚す者も、頬をたたく者も、たたかれる者も、はるかに早く自分のことに気付き、もしかしたら、さらに直接、さらに迅速に、自分たちが大切に考える根源的なもの、永遠なもののひとこまに到達するかもしれない。文学がつばを吐くことより、頬をたたくことよりいい場合があるとすれば、それは、あたかも蛇が二つの岩の間から抜け出して脱皮するように、言語の限界を血を流しながら突破する真の精神の苦闘によって担保される時だけである。そのときにはじめて、文学は美しく真に存在する価値があるのである。

数日前、私はある大学の文芸創作学科に所属する学生たちが、最近の文学権力論争に関連して発表した声明に接することができた。ふいを突かれた感じとでもいおうか、この問題が単に既成文壇の文学者の間の「権力遊戯」であるはずはなく、見ている人々も多く、そのなかにはまさに彼らのような文学的次世代もいただろうが、なぜ彼らが私たちを見ているという事実を認識できずにいたのだろうか、という思い。彼らがこのように語ることもあるだろうという思いを、どうして持つことができなかったのだろうか。

私たちはこれまで、多くの作家志望生が、制度圏の習作現場を無気力に浮遊しながら悩み不安をいだき、才能をきちんと咲かせることもなく引き返さなければならない残念な姿を見届けなければなりませんでした。そして私たちの一次的目標にならざるを得ない文壇デビューのために、入試や司法試験の勉強のように習作を書いていく悲壮感が、私たちに漂っていることも見届けなければなりませんでした。また、習作を書きながら、私たちが拘束され、また自ら内面化させている抑圧、私たちを思う存分発散不可能にする、おかしな雰囲気とメカニズムに、ものすごい重圧感を感じなければなりませんでした。

私たちは、その根源的な理由のうちの一つが、まさに私たちの前に厳存する文学権力のためであると考えます。これに対する感覚はほとんど本能的なものです。いくつかのメジャー文芸誌と文学者が主導する既存文壇の支配秩序、また既存の文壇が『朝鮮日報』をはじめとする報道機関と結託している共生関係は、私たちにとってすでに巨大な象徴的・現実的資本、権力として存在します。これは文壇の現実に事実上、隷属していたといえる作家志望生には、甘美な誘惑であると同時に死の前兆です。なぜなら、私たちは制度圏のこの資本や権力こそ、私たちが文学に近付き、文学活動をするにあたって、より多くの機会を保証されうる便利な手段であることを誰よりもよく知っており、同時にこの資本と権力が権威主義的であり、不当に自らの擁護に汲々としている牙城であるならば、私たちが後に身を置くことになるかもしれない空間も、別段、異なるものではなかろうという憂慮のためです。

（「文学権力論争に対するソウル芸術大学文芸創作学科の学生一三一人の立場」より）

既存の文学権力が、将来、文壇への進出を目標としている彼らのような予備作家にとって、このように羨望であり、不安を招く一つの巨大な力として受けとめられているという時、彼らがこの文学権力に対し、厳正な倫理的土台にもとづく真の権威をその最低限の基準として要求するということは、あまりにも当然のことである。それが、彼らが最近、展開されている文学権力論争において主として批判の対象になっている一部の文学者に対して、立場表明と公式的な論議の場への参加を要求する理由である。現在、いかなる既成の文壇の力学構造や利害関係からも自由な彼らのこのような要求は、いかなる既成の文学者の発言よりも大きな重さを持つと考える。

これと関連して、もう一つ注目を引く資料がある。『京郷新聞』の二〇〇〇年八月二四日付の「文壇に悪影響、「文学権力」がある」という記事がそれである。この記事は新聞社で無作為抽出した二二一人の文学者にメールを送り、そのうち四一人から送られてきた結果をもとに作成されたものだという。記事に出てきた通りに彼らの回答を要約するならば、「文学権力はたしかにあり、その弊害は深刻だ」というものである。彼らのいう文学権力とは、文学出版社、文学雑誌の編集同人、批評家たちであり、彼らがセクト主義と仲間意識を助長し、文学賞を商業的に利用して、偏向した作品評価を遂行しているというのである。この調査に参加した文学者が具体的に誰なのかはわからないが、彼らの回答がこのような結論に至ったという事実は、確かに大部分の文学者が、文学権力の潜在的あるいは実在的影響力が否定的な様相で行使されるのを経験したことがあるということを示している。

いまさらの話でも驚くべき話でもない。そして彼らが三人に二人の割合で、文芸誌から原稿依頼を受けられなかったり、批評対象から除外されたり、文学賞において疎外されたり、マスコミで自らの作品が取り上げられなかったり、人間関係において除け者にされたことがあると明らかにしたことも、やはりすでに体験的にまたは追体験的に充分に共感できる話だといえる。私がこの調査結果に注目するのは、彼ら匿名の文学者の見解や視角自体の内容のせいでなく、公然たる秘密、あるいは慣行的事実に対して、たとえ匿名のアンケート調査という形態ではあっても、数十人の文学者がついに「語った」という事実のためである。そのことを通じて、すでに彼らも答えたように、文学と知性社、創作と批評社、文学トンネなど、主要文芸季刊誌を出す出版社とその編集同人は、それぞれ一つの文学権力であり、その文学権力が肯定的ではなく否定的に行使されているという事実は、一つの暗黙的事実から公然たる事実の水準へと浮上することとなった。

もはや文壇に文学権力が実在するという事実は、誰も否めない事実となった。だが、事実、この「文学権力」という言葉は、どれほど耳慣れない言葉だろうか。いつからこの言葉は、私たちにとって、これほど美しくない意味を持った、問題的な用語として接近するようになったのか。今昔の感というか、世の中が変わったという気がする。少なくとも一〇年前は、いや、わずか数年前まで、文学権力という言葉はあまり聞くことのない言葉だった。権力といえば、まさに国家権力であったし、それはつねに抵抗と闘争の対象にすぎなかったのは、さほど昔の話ではなかった。

だがいつからか、権力の偏在化であるとか、「ミクロ権力」という言葉が流行し、権力という言葉は、ほとんどすべての人間関係と社会諸関係のなかにあまねく存在する、一つの普遍現象として受け入れられることとなった。それは一方で、ミシェル・フーコー流のフランス哲学の影響のせいでもあるが、より根本的には、一九八〇年代後半から一九九〇年代初頭にわたって、政治的抑圧の日常化に代表される軍事独裁体制の崩壊以降、顕著な絶対権力が順次消滅して、その現象の背後に隠れ、代わりに政治的暴圧という外圧の日常的な貫徹過程の中で、これまで隠蔽され留保されていた被抑圧勢力内部の多様な欲望と、それによる葛藤などの内圧が爆発し、社会全体がそれこそミクロ的な抑圧・被抑圧関係に還元されていったという事実を反映している。文学権力という言葉もその根源は同様である。

現在、文学権力の最も強力な所在地として注目を集める「文学と知性社」(以下「文知」)と「創作と批評社」(以下「創批」)は、よく知られているように、一九八〇年代には本質的に反文学的だった国家権力と恒常的な緊張関係にあった、反権力・脱権力の牙城であったといえる。特に昨今、望ましくない文学権力の代表的な例として最も厳しい視線を受けている「文知」の場合、国家権力に対してはもちろん、それに対抗する反権力に対しても、その権力意志を問題にし、徹底した脱権力指向性を示してきた。だが、彼らがなぜ現在、あたかも権力中毒者扱いされるようになったのだろうか。

考えてみると、先に『京郷新聞』のアンケート調査に応じた文学者が文学権力の弊害であると考えた現象――セクト主義、偏向的な作品依頼と評価、批評における疎外、文学賞の独占や不公正運営、閉鎖的な人間関係などは、単に今日のことばかりではなく、厳密にいえば無条件に批判を受けるようなことばかりではない。「文知」や「創批」は発生的に韓国文人協会や民族文学作家会議のような文学者団体ではなく、文学的立場をともにする同人によって運営されてきた出版社であり文芸誌である。彼らは自らの特定の文学的立場によって文学作品や作家を評価し、その結果を出版に反映する。現在はその厳格性がひどく損なわれたが、隆盛時には、いわゆる「文知」的な作家・作品が別にあったし、「創批」的な作家・作品が別にあった。そこには明らかに排他性があったし、その排他性は基本的に生産的なものだった。彼ら同人が特定の作家を好み、特定の作家を敬遠し、これを原稿依頼や評価、出版や支援などに反映するのは彼ら自身の文学的信念であり、その信念に対する献身であったのだから、それを問題にするのは一種の越権であり、ねたみに近いことだった。彼らがこれまで積んできた韓国文壇における権威は、このように真正性に土台をおいた自らの文学理念に対する献身の結実であるといえる。

だが、現在もそのような弁護が可能だろうか。ソウル芸術大学文芸創作学科の学生の声明と『京郷新聞』アンケート調査に回答した作家の批判は、単に二流・三流の作家や予備作家が時流に迎合し吐露した、怠惰な不平・不満の表現にすぎないのだろうか。まったくそんなことはない。歳月が流れ、それとともに多くのものも変わった。一九八〇〜九〇年代の転換期を経て、世界における文学や文学言説の存在様相に大きな変化がおき、政治権力との緊張関係が顕著に弱まって、文学の自律的空間が相対的に確保され、「創批」「文知」の同人的な文学理念はかなりの危機に瀕することとなった。そしてこれにそれぞれ世代交代の問題が重なり、一九九〇年代の文壇の地図は顕著な変化を示すこととなった。民族文学言説の衰退によって、「創批」は文壇において伝統的な影響力をかなり喪失し、出版社「創批」の生き残り戦略は、「創批」にも商業主義的浸潤を不可避のものとした。

これとは反対に、最も一九九〇年代的な文学集団といえる「文学トンネ」が登場し、いわゆる新世代文学の拠点としてその座を占めることとなった。「文知」は一種の漁夫の利と言えるが、「創批」的な傾向の衰退と、「文学トンネ」的なものに対する一定の留保が、相対的に「文知」に文学的権威が集中する条件を作ったのである。そして多くの批判者が指摘するように、「文知」第二世代が一九八〇年代を経て、これ以上新たな文学理念の産出者としての位置を守ることができず、単に既存の「文知」的蓄積物の管理者の位置にとどまり、徐々に「文知」は、権威主義と商業主義が奇妙に結びついた、一つの文学権力として更迭されることとなったのである。これが現在、「文知」が「創批」「文学トンネ」よりも、さらに多くの批判に直面することとなった理由であるといえる。
現在、「文知」をはじめとする文学権力に対する漸増する批判は、決して一過性のものでなく、単に周辺部の文学者の不平でも、また他の権力意志の作動の結果でもない。それは権威主義と商業主義によってより一層深刻化していく文学の危機、ひいては一九九〇年代以来、真の批判的な現実関与を喪失した人文学の危機を克服するための、一種の創造的解体作業の一様相と見るべきである。すべての権力が解体されるべきだというわけではないが、誤った形で硬直化した権力は必ずや解体されなければならない。退屈なおしゃべりと弁明の饒舌をやめ、文学がつばを吐く前に、まず自らの顔につばを吐くこと、しばらくの侮辱と羞恥を通過し、ふたたびよどみない精神に戻ることが何よりも必要である。少なくとも文学をする人間ならば、いつでも最初に、文学の根源に戻るべきではないだろうか。

（二〇〇〇年）

6　韓国文学は世界文学のなかで

二〇〇〇年九月二六日から二八日まで三日間、ソウルの世宗《セジョン》文化会館で「境界を越えて書く――多文化世界における文学」というテーマのもと、大山《テサン》文化財団主催の「二〇〇〇ソウル国際文学フォーラム」という行事が開催された。

この行事が注目を集めたのは、何よりも参加した韓国内外の人々の数字と、その面々の「華麗さ」のためだろう。外国の要人としては、ピエール・ブルデュー、柄谷行人、ウォール・ソインカ、イスマイル・カダレ、パスカル・カサノバなど、私たちにもよく知られた国際的なスター作家を含む二〇人が発表者や討論者として参加した。韓国内の要人としては、柳宗鎬《ユジョンホ》、金宗吉《キムジョンギル》、鄭玄宗《チョンヒョンジョン》、黄東奎《ファンドンギュ》、金禹昌《キムウチャン》、金源一《キムウォニル》、黄皙暎《ファンソギョン》、黄芝雨《ファンジウ》、李文烈《イムニョル》、朴婉緒《パクワンソ》、徐廷仁《ソジョンイン》、キム・ソンゴン、都正一《トジョンイル》などが発表者として、高銀《コウン》、李清俊《イチョンジュン》、金芝河《キムジハ》、チョン・ジェソ、崔東鎬《チョドンホ》、洪起三《ホンギサム》、金正煥《キムジョンファン》、キム・ヘスン、チェ・スンホ、金炳翼《キムビョンイク》、崔章集《チェジャンジプ》、キム・ヨンヒョン、尹興吉《ユンフンギル》、金仁煥《キムインファン》、チョン・グァリ、キム・チェウォン、李浩哲《イホチョル》、キム・グァンギュ、イ・キチョル、チェ・ユン、チェ・インソク、コ・カプヒ、チェ・ヤン、シン・ギョンスク、趙廷來《チョジョンネ》、カン・ネヒ、成民燁《ソンミンヨプ》、イム・ホンビン、パン・ソンワン、チェ・スチョル、朴常隆《パクサンニュン》、イ・ナムホ、尹志寛《ユンチグァン》などが討論者として出た。有数の詩人、作家、評論家、外国文学研究者、および関連者が大挙して席を一堂にした。記憶するかぎり、韓国でこのように大規模の国際的な文学フォーラムが企画され実行されたのは初めてのことである。

韓国でこのような大規模な文学行事が可能になったということを、どのように受け止めるべきかわからない。行事を主催した財団の強固な財力が生みだした例外的な現象であろうか。あるいは今日の韓国文学がこのような世界的レベルの文化的主体の訪問に耐えられるほどの力量を備えるようになったということであろうか。この行事にたったの一日、しかも数時間しか参加できなかった私だが、その後、入手して読んだ発表文の水準から見た時、その答えはそのあいだのいずれかの地点に求められると思われた。

一部ではすでにこの大規模な行事をめぐって、「評判の祝祭で食べるものがない」というように、事前準備の不充分、外国参加者の不誠実で主題に合わない準備、国内参加者の意識不足などを指摘し、真の意味における韓国文学と世界文学の出会いとは距離のある行事だったという評価を下している。直接、参加できなかった私だが、そのような批判的見解に原則的には同意できる。この「大層な」国際行事は、はたして、たとえばオリンピックやワールドカップ、ASEM（アジア欧州会合）会議などを懸命に誘致しようとする、私たちの社会の他の部門のある種の心理と、どれくらい異なる心持ちで準備されただろうかという問いは、充分に試みられる必要がある。ひょっとしたら、このフォーラムに参加したある外国の文学者が力を込めて強調している「グローバリゼーションに対する抵抗」が、グローバリゼーションに対する強迫が強く作用した「グローバリゼーション化された行事」を通じて宣言されるというアイロニーが演出されたのではないかという気がする。もちろんここには、文学の名においておこなわれるすべての「盛大な」行事に根源的に適応できない、私の個人の趣向が大きく作用していることを、あえて隠したくはない。

にもかかわらず、宴は終わり、結果は残った。フォーラムにおける討論の過程がどれほど生産的であったかはわからないが、行事で発表された提案や発表文が私に強く示すのは「世界文学と韓国文学のある種の距離感」であった。誤解を避けるためにいうならば、その距離は格差とは異なる。それは最近流行の言葉でいうならば、「差異」が作る距離に近いものであり、より正確にいえば、いわゆる世界文学に対する、国外参加者と国内参加者の感覚や認識の差異が作る距離であるといえる。

主旨文によると、このフォーラムは「新たな時代において、より一層加速するグローバリゼーション過程の中で、文学が当面する問題に関心のあるすべての韓国の作家に、特に貴重な知恵を提供」し、「窮極的にそれぞれ異なった文化や言語をひとつにつなぎ、そのなかに韓国の文化や文学も入れることで、多文化世界の中にすべての国々が平和に共存する真の二十一世紀のビジョンを創出」することが目的となっている。だとしたら、この主旨文に対して次のように問うことができる。このフォーラムに参加した外国人発表者の発表や討論は、私たちにはたしてグローバリゼーション過程にある文学の当面の問題に対する貴重な知恵を与えただろうか？　韓国の文化や文学は、他の文化や文学の輪の中に「入る」ことができたのだろうか？　あるいは、そのような可能性は発見されたのか？　そして、はたしてこのフォーラムは、多文化世界の中にすべての国々が平和に共存する、真の二十一世紀のビジョンを創り出す一つの契機となりえたのだろうか？

それが本当に一つの世界的傾向なのかはわからないが、このフォーラムに参加した外国招請者の発表文に、先に言った通り「グローバリゼーションに対する抵抗」というメッセージが強く共有されているという事実は非常に印象的であった。グローバリゼーション、あるいはその本質であるアメリカ主導の新自由主義に対する世界的規模の抵抗の先導的理論家として登場したピエール・ブルデューが、いくらも残っていない「自律領域」としての文学の抵抗を主張するのは当然のこととしても、「偏在する資本に対する政治的抵抗」としての文学的自律性（ジャック・ルボー）、市場法則を拒否する文学、固有のカレンダーを守る文学（イスマイル・カダレ）、アメリカ主導の文化的植民主義からの意識的離脱（マーガレット・ドラブル）、ユートピアのための闘争（ポリ・デラノ）が続けて主張されるのは、このフォーラムが見せた一つの珍景だったといえる。言ってみれば、彼らはまだ（?）文学を資本主義的システムに完全に包摂されていない、前資本主義的、あるいは非資本主義的な領域に属していると見ているだけでなく、その文学に、資本主義に対する抵抗を遂行できる余地が残っていると見ているのである。この点はたしかに鼓舞的である。だが、その抵抗は「自律性の擁護」という受動的次元でのことであり、狂奔する資本の世界の中で相対的にその価値が認められる、一種の象徴的抵抗にすぎないという事実は隠すことはできない。そして偶然にも、このような戦略をかかげる彼らは、白人たち、つまりいわゆる文学的第一世界に属する人物である。つまり、彼らにとって文学は、他の見方をすれば一種の「天然記念物」であり、まさにそのような稀少性が逆説的に一つの抵抗的根拠になるわけである。だから、彼らにとって文学が重要なのは、その内容のためでなく、その社会的な存在形式のためなのである。

これに対し、ホメロスとギルガメッシュを合わせ持つ普遍的な文学性を追求し、文学と文学の脱民族的インターナショナルの形成を主に主張するウォール・ソインカや、植民地宗主国の言語と被植民国の民族形式の結合を語るラファエル・コンフィアンなど黒人作家の場合は、帝国主義による植民地文化搾取の経験から、いまだきちんと解放されていない、アフリカ文学の認定闘争、あるいは生存闘争に深く没頭しているという感じを受けた。

ならば、韓国の作家は彼らとどう違ったのか？　韓国の作家の発表に見られる特徴は、まず他の外国の参加者らとは異なり、世界文学に対するいわゆる「地球的次元」の苦悩や省察が特に見られないということである。また、自らの文学を世界文学との関連の中で「後進的」と考える自意識を見出せないということである。それどころか、自らの作品と文学行為に、ある種の「世界的」意味が刻印されているという事実を認識し、それをそれとなく自負さえしているということである。

私はこれが、全地球的に見られる創造的文学と文化の危機に対する、「井の中の蛙」的な無知や鈍感から来るものなのか、あるいは、最も民族的なものが最も世界的であるとか、第三世界文学が世界文学を救援するなどという、七〇年代以来の民族文学の神話の残影から来るものなのか、または、本当に韓国文学のもつ世界史的な潜在力が、これら作家の自負心という形で肉化し、そのように表現されたのか、現在のところはよくわからない。あえて明らかにするならば、その三種がすべて入り混じっていると言いたい。

このような態度の頂点に黄晳暎がいる。彼は自らの人生の経歴がまさに民族の現代史の記録であり、そのことがもつ特殊性こそは世界史的普遍性が典型的に現出した様態であるという認識、また自らの文学は、まさにその世界史的普遍と韓国史的特殊を結び付ける一つの美学的必然の結果であるという事実を堂々と明らかにしている。この場合、世界文学と韓国文学の区別は無意味である。分断現実の克服を一つの作家的宿命であるとする金源一の場合、やはり世界文学を語らずに韓国文学の世界性を提示しているという点では同じであるといえる。

黄芝雨の場合も同じである。自らの人生と文学が、一方では韓国現代史の苛酷な経験や歴史的トラウマによって、他方ではキッチュの沈殿というモダニティの経験によって構成されているという彼の考え、そして自らの思惟とエクリチュールの中で、ヨーロッパの言語とハングルが互いに顔色を窺っているという彼の考えは、「私の近代は世界史的なもの」という彼の陳述に充分、真実性を付与する。ここでも韓国文学と世界文学の区別は光を失い、代わりに新たな姿の世界文学の未来態がその一端を示している。

随所に存在する日本語と英語の威嚇の中でも、体験の真正性によって母国語であるハングルに対する愛情をあらためて告白する朴婉緒の場合も、自らの人生と文学に刻まれた東洋と西洋の衝突様相や韓国の近現代史の体験を反芻し、その衝突の境界にある、そしてその体験を内面化する自分の文学の、その独特の「違い」を、守るべき美しさであると宣言する黄東奎の場合も同じである。そして、このような自負心はたしかに表明されなかったが、リアリズムからミメシスへと切り替えるものの、「見たいものだけ見て、理解したいものだけを理解するのは、真の把握ではない。さらに重要なのは「見なくてはならず」「理解しなくてはならない」リアリティーなのかもしれない」という李文烈の発言も、韓国文学に対する、そしてその一つとしての自らの文学に対する、将来のある種の古典的成就に対する期待や自信を前提にせずしては、このような断言の重みを持つことは困難なのである。

ある者は、韓国の作家・詩人のこのような自負心をとんでもないものだとか、あるいは考えることさえできないもの、井の中の蛙などと批判しようとするかもしれない。だが私はそうではない。私は、朴婉緒に、黄東奎に、金源一に、黄皙暎に、李文烈に、そして黄芝雨に、賛成票を投じる。身のほど知らずのショービニスムのためではない。世界文学は別途に存在せず、いま、ここで自分が信奉する韓国の文学が、つまり世界文学であるという彼らの暗黙的認識に共感するからである。私たちにとって文学は、単に自律性の確保に汲々とした一つの戦術的領土ではなく、いまだその内容の躍動性のために世界文学のフロンティアへとを押し上げることができる、「古い新しさ」を無限に内蔵した戦略的領土である。もちろんそれには端緒が必要である。韓国の文学が世界文学の名実ともに戦略的領土としての地位を確保しようとするならば、何よりそれに相応しい美学的苦闘や成就が必要であり、翻訳の問題もやはり解決されなければならない。容易なことではない。

また最初の問いに戻ろう。第一に、このフォーラムは韓国の作家に、グローバリゼーション過程で文学が当面する問題に対し、貴重な知恵を提供したのだろうか？――グローバリゼーションや新自由主義自体の問題は伝えられたが、文学的な次元における展望や対応に関しては、観点の違いがあったのではないだろうか。第二に、韓国の文化と文学は他の文化と言語の輪の中に入ったのだろうのか？――これもまた、いまようやく始まったにすぎないだろう。ただ、韓国文学と他の文学との間に、互いに対する喚起は成立したのだろうか？　また、多文化世界の中にすべての国々が平和に共存する、真の二十一世紀のビジョンは創出されたのだろうか？――これこそは主催者側も、単に修辞学的に掲げただけで、実際はさほど期待してもみなかった、はるかに遠い希望であっただろう。いまだその戦線すら、きちんと見据えることができずにいる状況ではないだろうか。

にもかかわらず、私は、この行事が、これまで九〇年代的な反知性的トリビアリズムと商品美学の脱殻からいまだ抜け出せずにいる韓国の文学に対して、世界を考え、人類の運命を考えて、その次元で私たちの問題を考えることがまさに文学の正しい指向であるという事実を喚起してくれたのは、一つのいい機会になったと考える。

私たちの問題はまさに世界の問題であるが、それは熾烈に意識されないかぎり、永遠にそうなることはない。


（二〇〇〇年）

7　時代の貧困に打ち勝つために——幻滅と疲労を越えた根源的批評への期待

先日、話題になっている映画『共同警備区域ＪＳＡ』（二〇〇〇年）を見た。妻や娘とともに近所の映画館で見たが、映画が終わって家に帰ってくるまで私は何も話せなかった。口を開くと、胸をこみ上げるものを押さえられないと思ったからである。反面、そばに座っていた妻は映画のディテールについて必要以上に多くのことを語った。そして後部座席に座っていた高校一年の娘は、気持ち悪くて反吐が出そうだといった。妻は妻で何も話さず、じっとしているのが耐えられず、娘の場合は、映画の与えた情緒的衝撃が、気分が悪くなるという生理的反応として表現されたのであった。

偶然にも私は、二〇〇〇年一月に映画『ペパーミントキャンディ』論で『マル』（ことば）誌のコラムを始めた。その時、私は「歴史性が強い代わりに日常性が弱い八〇年代型の物語と、日常性が強い代わりに歴史性が隠れてしまった九〇年代型の物語」が、『ペパーミントキャンディ』を通じて同時に克服されたとして、韓国の作家に、この映画を教訓にして敗北主義や芸術的堕落から戻るよう促した。だが、それは反響なき叫びにすぎず、この広く果てしない時代の底辺に沈潜し、私は私でまた、一編の映画から、今年すべての小説を合わせても得ることができなかった物語的・審美的衝撃を受け、このように茫然としているのである。

このような映画ジャンルの台頭と、それと対比される文学ジャンル、特に小説の衰退は、最近の韓国の芸術が示す最も劇的な風景の一つであるといえる。なぜ映画やテレビドラマはいいのに小説はだめなのか。読むテキストに対する視覚テキストの勝利なのか。もはや読むテキストの文化的購買力は限界に到達したのか。

このような判断は誤ったものではないだろう。たしかに映画、テレビ、インターネットなど、大衆の多様化した感覚や能動的な受容形態に積極的に対応する活性化したテキストが、書籍を媒介とした静態的・一方向的な文学テキストに比べて、ますます高い購買力を持つのは避けられないことであろう。そのうえ文化も市場を媒介とするものであるかぎり、高い需要を創り出す方に高級資本や労働力が集中するならば、文学生産の貧困もやはりある程度は必然的なものであろう。

しかし、このような診断の一面的な真実が、現段階の韓国文学の貧困のすべてを説明しているわけではない。文学購買力の減少を映画など他ジャンルと対照していうならば、「作品はいいが、売れない」といいたいところである。だが、現在の文学の貧困は、購買力の相対的な貧困でなく、何よりも作品の質的水準の絶対的貧困である。そして創造的才能の映画ジャンルへの集中に原因を見出すのならば、映画の時代以前に文壇にデビューし作品活動をしてきた、そしてたしかにいい作品を書いたこともあった作家の無気力と退潮がまったく説明できない。映画と文学の間に受容者である大衆を置いて、ゼロサムゲームを行うのでないならば、問題は、もう一度言うが、映画に比べた相対的貧困でなく、文学それ自体の絶対的貧困にある。単に貧しい文学と比べる時、『ペパーミントキャンディ』や『共同警備区域ＪＳＡ』の成就が羨ましかったのである。問題は相変らず文学の中にある。

個人的に評論活動を再開すると誓ってから、同時代に産出されている小説作品をこまめに読んでいる。量的に韓国の小説は、ほとんどその限界に達したといえるほど、多くの作品が発表されている。

しかし質的にはほとんどみじめな状況である。同時代の小説作品を読み始めてもう一年になるが、最近ほど小説を読む自分が情けなく感じられたことはなかったと記憶される。ときに相対的に目立って見える作品がまったくないわけではなかったが、それはそれこそ相対的かつ一回的なもので、その作家にとっても全体的傾向の中にあっても、ただの偶然の秀作に終わってしまう。

黄晳暎《ファンソギョン》の『懐かしの庭』（二〇〇〇年）一作くらいが、私の胸に鈍重な余韻をいくらか残しただけで、本当にこのまま韓国の小説は枯渇してしまうのではないか、という悲観的な気持ちを払拭できないのが率直な心情である。

あまりにも同じ指摘をしたために、もはや陳腐でお決まりの話になってしまったが、現在の韓国の小説の根本的危機は、どの作品も人物と状況（「性格と環境」といってもいい）の両面で「具体的な全体性」を確保できずにいることから来ている。私たちの時代の数多くの小説の中には、自らの人生を歩む姿を示し、それが同時代人のことであることは明らかなものの、それが本当に同時代の共通の運命を媒介しているという実感を与える場合は、ほとんど見出すことはできない。ただ様々な状況を生きていく様々な人々がいるだけで、その状況、その人物は、私たちの同時代的な生の全体性をまったく媒介できずにいる。そのことで彼らは具体的形象を持ったが、本当に自らが何者なのかをまったく語ることができない、抽象的人物になってしまうのである。

講義のために、金承鈺《キムスンオク》の『霧津《ムジン》紀行』（一九六四年）をふたたび読みながら、私はその主人公が作品の中でただの一度も、同時代の全体像と関連した陳述や行動をとっていないにもかかわらず、いつの間にか、いままさに本格的な資本主義のうずの中に吸い込まれている、だが、まだその生のある部分は、近代以前の非資本主義的アイデンティティに縛られている、一九六〇年代前半の韓国の人々の典型的様相を実現しているのを見ながら、いまさらながら現段階の韓国の小説の貧困を思わないわけにはいかなかった。

もちろん、現在は『霧津紀行』の時代ではない。あの時代には誰もが拒絶できず、また、認めざるを得ない、明らかな時代的変化の方向が存在し、多くの人々を吸引しうる平均的な生の様相がやはり存在していたといえる。言ってみれば誰の人生でも問題的でありうる可能性が高かったのである。

そのような面で、現在、韓国の作家が不幸な時代を生きていることは明らかである。しかしその不幸は相対的なものであって絶対的なものではない。小説というものが、世界に対する絶対的判断基準の消えた混沌の条件の中で、まさにその基準や価値を求めていく探索の様式であるとするならば、まだ小説の死は早すぎる。早いどころか、人生に対する小説的な模索は、より一層切実になっているといえる。

ならば問題は相変らず、芸術的・思想的力量まで含めた作家の主体的条件にあるといえる。今日の小説の貧困はまさに作家の貧困である。何よりも知識人としての作家、つまり知識人作家の不在が、小説貧困の最も大きな原因である。世界の全体像がそれとしてよく言及された過去の時期に、作家は同時に知識人でもあった。

しかし現在はそうではない。この世界は、そのなかで生きているだけでは、決して自らの全貌を見せない、ずる賢い世界である。その全貌を把握させないように、この世界には数多くの隔壁が縦横にめぐらされている。この世界を理解するためには、その隔壁を崩壊させる闘争や、闘争に準じた激しい知的省察を経なければならない。自らの狭い世界に幽閉された者の怠惰な観照では何も見えない。だが、現在、そのような作家がいない。いや、そのために懸命な努力をする作家すら見えない。

ならば批評は、批評家は、このような貧困から自由なのか。批評家こそ知識人ではないのか。ならば彼らは、作家がまだ遂行できていない世界に対する知的省察を遂行しており、完全な省察を阻むあらゆる抑圧や慣習、虚偽意識、堕落した言語を相手に、きちんと戦っているのか。仮にも批評家として、私はそのように実践しているだろうか。私ははたして知識人だろうか。このような問いがせわしく私の目の前を遮る。

いわゆるニューミレニアムの始まりという西暦二〇〇〇年が、韓国の文学界には災難の年になった。作品は貧しくても醜聞には事欠かなかったのである。

元「労働解放詩人」の軽挙妄動、「脱構築詩人」のセックススキャンダル、それほど名誉にならない名の文学賞と関連した、ある右派新聞社の醜悪な虚栄と、そこに喜んで奉仕する作家・批評家の政治的無意識、それと関連して自己撞着の罠にかかったある若い批評家の転落、そのように一つの巨大な醜聞になった文学賞を突然受けた、進歩的文学者団体代表の窮境、文学権力としての自らのアイデンティティを認めない文学権力の傲慢な盲目、盗作という致命的暗礁に乗り上げて座礁の危機に陥った、ある元老国文学者の恥辱、それと関連した学問的派閥主義の跋扈など、到底数え上げられない醜聞のオンパレードであった。

私は他の小文で、これについて、「いい作品という水が、みな乾いてしまった湖底の赤裸々な風景」と比喩した。文学の枯渇がこのような堕落をもたらしたと診断したのである。だが、その小文を読んだある後輩が、「このように堕落した制度や慣行や倫理意識が、文学の枯渇をもたらしたのではないか」と反問した。その瞬間、私は自分の鈍い頭を自ら叩いた。そうである。その通りである。このような醜聞を生む、生まざるを得ない韓国の文学界の貧しい良心と倫理に、正しい知性を期待できず、そのような状態で立派な作品を期待することもやはりナンセンスではないか。良心と倫理のインフラがない、知性の自己検閲の構造のない文壇や文学界において、商業主義と覇権主義が幅を効かせるのは当然である。そしてその商業主義や派閥主義が文学の流路をせき止め、よどんだ水溜りに溜まるのは必至の事実である。今日の韓国文学の貧困はこのように制度的に再生産されているのである。

ならば残るものは何か。幻滅と疲労だけなのか。その誘惑は少なくない。しかし幻滅と疲労は、知性のもう一つの墓場であり、貧困の別名にすぎない。文学の貧困を生産する、この途轍もなく喜劇的で不毛の知性風土自体を改変せずして、文学は生き返ることができない。大衆的な批判だけで問題は解決できない。私たちの時代のこの堪え難い精神の地層をその起源から暴きだす、より根源的な批評的挑戦がまったくもって必要な時である。

（二〇〇〇年）

8 方法的孤独の批評のための弁明

すでに一年半も前のことだが、ある文学雑誌に巻頭エッセイを書いたことがあった。ずいぶんと長い間、批評の現場を離れていて、また一念発起して評論を書くことを再開しようとした頃なので、どのような姿勢で戻ってくるべきかを考えざるを得なかった私は、その場を借りて、自分が批評に臨む、いくつ些細な原則を明らかにしたことがある。それは第一に雑誌や出版社の依頼を受けた批評は書かないということ、第二に作品集に収録する跋文や解説は書かないということ、特に裏表紙や広告に掲載される数行の祝辞のようなものは絶対書かないということ、そして第三に、詩人・作家とのプライベートな関係はできるだけ避けるということ、そして最後に、どのような文学サークルにしても、それを作ったり参加したりはしないという四つであった。いくら考えても「このようにやる、またはやるだろう」でなく、「何々はやらない」という、窮地に追い詰められた消極的な原則にすぎない。世の中を読む識見も、困難を打開する企画も、ともに持つことができない、行くあてのない一介の書生の愚行ではないか。世の中をどうしようということもないまま、自分の身ひとつ背負って生きていくのが、どうもつらいのだという風が、これほど歴然としていることもないだろう。

だが、さらに大きな問題は、私が現在もそのみすぼらしい原則を守ること以上に、一歩も外に出られずにいるという事実である。批評家の仕事とは、同時代の世界を批判的に見て、そこで同時代人の生の方向を導くことだというのが古い考えでないならば、世界を読む新たなパラダイムを準備し、同時代の批評の基準を立てることに対応できないまま、これまでの一〇年近い歳月の間、前途の見えない愚人のように暗中模索だけを繰り返している私は、今、厳密にいって批評家であるともいえないわけである。

だが、このように些細で防御的・非生産的な原則だけを守りながら歳月を過ごしてみると、それなりにある種の打開策が見えてくるということがないわけでもない。このような原則を掲げて守ろうとしているのは、とにかく孤独を得ようということである。ひとまず時勢に振り回されない不可侵の領域を作り、それを守るという心づもりである。考えによっては、この孤独は受動的で存在論的なものではなく、積極的であり方法論的である。「方法的孤独」というものもあるのではないだろうか。一人の批評家として、空疎な評論、気の進まない評論は一つも書かないという思い、そしてその思いのために引き起こされる、いかなる犠牲や損害も甘受するという思いは、単に退嬰的であったり自虐的であったりするような考えではないのではないだろうか。

私がこのように「方法的孤独」を語るのは、批評家としての私の生と思考にある種の浄化が必要だと考えるためである。八〇年代のような巨大言説への衝動と九〇年代のようなミクロ言説への傾斜、そのなかに渦巻くロマン主義的な英雄主義と小市民的なニヒリズムを、ともに強烈な倫理的自問の火をもって燃やし尽くさなければならないという考えがそれである。それでも仕方なく残ることとなる、私という名の主体に戻ろうという考え。すべての権威と権力が想像的にも、また実際的にも解体され、すべての確実だった中心と境界が煙のように消えてしまう、未曾有の遠心化の時代だが、その遠心化を自らのこととして経験する主体としての「私」の自意識は残るのではないか。このような時、まさにこのような主体の自意識を問うことこそ、最も根源的な批評の仕事ではないだろうか。

しかし、このような次元に進む必要もないかもしれない。この批評の堕落が公然となっている時代に、混沌の世界にある批評家の自意識を問うことは、むしろ贅沢なことかもしれない。八〇年代を支配した厳粛主義の強迫が消え、文学が時代精神の求心の場から滑り落ちることとなってから、文学批評の場はそれ自体として欲望が角逐する市場になってしまった。文学作品を発表し出版することが、一つの政治社会的言説を形成する文化運動の水準から、一つのトレンディ商品を出荷する商売の水準へと堕落し、批評もやはり商品包装のための装飾行為に転落して、それにともない批評と無自覚的売文の間にあったはずの境界もやはり消えてしまった。さらによくないのは、そのような創作と批評両面の商品化が、一つの文学言説として再度包装されるということである。批評が文学商品を包装し、そのように包装された文学商品がよく売れれば、その包装術としての批評が文学的市民権を得て、さらに一つの文学言説へと、またひいては一つの権力へと転化するのである。そしてひとまず権力の中心が形成されると、すべての権力がそうであるように、それは生い茂るように増殖する。八〇年代批評が運動権力であったとすれば、九〇年代批評は商品権力である。その権力もやはり文学を生かす権力でなく、文学を枯渇させる権力である。文学の萎縮が商品化の衝動を生み、商品化の衝動はまた文学を枯渇させる。この過程で九〇年代批評がおこなった仕事はおぞましいものだった。九〇年代批評の主流をなした批評家のうち誰がこの悪循環の責任から自由だったと言えるだろうか。

大雑把な一般化になるかもしれないが、八〇年代批評が倫理過剰だとすれば、九〇年代批評は倫理欠乏である。この倫理の欠乏は商業主義への埋没としても見られるが、一方では政治意識の失踪や投降主義としても見られる。たとえば当初から冷笑的な市場主義を掲げた『文学トンネ』の批評意識は言うまでもないが、権力との本源的緊張を根本としていた『文学と社会』の保守化と権力化、民族文学論の理論的・実践的基地であった『創作と批評』のアイデンティティ混乱は、批評の危機がすでにある限度を越えてしまったという考えを不可避なものとする。私は、韓国の批評の商業主義的な文化権力化が、今、ただちに終息しないならば、批評家がその無気力な快楽ないと考える。

から離れなければ、批評の危機、ひいては文学の危機は、もはや文学の終末につながらざるを得

「じっとしてさえいれば中間くらいには行く」ということがある。私自らもこれまであちこちのぞき込むなかで、すでに韓国の批評が陥っている沼に片足は充分突っ込んでしまった形だが、それでもまだ突っ込んでいないもう片方の足は残っている。この無様な原則のおかげである。そのおかげで私は、いかなる商業主義的な文学権力からも自由だと、あえて言えるようになっただろう。しかし、その自戒の原則と、そのなかにある「方法論的孤独」という中身は、自虐的ではないとしても、初めに言った通り、ひたすら一人の怠け者の批評家の自己合理化として使われるだけの、消極的なものであるにちがいない。だが、ひょっとしたら、この方法的孤独を他の批評家と分かちあうことはできないだろうか。私はすべての批評家がこの孤独を自らのものとするならば、死にゆく韓国の批評が回復するのではないかと思う。それは古くさい倫理キャンペーンにすぎないかもしれない。だが、余すことなく堕落した世界では、そのような倫理的処方も有用だろうと考える。たとえば現在、いわゆる「批判的エクリチュール」という名で展開している一つの流れを、その倫理的処方がかなり効果を発揮している事例と見ることはできないだろうか。これまで放漫に形成されてきた、あらゆる神話と、偶像と、権力と、常套と、偽善と、二律背反と、自己矛盾を、みな赤裸々に攻撃するエクリチュールを遂行する、ごく少数の批評家において、私

はこの方法的孤独が一つの武器になる可能性があることを目撃する。

依拠できる外的規律が消滅した世界において信頼できる唯一の実体は、主体としての自己自身である。それ自身すら、実は、到底解明できない他者の行う欲望の戦場にすぎないならば、自己自身はまた、その自己自身の中に入って浮遊する他者を発見し、批判する主体になればいい。「私」は最低限このように批判する主体になることはできる。いや、それは最小値でなく、実は最大値である。批判し懐疑する主体こそ、他のものに還元不可能な最高の中心だからである。私のいう方法論的孤独とは、理想的水準においてまさにこのような主体との激しい対面の方法であり結果なのである。いかなることも恐れることのない自己批判と他者批判の同時的追求——私はこれを批評家の倫理と呼ぶ。私は私たちの時代に批判的エクリチュールを実践する一部の批評家も、やはりこのような方法的孤独と倫理意識に依拠する人々であると考える。時には形式が内容よりさらに重要な時がある。いかなる華麗な修辞も、いかなる高尚で峻厳な議論も、このような倫理意識や批評的自意識を通過しなければ無意味であるという平凡な事実を、私は韓国の批評界に繰り返し喚起しようと思う。

このようなことは不可能だろうか。私たちの時代の批評家が、みな自らの机の前で、その絶対孤独の空間に戻ることは——。権力化されたサークル集団に中途半端な橋をかけずに、肥大化した文学出版社から与えられるいくばくかの金と名誉を追い求めずに、批評家としての純粋なアイデンティティに帰依することは——。そうして同時代の文学と世界と人々の前に正直に一人で立つということは——。ひょっとしたら、そのことはいますぐ潔く決断すればいい、きわめて容易なことではないだろうか。

（二〇〇〇年）

9 単子、商品、そして権力

現在、同時代の韓国文学は、二重の悪夢に苦しめられている。最初の悪夢、それは外部から来るものだが、文学でない異なるものが、これまで文学が占めてきた文化的威儀を蝕んでいることからくる。もちろん、東アジア三国にみな該当することではあるが、「文」と「学」、たとえば、少なくとも朝鮮時代以来、韓国文化の最高価値を占める二つの単語からなる「文学」という言葉が、そのまま「文として書かれたもの」という意味の外国語「Literature」の訳語として使われてきたというところに、韓国の社会においてこれまで文学が占めてきた、ある種の権威と意義を考えることができるだろう。しかし、もはや文学はこれ以上、その権力の座にとどまることができなくなった。映画やインターネットコンテンツなど、より感覚的で刺激的な多重のメディアやジャンルが新たな世代の主要な疏通記号の生産地となり、文学作品を「読むこと」は、古い世代が新

ディストピアを越えて

この「単子」「商品」「権力」の循環構造は、悪夢のシナリオではなく、まさに現在も韓国文学を硬直させている白昼夢それ自体の様相である。この憂鬱な二十一世紀の韓国文学のディストピアを克服できる道は不幸にもさほど見出すことはできない。内破がだめならば外破が必要だろうか。文学が商品としての交換価値を完全に喪失する、脱商品化、脱資本化を期待するのは、それほど苛酷なものであろうか。もしかしたら、そこにはまた他の力の作用が必要なのかもしれない。

（二〇〇〇年）

10　この時代に文学をするということ

みなさんは「文学する」という動詞を使ったことがありますか？　あるいは聞き覚えはありますか？　おそらくほとんどないでしょう。韓国の大人たちが「ブログする」という言葉を自然に受け入れられないように、みなさんも「文学する」という言葉はどうしても聞き慣れないでしょう。ですが、国語辞典には出ていませんが、一時、この「文学する」という言葉は大きな意味を持った言葉でした。それは単に、詩を書いたり、小説を書いたり、あるいは評論をする、という言葉の総和以上のものでした。そこには何か、より大きく、よりそれらしい、ある種の意味が込められていたのです。

「文学すること」は普通の人々にはなかなかできないこと、何か特別なことを生まれつき才能ある人々がやること、そしてそれだけに尊く貴重なことでした。そして「文学する人」――つまり文学者、あるいは作家や詩人たちは、それだけ尊く貴重な存在、特別な存在として待遇されました。それは金を儲けたり、高い階級的地位を享受したりすることとは異なる次元の特別待遇だったんです。ひょっとすると文学をする人、あるいは文学することが金儲けと関連があるという考えは、むしろ最近になって出てきた考えで、昔、文学する人は、金や地位とは特別に距離が遠い人、ひょっとすると最も距離が遠い人であるという考えが支配的でした。ですが、文学する人、文学するということは、昨今よりはるかに尊敬されることでした。

その昔、作家や詩人たち、あるいはさらに大学の文学徒（国文学であれ、英文学であれ、仏文学、独文学であれ）がしばしば聞くのが、「文学をするという者は……」という言葉でした。それは、文学する人はこのようでなければならないという、ある種の暗黙的な当為が存在したということであり、そのような当為や期待に沿えない行動をとれば、それだけ指弾を受けたということです。たとえば文学をするという人が、金や地位のような世俗的欲望にしばられたり、因襲的で既成品的な考え方を示したりすれば、間違いなく「文学しているという人間が……まったく」と言われることになるのです。その時期、文学では飯が食えない、だから文学をすることはあまりいいことではないと考えながらも、にもかかわらず、文学をするならば、少なくともこのくらいのことはするべきだという価値の基準というものがあったのです。

その時、文学する人々は不幸でしたが幸せでした。ですが、最近はそのような幸せな不幸、あるいは不幸な幸福はおそらく存在しないと思います。最近の詩人、小説家、批評家にそのような両面的な意識があるでしょうか？　私は世俗的には不幸だが、文学をしているから幸せだ、あるいは私には文学があるから幸せだが、世俗的にはきわめて不幸であるという意識、いや、そのように世俗的不幸と芸術的幸福を同時に一身に引き受けるという事実自体に対する、自負心のようなものがあるでしょうか？　わからないわけではありませんが、そのような自負心はかなり弱くなったでしょう。そのような自負心が維持されるためには、文学がそれだけ重要なものであるという社会的認識が保障されなければなりません。決して金や地位には換算できない尊重と愛と信頼が、文学に対して、文学することに対して付与されなければならないということです。ですが、最近もはたしてそうでしょうか？　文学がそのような待遇を受けているでしょうか？　いわゆる「文学する人々」がいまだに尊敬されているでしょうか？　「文学する」という言葉が死語になって行くことは、同時に、文学することに対する「呪われた自負心」が消えることを意味するのです。

最近、詩、小説というものは様々な専門分野の一つ程度と認識されており、詩人、小説家、つまり作家という存在も、やはりそのような専門分野に従事する、そこそこの専門家の一つと認識されていると思われます。ですから、詩人や小説家というのは、デザイナー、モデル、俳優、歌手などと同じように、様々な専門職種の一つ程度として受け止められているということです。弁護士、会計士、医師、大学教授などの高級専門職と初めから肩を並べることができないのは、このような職種の従事者は、一度資格を取れば、まさに中産層以上の人生のレベルや社会的地位が保障される反面、作家、デザイナー、俳優、歌手などは、ひとまず資格を持つのはさほど難しくない代わりに、一定水準以上の生活の質を保障されたいならば、血のにじむような競争を通じて生き残らなければならないからです。ヒット作があれば生き残って成功し、ヒット作がなければ淘汰され失敗すること、それが俳優、歌手などと同じように作家の運命となってしまいました。

悲しいことです。作家という職業の社会的レベルが低くなったから悲しいといっているのではありません。作家の社会的存在価値が職業的観点からしか評価されずにいるということが悲しいのです。最初から作家という存在は、一定の収入を期待することも、安定した生活を期待することもできない存在なので、収入を基準とする社会的レベルはいつも低くならざるをえません。作家の貧困は昨日今日のことではないのです。作家の社会的レベルはその文学を通じて決定されるのであって、職業的序列によって決定されるものではありません。にもかかわらず最近はますますそうなって行くようです。

ずいぶんと儲けている作家もたしかにいます。朴婉緒《パクワンソ》、ウン・ヒギョン、シン・ギョンスク、コン・ジヨンなどの女性作家は、順位を上げたり下げたりしながら、つねに最高ベストセラー作家の地位を維持しています。李文烈《イムニョル》、崔仁浩《チェイノ》、キム・ジンミョン、キム・ハインなど数人の男性小説家も、やはり作家としては満足できる収入を上げているでしょう。詩人たちでは誰がいるでしょうか。リュ・シファ、イ・ジョンハ、ヨン・ヘウォンなどは詩集がずいぶんと売れるベストセラー詩人といいます。ですが問題は、通俗作家であろうとなかろうと、おそらく彼らがそれでも小説を書いたり詩を書いたりして生活できる作家のすべてであるという事実です。残りはすべて貧困を業として生きていたり、あるいは生計のための職業を別に持たなければならない人々です。ですから、文学は蓄財手段どころか、生計手段としても最初から見込みがない職種です。

言葉を変えれば、文学はお金を基準に考えてはいけない分野だということです。お金を越えたもの、飢えて死んではいけないけれど、時には飢えて死んでも、お金や社会的地位とは関係ない、ある種の他の価値基準によって考慮されるべき特殊な分野です。文学を判断する最高の価値基準は、それがどれほどこの世界に対する反省を可能にするかというところにあります。文学はこの世界の中に属するものですが、同時にこの世の外側になくてはならない、この世の中に属してはならないものです。言い換えればそれは夢のようなものです。夢はいまだ存在せず存在できないものを喚起させます。そしてそれは、現実の欠乏と苦痛を越えるべきものに、越えられるものに変えてくれます。文学はそのようなものです。そのような文学作品や作家に代価を支払う社会は健康な社会です。ですが、それとは反対に、代価を得るために文学をする社会は死んだ社会です。現在の韓国社会はそのどちらでしょうか？

文学にはどのようなジャンルがあると学びましたか？　詩、小説、戯曲、評論、随筆……おそらくこのように学んだでしょう。ですが、このように文学の中に五つほどのジャンルがあるという考えや常識が一般化されてまだ百年も経っていないと言われたら、みなさんは驚くでしょう。アリストテレスが詩を叙事詩・抒情詩・劇詩と分け、叙事詩が小説に、抒情詩が詩に、劇詩が戯曲へと発展したということを、耳にたこができるほど聞いてきたみなさんには、かなり疑わしい話でしょう。ですが、アリストテレス以来これまで文学のジャンルが一貫して存在したというのは事実ではありません。もちろん詩が存在し、戯曲が存在し、神話や伝説、民話、英雄小説（ロマンス）が存在し、近代以降に小説が登場したことは事実です。人間が生きるところに物語（叙事）と歌（抒情）が存在するのは当然のことですからね。

ですが、そのようなものがまさに「文学」（literature）という名でくくられることとなったのは十九世紀後半のことです。当時のヨーロッパでのことですが、封建体制が崩壊し資本主義時代が幕開けして、人々が物質文明の発展に陶酔しとらわれて、魂が荒廃し、人間性が堕落の道を歩むこととなり、イギリスの数人の批評家がロマン主義的な想像力によって現実を批判し克服しようとする同時代の詩や小説作品に注目し、これに「文学」という名を付けて、大学でこれらを研究し大衆に読むことを奨励して、窮極的に世俗化された宗教に代えようという運動を始めました（本来、ヨーロッパで「文学」（literature）は文字で書かれたすべてのもの、あるいはせいぜい高尚な文書、書籍などを意味しました）。ですが、この運動は資本主義のグローバリゼーションとともに近代世界の最も意味ある文化運動として浮上し、学校における文学科目（英文学科、仏文学科、独文学科など、文学を教える大学の諸学科）の世界的定着とともに、一つの制度として定着することとなったのです。みなさんが「文学」というと思い出すイメージ、そして、さきに私が力説した文学の本質は、まさにこのように二十世紀に流入し、世界的に公認された文学概念にすぎません。そしてこのような文学概念によって文学史が書かれ、はじめて人類の歴史上に登場した様々な抒情的・叙事的な文献（歌や物語）が、「文学」という名を得ることになったのです。

ですから、文学のジャンルとして、詩、小説、戯曲、評論、随筆があるという常識的なジャンル認識も、実はこのような形で「文学」が制度化され決定した一つの約束事にすぎないのです。また興味深いのは、そのよく知られた五つのジャンルが「文学」の中に占める比重が均等ではないということです。近代文学の寵児といえる小説がそこで最も大きな比重を占め、その次に最も長い歴史を持つ詩が、抒情詩の形で近代的環境に適応してその次の比重を占め、戯曲の場合、やはり最も長い歴史を持っていますが、それは演劇という他の芸術様式により近接し、その文学的意味はかなり色褪せつつあり、評論は独自の文学というよりは、小説や詩の「文学性」をたえず喚起し監視して方向を定める理論活動であり、随筆は本来十九世紀以前には「文学」の本体でしたが、虚構性や想像力を強調する近代文学においては周辺ジャンルに編入されているにすぎません。

このように見る時、もし、いい詩や小説が出てこないならば、つまり、詩と小説が堕落した近代世界に対する反省と、よりよい世界に対する展望をこれ以上示すことができないならば、私たちの考える「文学」はその土台から崩壊するのです。ですが、さきに話したように、現在の韓国では不幸にも、このような詩と小説の堕落——現実世界に対する想像的代案となりえず、現実世界の論理に商業的に抱き込まれてしまう現象——が深刻に進んでいると思われます。いまだ多くの作家や詩人は堕落していませんが、その堕落していない作家や詩人の居場所がますます消えつつあるのが今日の現実であり、それを「文学の死」といっても現在は大きく間違ってはいません。いや、より正確にいえば、それは現在、私たちの知っている「近代文学の死」というべきでしょう。

このように「文学する」ということが、これ以上、夢を見ること、世界の中から世界の外を眺めること、世の中を反省することとはならず、単にこの世の本質と何も異なるところのない、軽い内容の娯楽物を提供する金儲けの一つとなり、作家というものが単に二流の専門職の一つに転落していく現実においても、「文学」は偉大なものと言えるでしょうか？　夢を見ること、反省すること、戦うことを文学の本領とわきまえ、開いた目で夜を明かす作家や詩人、そして彼らの作品が、出版社に、批評家に、そして読者にますます敬遠される現実においても、「文学」は相変らず大切なものだと言えるでしょうか？　ひょっとすると、小説や詩という近代文学の核心ジャンルとそれを支える文学制度が、もはや古びてしまったのではないでしょうか？　このような問題に対して深刻に回答することは、私の能力を越えることでしょう。ただしこのような問題が現在、韓国文学（もちろん世界文学もほとんど同じですが）の中心問題として浮上しているという事実くらいは、みなさんも知っておく必要がありそうです。

ならば、もはや文学の生命は終わったのでしょうか？　そうであるともいえますし、そうでないともいえます。小説や詩を中心に近代的な文学制度の上に存続してきた「近代文学」の生命は、不幸にも終わろうとしているように見えます（もちろん、韓国の場合は少し違った特殊性があり、そうならないかもしれませんが、その話はここですべてを語ることはできません）。ですが、文学の生命は終わったわけでありません。十九世紀以前に文学の中心は詩や小説ではありませんでした。その当時、詩は単に愛の歌であり、小説はたかだか文字を解読できる庶民階級の安価な読み物にすぎませんでした。その当時、文学の中心は広い意味でのエッセイでした。そのエッセイは封建体制を危機に陥れる最も強力なエクリチュールでした（ヨーロッパの啓蒙思想家のルソーやヴォルテールの著作、韓国の実学派知識人の著作などを考えてみて下さい）。当時はそれが文学でした。

事実、現在、みなさんの生きる世界はきわめて不安で苦痛多き世界です。にもかかわらず、詩や小説はこのような世界をきちんと証言し批判できずにいます。一部の商業的によく売れる作家は事情が違うでしょうが、多くの貧しいけれども良心的な作家も、やはりこのような現実の前に多くの苦悩を抱えています。しかし、私は彼らが詩や小説にこだわるかぎり、詩や小説を発表すること以外に他の方法がないと考えるかぎり、彼らはその多くの苦悩にもかかわらず、この時代を誠実に生きる作家と評価されることはないでしょう。

インドにアルンダティ・ロイという女性作家がいます。彼女は『小さきものたちの神』という小説を書いて、イギリスのノーベル賞といわれるブッカー賞を受賞し、その本が世界的に六百万部も売れて、瞬時にして富と名誉を築いた若い女性です。ですが、彼女はそのように稼いだ金で世界旅行をして、祖国インドの旅行を終えた後、それ以上小説を書きませんでした。代わりに彼女は、新自由主義グローバリゼーションの荒波の中で苦痛を受けるインドや世界の貧しい民衆の惨状と、そのような惨状の上で私腹を肥やす多国籍資本や権力を痛烈に批判するエッセイを本格的に書き始め、現在は全世界的に有名なエッセイストになりました。彼女のエッセイは小説よりはるかに感動的であり、さらに影響力を持つ、私たちの時代の最も立派な文学作品といえるでしょう。韓国の場合も最近は、詩や小説よりインターネットや本を通じて接することのできる、より自由なエッセイをはじめとする様々な形式のエクリチュールの方が、はるかに多くの人々を動かしていることを確認することができます。だとすれば、それが現在は文学になるのです。そしてそのような文学を生産する人々が、まさに私たちの時代の誠実な作家なのです。

近代文学が古びて堕落してしまったからといって、文学が死んだわけではありません。何かを書くということは、実は本源的に反省的な行為です。いい文章はつねに人生と世界に対する批判的省察を含んでいます。みなさんが文学をしたいのであれば、いまや真に「文学すること」は、詩人になったり小説家になったりすることではなく、そのような形式にしばられず、文壇デビューに命をかけたりせずに、自らの良心と意志によって、この世界に対する冷徹な批判と深い愛情を同時に込めた、いい文章を書くことです。それが幸いにもすばらしい詩や小説になれば申し分ありませんが、詩や小説の枠組の中にみなさんのはつらつとした新鮮な考えやすばらしい文才を詰め込もうと汲々とする必要はありません。いい考えを自由に書くことをまず優先してください。そして、そのような文章がたまったら本を出せばいいのです。そのことが今日、望まれる「文学」であると考えます。

（二〇〇五年）

第4章　ふたたび批評を始めて

1　火をさがして戻る

「火をさがして」という口実で、無明の闇の中にあたふたと入っていってから、すでに七年の歳月が流れた。(1) 戻ってくるという約束があったのかわからないが、もし戻ってくるならば、つらいことなどなかったかのように泰然と、もしかしたら少しは得意気な姿で戻ってくることを望んだ。本当に火をさがして戻ってくることを。だが、それもやはり迷妄だった。どこにも火はなかった。いや火はあったが、私は火種を得て持ち帰ることはできなかった。風は荒野だけに吹くものではなかった。その風は粗末な私の存在のうちにもすでに満ちていた。

にもかかわらず、私はこのように戻ってきて評論を書いている。火をさがせなければ、あたかも絶筆するかのようだった悲壮な勢いはどこかに行き、恥ずかしくもこのように貧しい評論を書くことにつまらぬ延命を企てているのである。なぜまた書くのか。なぜまた批評をはじめようとするのか。何のためにこの無聊さを押し切るのか。この問いにきちんと答えずして、こっそりとまた評論を書くことを始めることはできない。

離別の歌のように書かれた七年前のその評論で、私は「動揺する精神が、いかに堅固な客観的説得体の文章に自ら耐えていけるだろうか」という言葉で、その評論の私的な文体と破片的な構成に対して逃げ腰となった。だが私は現在もやはりその時と同様に一人称の評論を書いている。それは私の批評がいまだ戻るべき頼るべき場所を見出していないからである。辞書を広げるようにいつでも参照と解釈が可能な知識の中心、私の認識の中心にそれが位置するとき、私の批評行為は神託を解説することであり、私の批評言語は定言命法の入った水晶の器だった。霊媒の言葉がそうであるように、私の批評は私を発話主体として、実は見えない他の絶対的主体の言葉を媒介しているにすぎなかった。にもかかわらず、あえて言うが、その言葉は美しかった。私の主体性とその絶対的客観性の融合は、錬金術のように確信に満ちた黄金のような予言的言語を表現することができたのである。だが、その絶対的客観性が崩壊した。そしてそれに依存していた私の主体性もともに崩れ落ちた。これ以上、神託を受けることができなくなった神官、これ以上、神が憑依しない巫女の言語、それこそまさに現在、私が依存しているこのような一人称の告白体であるといえる。それは主体を問うことだが、私は一〇年の歳月が過ぎた今もこの問いを繰り返している。

2 「転倒」を生きる

ならば、私ははたして「主体としての私」を発見したのか。絶対的客観性に依存せず、一人で立つことのできる根拠を自分の内部に見出すことができたのか。それも一人の自然人でなく、他人の言葉を問題視する批評家として、私のアイデンティティは再構成することができたのか。この問いに対する答えは、つまり「なぜまた書くのか」という先の問いに対する答えと関連している。この問いに答えるために私はしばらく自分の批評の起源に戻ってみたいと思う。

哲学が哲学の言語で現実を語ることができない時、歴史学が歴史学の言語で現実を語ることができない時、経済学が経済学の言語で現実を語ることができない時、文学はその独特の性格によってそれら諸科学の代弁人の役割をすることとなる。包括的という点で文学はたしかにその他諸科学を包摂することができる。しかしまさにその包括的性格のためにその他諸科学の文学的安住には限界がある。生の具体的ディテールの中に無限に拡張された文学的探求とは異なる、科学的集約と分析と探求は、諸科学それぞれの役割であり、これは文学的外皮の中では満足されえないものである。文学は基本的に世界と人間に対する認識的態度であるとする時、眺めること、解釈することである。しかし科学はそうではない。文学はありうることを語るが、科学はそうでなければならないことを語る。私たちの時代はいまだ科学が文学を通じて独自に語っている時代である。それは一方では硬直した状況における煩わしい方法論的意味を持つものだが、他の一方では真の科学の未分化の反映でもある。いつか科学が科学として正当な発言をする時、おそらく現在のような文学の過剰現象は止揚されるだろう。そしてそれによって意識分子が文学に集中する現象ももちろん止揚されるだろう。純粋に個人的に言えば、私にとって文学が本業でなければならないのか、あるいはいつかは脱ぎ捨ててしまわなければならない一つの外皮でなければならないのか、あるいは一歩進んで初めから文学に対する一切の未練を振り捨てなければならないのか、という問題に対して、上のような省察が一つの示唆を与えるかもしれない。私が出て行った後に、私が文学と取り結ぶ関係は、次のようにかなり任意で奇妙なものになるだろう。つまりそこに埋没せず、いつかは最も簡単にそこから出て行くことができるものの、単純な保護膜ではなく私を一定成長させる、まるで子供を生んでもついにその子供によって食われてしまうことで、子供の成熟を保障する蜘蛛の母親のようなもの。そのような意味で私は「批評の批評」を考える。批評もやはり科学的だが、その批評を批評することは、文学との外皮的関連を維持しながらも、事実上、この時代に対して正当な科学として発言できる部分ではないかと考えるからである。

この評論は一九八三年四月一七日付の私の獄中書簡の一部である。すでに一六年前のものなので、かなり今昔の感を感じる。本当に文学が一時代の知的の雰囲気の総和だった時代があった。やむを得ず文学というやわらかい盾の後で鋭い刃と槍を隠し持っていなければならなかった時期。その時期こそ文学の時代であった。私の文学はその時代に出発した。私は、科学だけでなく、それを内包できる文学を持つこともできた自分自身に対して感謝し、そのために内心、自信満々でもあった。しかし恐ろしいのは時間だった。この一五年を越える歳月の間、変革指向の科学は、文学を外皮ではなく、一つの従属物として酷使することさえあった。しかし科学もやはりその時間を耐え抜くことはできなかった。あれほど元気に満ちていた科学も、新たな現実、新たな時間の前では無策であり、墜落する運命を迎えたのである。

にもかかわらず、私の文学と私の批評は一五年余りの歳月のかなたに、ピンにでも刺さったように囚われている。そしてその時期に書かれた獄中書簡の一節は、その呪縛から抜け出すことはできない、ある囚われた精神の根源を語っている。この手紙は科学の力で現実を正しく認識し、またその現実を変化させうるという信頼が前提になっている。ただその科学が抑圧的現実のために、いまだ自らの本来の役割を遂行できていない状況において、形象の衣裳を借りて現実認識と変革意志を表現することができた文学の能力に、しばらく頼るしかないということである。言い換えれば当時の私にとって文学は、いまだ革命的思想と革命的運動が本格的に展開できずにいる状況において、革命の思想と意志を保存し成熟させる一つの戦略的拠点だった。そして批評とメタ批評は、科学と文学を合一させる戦術的拠点だったといってもいいだろう。

したがって私の出発点は文学ではなかった。ならば科学なのか。一九八〇年のあの恥辱的な敗北以降、三年近い投獄生活の間、私ははじめてきちんと科学の道に自分を一致させたが、その科学も私の出発点ではなかった。一九七〇年代後半、維新体制がその急な下り坂を降下している頃、きちんとした精神状態を持つ者ならば、あえて誰から説明を聞くことがなくても、何が誤っていたのか、そして何をしなければならないかを考えることができたあの時期に大学に入った私と私たちの世代は、科学以前に、文学以前に、まず戦いを考えるしかなかった。

緊急措置時代を良心の刃を研ぎながら生きていくことは、いつもある種の予感とともにいることだった。それは「ある日、突然」その瞬間がやってくるだろうというものだった。犬のように引きずられて行く瞬間、大声を出す喉がぎゅっと締め付けられる瞬間、地下室に押し込まれ殴打されて水を飲まされる瞬間のことである。私たちの頭中にはいまだ大規模な運動組織は妄想であったし、長年の躊躇と迷いと彷徨のすえに何かの結晶のように残った行動への決断と、その決断をいくらでも待っていた陰険な政治的暴力、その両者の火花散る対決だけが待っていた。私たちが行った反維新闘争は、暗闇でマッチに一本火をともすことだった。そしてその火が闇を少しでも押し返したら、消えそうな火種をまた二本目のマッチに移しつけることだった。そのようにともした小さな火のリレーであった。私たちは民衆の闘士というよりは、むしろ実存の闘士であった。(2)

それほど私たちは、私は、むしろ実存の闘士であった。そこで科学と文学はまだ贅沢なものだった。私たちが私たちの戦いに科学の名を付けて文学の修辞を捧げたのは八〇年代に入ってからのことだった。八〇年代の科学は私たちの戦いに不退転の論理的根拠を与え、文学は情緒的・道徳的根拠となった。そしてその後科学が闘争し、文学はそれに形象の衣裳をまとい、私たちの実存は懸命にその後を追った。十月維新(一九七二年)と光州抗争(一九八〇年)に集約される七〇年代から八〇年代初期までは、科学の欠乏が問題となった時期だった。しかし八〇年代も中盤を過ぎ後半になると問題はむしろ科学の過剰であった。それは最近流行のことばでいえば、一種の「転倒」であった。これがどれほど深刻だったかは、科学的世界観の崩壊を世界自体のダイナミクスの崩壊として受けとめる最近の傾向がよく物語っている。私の批評もやはり八〇年代後半、この「転倒」を生きていたことを認めざるをえない。そして先の獄中書簡のように、その転倒はすでに八〇年代初の監獄の中で内的に準備されていたものでもあった。私の批評は当初、原初的正義感から始まった実存の闘争が民衆と民族のための闘争へと拡大し、それが人類史を一段階発展させる巨大な闘争へと(観念的に)転化する過程の弁論であり、その過程における私の知的鍛練の記録であった。文学は単にその場であるにすぎなかった。

いまやその転倒を、科学の過剰を認めるならば、優先すべきことは、科学を本来の場に戻して文学と科学の関係をふたたび確立することであろう。文学は単に科学的思惟と言説の形象的な翻訳物でなく、その固有の方式で真理の内容を探知する独自の思惟・言説の形式であることをあらためて確認しなければならない。ここで問題になるのは私の批評である。過去の時代の私の批評は「正当な科学的発言」という美名の下に文学を副次化する批評だった。一九八〇年代後半頃、私の批評のメタ的趣向や指導批評的な傾斜は、そのような面で他に選択の余地がないものだった。ならばいまや私の批評はどうなるというのか。科学が絶対客観的な準拠の場を失い、新たな世界像を表現する一次的質料としての文学の地位が相対的に重要になったからといって、それがそのまま批評家の座に居座っていてもかまわないということなのか。初めから文学を科学や変革運動の一つの道具として見ることと、文学を通じて結果的に変革の過程に参加することとは異なる。

前者から後者に移ることは非難されることではないが、そうするならば最低限の正当な解明の手続きがなければならない。

3　自分が生きていた時代に根をおろすこと

変革運動に服務する人間と文学をする人間はどこが違っているのか。文学を一つの道具として使う人間と文学を目的とする人間はどこが違っているのか。この問いはもしかしたら誤った二分法にもとづく誤った問いでもある。文学をするということは、つまり生と世界を変革することだといっているからである。だが、生と世界を変革することが文学自体でないならば、どうして文学でなければならないのかという問いは相変らず有効である。八〇年代的ではないとしても、より直接的に変革運動の大義を実践できる場はいまだ少なくない。だが、どうして、よりにもよって文学なのか。そしてなぜ、よりにもよって批評なのか。

文学をするということは物語を語るということであり、ものを書くということであり、一つのテキストを生産するということである。それも一人ではなく他人に、できるだけ多くの人に語り読まれて、知的・情緒的共感を誘発しようというものである。それは一つの認定闘争の過程であり産物である。そのうえ、その主人・奴隷の関係が私的で狭い範囲に限られるのではなく、根本的に公的な性格を帯びており、主体はますますさらに多くの他者から認められようとするという点で、文学における認定闘争ははるかに露骨である。もしかしたら文学をする人々は、作家でも批評家でも並みはずれて認められようという欲望が強い人々であろう。それを悪くいうことはできない。そしてそのような面で自分の欲望もやはりいまだ冷めていないことを私はよく知っている。

批評の欲望はより性質が悪いものである。人を批評するということ、人が書いたものを評価して批判するということは、ひとまず認定を与える行為である。それは原則的に主人の仕事であり、それだけ魅力的な仕事である。その認定はいかなる場合にも全面的な認定、あるいは屈服になることはない。正確にいえば批評とは認めながら否認することだからである。それとともに批評家は、作家に対して主人の位置を保ち、まさにその行為を通じてもう一つの認定を求める。私はいまだ批評家である。あるいはふたたび批評家となる。それは、私がこの欲望の弁証法を、そのなかにある私の位置を受け入れることを意味する。認め認められ、否認し否認されながら、際限なくつながっていくこの欲望の連鎖を、私は喜んで受け入れる。

だが、たとえそれが一つの偽装であるとしても、すべての認定闘争にはそれなりの名分がある。その名分は認定闘争に倫理的な意味を付与する。そしてそれは欲望の昇華を可能にする。人間の進歩とは考えてみれば、そのような昇華された欲望の結果であるといえる。ならばすべての名分が偽善ではなく、たとえ偽善であるとしても、その偽善は一種の必要悪であろう。ならば、私の必要悪、私の名分とはいかなるものか。私の批評的欲望は何を媒介として昇華されることを願うのか。

それは負債意識である。私が言ったこと、私が書いたもの、私がやったことが、時には独自に、または異なるものと関連して、同時代の他の人々に大なり小なり残したものが、彼らの人生に与えた傷痕と苦痛、時にはあるいは希望さえも、私には負債である。一九八〇年代に精神的に血を流して生きてきた人々、一名「維新・光州抗争世代」は、私の同時代人であり、私の永遠の債権者である。維新体制の下で抑圧的な青少年期を過ごし、社会政治的な葛藤が爆発直前だった維新末期に、目前にはつねに、抑圧の奈落か、革命的飛躍か、という二つの道しかなく、つねに倫理的・実存的決断の瞬間に追われながら大学に通い、あたかもそのような精神的状況が実際の目前に繰り広げられるような歴史的事件――一九七九年の一〇・二六〔朴正煕の暗殺〕と民主化の春、一九八〇年五月の光州民衆抗争とその暴力的挫折――に魂を奪われて若き日を過ごした、また同じ時期に自由主義と民衆主義、そして科学的社会主義における息詰まる知性史の移動を一度に体験した彼らのことを、私はあえて「私たち」と呼ぶ。どの世代であれ、自分たちだけの運命の表情があるのではないだろうか。私もやはり自分たちの世代の、あの血を流す経験において、無視できない自分の運命の表情を発見するのである。

それは世代論的な分派主義の表白とは異なる。むしろ私の批評の、私の思惟の、私の世界観の世代的限界に対する謙虚な確認に近いものである。九〇年代以来、自分の時代でない時間を生きながら、新たな時代、新たな世代を生きて理解できることを、ひいては知的に掌握できることを期待しないわけではない。だがそれは不可能に近いことである。どのような現実にぶつかろうと、私の八〇年代的な自意識は例外なく干渉してくるし、九〇年代に対する九〇年代的な理解を阻む。そしてそのために私は時代に遅れることとなった。九〇年代になると九〇年代の批評家となり、二〇〇〇年代になると新たなミレニアムの批評家になるというのは、冗談でなければ迷妄である。若干の誇張が許されるならば、私の生涯で本当に生きたといえる時間は一九八〇年代であった。その前の時間はその前史であり、その後の時間は単にその延長にすぎない。

私が現在なすべきことは、私が生きていた時代に根をおろすこと、その時代に根拠地を確保することである。それは何よりも、生涯で最も激しかった時期に最も根本化していた、世界と人間に対する観点を回復することである。もちろんこれはその時期の状態をそのまま復元することとは異なる。稚気と熱狂、飛躍と性急さ、誤りと失敗をまた繰り返したくはないからである。純情、初発の心の状態に戻ること、隣人の苦痛のために涙を流すことができ、つねに献身と自己犠牲を考え、つねに目前で歴史と直面することができたあの時期、一度くらいは生きる価値があった最後のロマン主義の時代、まさに私たちの時代に戻って碇をおろすことが、現在、私が、私の批評がなすべき仕事である。

それは何よりも私たちの世代の命令でもある。最も多くのことを期待したというわけではないが、最も究極的であることを期待した、そしてそうであるからこそ最も深い絶望と彷徨を受け入れなければならなかった私の同世代の、あの希望と絶望こそ、私には一生の負債である。その負債を返さずに、こっそりと九〇年代に、二〇〇〇年代に来てしまうのはあまりにも虚しいのである。私の批評はその負債意識からふたたび出発する。それは私の存在からすべての負債、同世代のすべての血を流すことで負った負債を返すことである。それはまさに私の批評的欲望が前面にかかげる偽善である。だが、それは不可避の宿命的な偽善であり、もしかしたら殉節すら念頭に置いた致命的な偽善である。それは欲望の問題でありながら、同時に良心の問題でもあるからである。

4　新たな啓蒙のかたち

以上が私の批評の起源とアイデンティティに関する問いに対する答えである。ならばどうすべきかという問いが、言い換えれば、どのような批評が私を含む私の同世代のすべての流血の負債を返す批評であろうかという問いが残っている。

九〇年代の批評を一歩距離をおいて見守りながら、最も確実に残る印象は、その破片化あるいは瑣末化に関することである。八〇年代がそうであったように、九〇年代にも多くの批評家が登場し、多くの評論が予想外に減ることのない各種の文学メディアおよび周辺媒体に自らの「商品性」を示してきた。だが、私がそこから感じたのは豊かさでなく渇望であった。「変化」を内包しないミクロ的「解釈」の多元化と洗練化――これを私は瑣末主義（trivialism）と呼ばざるをえない。どれほど問題的な探索であっても、どれほど独創的な発見であっても、それが全体の中でどのような関連と意味を持つのかに対する批判を伴わなければ、単なる砕け散った玉にすぎない。代表的な九〇年代批評家の一人が、すでに六年前にこのような憂鬱な診断を下している。

私たちはもはや批評の啓蒙主義時代を通過した。その啓蒙主義時代に批評は文学に対して語りながら、文学全般の様相と変革の方向に対して重要なメッセージを伝え、同時代の知識社会の前衛として立つことができた。文学がきわめて重要な政治的事業となり、文学言語が社会的実践の模範となる時、批評は真摯さと権威を支えることができた。もはや批評家は、世界の総体性を把握した超越的・絶対的存在ではなく、言説の専門的な管理・解釈者としての社会的分業に従事するにすぎない。もし「批判的な読み」を放棄することとなれば、批評家は単に既存の文学制度を維持・管理する慣習的な文学イデオロギーの誠実な教育者となり、

出版市場に寄生しながら出版資本の商業的利害関係を貫徹させる任務だけを与えられるだけである。(3)

現在はその六年後である。八〇年代の批評家である私はこの評論をまた読む。彼が語った通り、現在はどの批評家も世界の総体性を把握した超越的・絶対的存在ではない。そして言説の専門的管理・解釈者としてのアイデンティティを守っているにすぎない。この九〇年代の批評家は、批判的読みを遂行しない言説管理・解釈専門家が進む道のことを、文学制度の管理教育者か、あるいは出版社の御用批評家の道であるといったが、私はその「批判的読み」を遂行しようがしまいが、結果はそう大きく変わらないと考える。思惟の重み、重心は、批判的な読みをするかしないかではなく、どのような批判的読みを行うかという点に置かれなければならない。彼は続けて「他者の言語のきめに逆らってひっくり返す、闘争的で転覆的な対話」を提示している。おそらくそれが批判的なテキストの読みの核心であろう。昔からすべての批判は闘争的で転覆的な対話である。だが闘争的で転覆的ならばすべてが真の批判になるわけではない。

すべての真の批判は根本的に政治的である。いや、政治的でなければならない。それはすべての批判は暗黙的にも顕示的にも自らの時代、自らの社会の現象と発展方向に対する思惟と関連しており、それは政治意識、あるいは政治的無意識の問題だということである。それは批判の宿命である。批判は根本的に啓蒙の意志、それも大部分、政治的な啓蒙の意志の産物である。だが、ある種の啓蒙的意志は表現されており、ある種の意志は隠蔽されている。あるいは意識されていながら意識されずにいるといってもいいだろう。

私は九〇年代の批評言説が作り上げた偶像破壊的作業を高く評価する。「実存的主体」に対する喚起(クォン・ソンウ)であれ、「偽善の真正性」の模索(イ・グァンホ)であれ、「欲望」の発見(ウ・チャンジェ)であれ、「堕落した言語との戦い」の勧誘(パク・ヘギョン)であれ、これらの作業は八〇年代批評が無視したり見逃したりしてきたこと、またはまったく考えもしなかったことなどを新たな脈絡で提起し、むしろ主流的な批評的主題として位置づけた立派な批判意識の産物である。だが、彼らの批判が持つ問題は政治からの意識的な退却である。彼らの啓蒙的意志は抑圧されている。それも一つの政治的態度かもしれないが、それはネガティブに隠蔽されている。それはたしかに九〇年代的な抑圧の産物であり、そのような面で彼らもまた不幸である。私は彼らの持つ政治的含意の性格を問題視しようというのではない。ただ自らの批判行為に、批評に、この政治的位相をポジティブに陳述することが必要だといっているのである。それは政治的見解を明らかにしろということではなく、政治から文化まで、全体から個人まで、歴史から日常まで、自らの批評で「全体」を復元しろという意味である。

「一つの」啓蒙主義時代が終わったからといって、啓蒙主義自体が廃棄処分されるのだろうか。

八〇年代的な啓蒙主義が終わったからといって、批評が文学全般の様相と変革（この言葉に支障があるならば「変化」といってもいい）の方向に対して重要なメッセージを伝えてはいけないのだろうか。文学言語はこれ以上、社会的実践の模範になってはならず、批評はそれに依存して真摯さと権威を支えてはいけないのだろうか。私はあえて問う。啓蒙批評の復元は可能なのか。そして答える。それは可能性の問題ではなく意志の問題であると。

企画と実践と批判の結合、兆候と展望の結合、解体と形成の結合、内省と科学の結合は不可能なことかもしれない。だが、私はこの不可能に見えることを前提として、自分の批評をふたたび始めたいと思う。

（一九九九年）

注

（1）拙稿「火をさがして」『実践文学』一九九二年夏号。
（2）拙稿「跋文としては長い私たちの自叙伝」、キム・ヨンヒョン詩集『冬の海』プルピッ、一一二頁。
（3）イ・グァンホ「批評の戦略——「読み」の歴史的次元」『批評の時代』二集、文学と知性社、一九九三年、一三〇頁。

第5章　リアリズムと民族文学論を越えて

——危機意識の復元と新たなパラダイム構成のための試論(1)——

1　批評の公共性と運動性の復元のために

九〇年代文学界、なかでも批評界で比較的主要な争点として浮上した問題といえば、一九八九年のパク・ノヘ論争に触発されておよそ一九九三年ごろに終息したリアリズム論争、それに続いて始まり、文学界だけでなく社会学、歴史学など人文・社会科学の全分野にわたって続いているモダニティの議論、批評あるいは批評家のアイデンティティの問題に、八〇年代／九〇年代の批評家の間の世代論争が加わって展開している九〇年代の批評論争、一九九六年からこれまで一つの尖鋭な争点を形成しているリアリズム／モダニズム論争、また確実に論争の形態としては異なるが、「民族文学」と「民族文学論」の九〇年代的な「有効性」を問題視する散発的な議論などがあげられるだろう。

このような議論と論争はその意味においても水準においても、過去の時代のそれらを顕著に凌駕していると思われる。一九九〇年を前後する客観現実の変化が、その強度や深度において、たとえば近代転換期の十九世紀末から二十世紀初、解放と分断へとつづく一九四五年から一九五〇年前後に匹敵すると見るならば、文学界の論争と議論がそれに相応する水準と意義を持つことは当然ともいえるだろうが、急激な変化の荒波に抗しながら真摯かつ抜本的な模索をおこなっている様々な批評家や理論家の示す精神の苦闘は、その水準や成果の如何はさておき、その動揺と混沌と彷徨すらも含めて、一つの美しさにまでなっている。

だが、この苦闘の美しさには、なぜかもの寂しさがつきまとっている。これよりさらに無知で(?)粗雑に展開するのが常だった過去の時期の文学論争にはあった「何物か」が、このはるかに洗練され纖細な九〇年代の文学論争には欠如しているからである。「何物か」とは何か。それはまさに大衆の関心である。その論争の推移が、つまり左右の政治的・文化的ヘゲモニーの去就と直結した解放期の純粋文学論争の場合は例外であるとしても、たとえば六〇年代の純粋・参与論争や八〇年代の民族文学論争などの場合に見られるように、最初に文学の内部で始まった論争が、その後大衆の広範な関心を引いて展開する場合が一般的であった。それは同時代の大衆が文学作品と同じように文学批評、より正確にいえば文学批評が提供する大衆的イベントともいえる文学論争において、自らの時代の性格と方向を読もうとし、またある程度は読むことが可能だったからである。

もちろんここにはジャーナリズムという決定的な変数が介入している。論争が拡大すれば待っていたといわんばかりに、それを受けて読者大衆に伝えた日刊紙の文化面を除いては、このような大衆の関心を解明できないことも事実である。だが、文学論争を一つの商品として包装して販売すれば商売になるというジャーナリズムの判断を可能にしたのが、まさに大衆の文学に対する関心であったということもやはり事実である。「純粋・参与論争」に注目した大衆と「民族文学論争」に関心を持った大衆の性格は異なるが、少なくとも当時の文学論争は大衆もやはり関心を持つほどの重要なものとして受け入れられたのである。

九〇年代の文学議論はそうした点で不幸である。民族文学が廃棄処分されようがリアリズムが実効性を失おうが、新世代文学が大勢を掌握しようが、それは文壇およびその周辺の話にすぎず、ジャーナリスティックな様相としても大衆に肉迫していない。モダニティやポストモダンの議論のように分野間の拡散の幅が広く、まさに同時代人の生を貫徹する本質的な問題を中心におこなわれる議論すら、その点では別段異なるところがない。なぜこのような現象が起きるようになったのか。文学論争をはじめとする人文学的な争点から大衆的関心が離反するこのような現象こそ、九〇年代を特徴づける文化的兆候の一つとして注目されなければならないだろう。

人文学的、あるいは人文・社会科学的争点からの大衆の離反は、歴史的・社会的関心からの大衆の広範な離反の一部の現象にすぎないのである。そしてこのような離反は、韓国においても大衆に対する資本の掌握がほとんど完了していることを物語っている。大衆的水準においても、資本の支配範囲を越えた世界の現実的存在の可能性が見える時、他の代案を歴史内的な地平に想起できる時、本質的に既存の世界に対する批判であり反省である人文学的認識は、大衆との積極的な接触面を形成できるだろう。だが、資本の力が人間の創造力と可能性に代えて一つの完結した人工的全体を形成し、これを人間主体が干渉することなく作動させ、人間をその客体として拘束する状況では、批判と反省が介入する余地がなくなってしまうこととなる。ぞっとするような話だが、それはすでに相当部分、現実化している。

九〇年代の文学論議は、大衆との接触面を失ったまま、文学的サークルの中だけで自足的な循環構造をなしているように思われる。実際の作品の場合は大衆と相変らず一定の接触面を維持しているが、その作品を厳正に評価し、これを同時代の生の桎梏を打破する一つの人文的価値の生産という観点で位置づけられる批評的議論は、事実上、それに相応する大衆的空間を維持できなくなっているのである。極端に言えば、ひたすら出版資本に寄生して、詩集や小説の裏表紙、あるいは新聞広告に数行の、これといってたいしたものでない修辞を提供する場合にかぎって、批評は資本の管理のもとに大衆と接触できるにすぎない。

このことを、作品が資本に完全に抱え込まれていくことに反して、批評はその抱え込みから自由であるというように解釈することもできるだろう。だが、それは主観的には自己領土化と見ることができるだろうが、客観的には「隔離収容」と見ることもでき、それ自体が資本の批評に対する、ひいては人文学全体に対する抱え込みの一様相であるといえる。文学の生産(作家)と受容(大衆)と評価(批評家)が一つの有機的関連をなし、その有機的関連が既存世界に対して際限なく問題を提起し、この世界でない他の世界の存在を喚起させる時、文学は不穏かつ危険なものとしての本来の威儀を回復することができる。だが現在、その関連は断絶しており、作家と大衆と批評家は分割支配されている。それはつまり飼い慣らされているということを意味する。

この分割支配から、この飼い慣らされるという事態から自由になろうという目的意識的な努力が必要な時である。それは必然的に過去の時期、私たちが持っていたある感覚の回復を前提にする。それはつまり運動の感覚である。孤立を抜け出すこと、全体的感覚を回復すること、連帯すること、共同の指向するところを確認し、それに向かって進むこと、それは批評のもつ本来の公共性を復元することであり、文学をこの世界に対する二者択一の模索の道程の上に正しく位置づけることである。九〇年代の批評と多様な文学的議論は、まさにこのような認識の不在によって相対主義の深淵を抜け出すことができず、旺盛な議論があるにもかかわらず、そこに弁証法的な進展を期待することができなくなっていると思われる。

この評論は、このような九〇年代の文学の議論の中で、いわゆるリアリズム／モダニズム論争と民族文学論をめぐる議論にこのような問題意識を持って接近を試みるものである。観察を越えて正しい批判を遂行し、また批判を越えて新たに指向するところを提示することはきわめて困難だが、いつまでも延期されていていいものでもないであろう。

2 リアリズムとモダニズム――古い二項対立の解体

いわゆる「理念としての民族文学論、方法としてのリアリズム」という頑強な図式的組み合わせの亀裂は、九〇年代の批評界を特徴づける主要な現象の一つである。理念としての民族文学論に対する問題提起と、それに対する対応に関しては後述することにして、ここではまず韓国文学を主導してきたリアリズムの長年の権威がついに根本的挑戦に直面することとなる、リアリズム／モダニズム論争に注目し、それなりの議論を付け加えたいと思う。

近代文学＝民族文学＝リアリズムの図式の整合性を問題視し、初めて論争を触発させたチン・ジョンソクは、自らの立場を「モダニティ範疇を中におき、リアリズムとモダニズムの両極端の図式を再考しようというもの(2)」であると要約した。「フランツ・カフカか、トマス・マンか」、つまりモダニズムかリアリズムかというルカーチの鮮明な二項対立的な認識は、おそらく八〇年代以来、韓国の広い意味での民族・民衆文学陣営を支配した、最も主要な認識の一つだったであろう。チン・ジョンソクは韓国のリアリズム論者に支配的なこのような二項対立的な認識が、民族文学の九〇年代的な現実対応力を阻害する最も大きな要因の一つであると把握し、この解体を敢行しようと考えた。このために彼は「モダニティ」、より正確にいえば「美的モダニティ」の範疇を導入し、そのなかで伝統的なリアリズムとモダニズムの範疇を解消させる戦略を立てた。主としてマーシャル・バーマンのモダニティ解釈に依存した彼のこのような戦略は、モダニズムを「モダニティ経験に対する美的反応様式」と幅広く規定し、狭義のリアリズムとモダニズムをこのなかに包括し、これを「広義のモダニズム」として再規定する形で具体化される。つづいて彼はこの広義のモダニズム概念に立って、韓国の近代文学史の全般的再解釈を提案するが、たとえば李箱《イサン》や金洙暎《キムスヨン》、洪命憙《ホンミョンヒ》や李箕永《イギヨン》、ひいては金芝河《キムジハ》の文学的業績をすべて「モダニズム的衝動」を内包する近代文学の資産として登録するという構想がそれである。[3]

　このような衝撃的な問題提起を正面から受けとめたのは、尹志寛《ユンチグァン》とキム・ミョンファンであった。[4]彼らのチン・ジョンソクに対する批判とリアリズムに対する固守の意志はきわめて強力なものであった。キム・ミョンファンは「民衆の汗の臭い」という美学的メタファーを基準としてリアリズムとモダニズムの本質的差別性に言及する一方、リアリズムの立場からモダニズムの理念に対する徹底した批判と作品成果の選別的受容を力説した。彼は一歩進んで「民衆性」の範疇を、リアリズムとモダニズムを弁別する基準、民衆・民族文学の創造的源泉として提示し、リアリズムに対しては「写実性」の基準をより厳正に適用することを主張した。(5) キム・ミョンファンの固守が民衆性という美学的基準を中心になされているとすれば、尹志寛の固守は韓国近代史と文学史の特殊な展開過程と関連してリアリズムの主流性を確認する次元でおこなわれている。彼は韓国文学においてモダニズムの文学的成果が相対的に貧弱な反面、リアリズムの成果は確実であると考え、その理由を近・現代史でイデオロギー的抑圧に対する強い抵抗と民族解放、民主主義の実現の熱望が、文学においてリアリズムを強力に要求したためであるとした。ひいては彼はリアリズムを「美学的モダニティの韓国的な形態」とまで規定している。(6)

同じリアリズム論者でありながらも、キム・ミョンファン、尹志寛とは異なり、チン・ジョンソクの問題提起に依存してリアリズムに対するより根本的な省察に接近している批評家にパン・ミンホがいる。彼は既往のリアリズム論の核心範疇であった「党派性」が客観性獲得を保証する範疇になりうるかを問うことから始めて、再現的反映論の主客同一性論という認識論的基礎を問題視し、ひいてはヘーゲル、ルカーチとつづく表現的総体性の範疇の有効性を懐疑する。このようなリアリズムの基礎範疇に対する懐疑を通じて彼が到達した暫定的結論は、現実を物自体としてではなく、人間的言説を通じて絶えず接近し収斂していく実在として想定すること、文学を、全体としての現実に対する縮図として機能するものではない、現実の一側面・位相に対する美的探求として把握すること、つまり文学を現実の再現でなく、現実のある側面・位相に対する発見的な介入であると規定すること、現象の中で本質を、本質を現象次元で表出しようとする精神、方法としてリアリズムを幅広く理解すること、体系関連を指向する機械論や政治経済学的次元に帰結される還元論の要素を克服し、リアリズム論の系統が追求する本質と全体への指向性を保つ新たな観点を模索すること、作品が現実全体をどれほど全体的に洞察したかではなく、それが現実の中で秘儀的な何物かをどれほど深く探索・提示しようとしたかが、作家に対する評価の真の尺度となるべきだということなどである。(7)

チン・ジョンソクが、リアリズムとモダニズムが「資本主義的モダニティを、創造の源泉と否定の対象として共有」していることを語り、ひいてはこの二つを「モダニティ経験に対する美的反応様式」という定義の下に包括したのは、その現象的対立を越える根源的親縁性を喚起させたものと見ることができる。これはこの二つの概念の間にあたかも万里の長城でも存在するかのようにおこなわれたこれまでの古い認識慣行をふりかえり、新たな議論の基礎を準備したという点で肯定的に評価されなければならない。私たちにとって近代の克服が課題ならば、完全に近代の産物であるリアリズムとモダニズムの二項対立にとどまっていては、その課題の遂行は基本的に不可能だからである。ただ彼が、このリアリズムとモダニズムがそれぞれ西欧文化史の特定の段階に相応する歴史的概念であるという事実に正確に着目したとすれば、この二つを統合しようとする自らの意図も、やはり抽象的観念の産物ではなく具体的な歴史的要求の産物であるということを、より説得力をもって提示できたであろうという点が残念である。また彼は、このリアリズムでありモダニズムである方法的統合物を「広義のモダニズム」と命名したが、それから既存の芸術理念であり具体的な作品成果としての協議のモダニズムとの概念的錯綜を起こし、このために他の論者に誤解の余地を残しているという点も指摘されなければならない[8]。

尹志寛とキム・ミョンファンの場合、他の批評家から「リアリズムへの執着[9]」、あるいは「民族文学論の唯我独尊的な夢想[10]」と酷評されるほど、頑固な保守性を示したことは事実である。彼らが主張するリアリズムの核心としての民衆性と写実性という範疇の毅然さ（キム・ミョンファン）やリアリズムの主流性の歴史的必然性（尹志寛）は、たしかに堅持され確認されるべき、彼らの論旨の合理的核心であることは間違いない。だが、民衆性と写実性に忠実であろうとすればするほど、既往のリアリズム論がまさにその民衆性と写実性の豊かさを制約して締めつけるようなアイロニーに直面する可能性が高くなるという事実、リアリズムの主流性を根源的省察なく将来も保障された一つの特権として守ろうとするほど、その主流性は頑固な派閥性に転落しうるという事実も、やはり厳正に喚起されなければならない。もう一度強調するが、真のポストモダン的な思惟とは、自明なものとして硬直していたすべての近代的思惟と認識の枠を危機の中に追いつめる知的な冒険を通過せずしては得られないものである。

パン・ミンホのリアリズムに対する脱構築的な省察は、このようなリアリズム／モダニズム論争の水準をより根源的な次元に導いているのは事実である。だが、党派性論の解体から始まった彼の省察は、結果的にリアリズムを、現象の中で本質を表出しようという方法であり精神と規定する水準を越えられずにいると思われる。文学が現実の再現でない現実の特定の側面と位相に対する発見的介入であり美的探求であるならば、そして作家がなすべき仕事が、対象の現実の中で「秘儀的な何物か」を探知し提示することならば、そのように発見されたミクロで秘儀的な現実は、そのなかにどのような形でその本質を保存しているのか、その努力の中で全体の指向性はどのように表出されているのか、彼の省察はそれ以上のことを言えずにいる。結局、残るものは、現象の中で本質を表わそうとする精神、または意志と情熱としてのリアリズム、つまり事実上、不可知論と区別が困難な主観的熱望としてのリアリズムにすぎないのである。なぜなら方法が不在だからである。既往の方法は否定され、新たな方法はいまだ準備されていないのである。

リアリズムの相対化（チン・ジョンソク）であれ、絶対化（キム・ミョンファン・尹志寛）であれ、内的解体（パン・ミンホ）であれ、この論争に参加した論者に共通して欠如しているのは、リアリズム、モダニズム、ひいては文学自体に対する歴史的把握である。過度に近くにあるものはよく見えないものである。少し距離をおいてその始まりと過程をふりかえることで、この困難な問題が自ら解決の糸口を示すのを待つことも一つの方法となるだろう。

まず私たちが考える文学、または文学に対する私たちの観念は、そのように古くなってはいないという事実を想起することから始めよう。いわゆる近代文学の起源に対する話になるだろうが、たとえば文学をすることが一つの自意識の対象となり始めたのはロマン主義が台頭した十八世紀頃からであるということが、その糸口として適当かもしれない。ロマン主義の台頭とともに、これ以上、文学は既成のもの、支配的なものに対する礼賛や再確認ではなくなり、文学もやはりこれ以上支配階級の芸術的な下手人ではなくなった。このときから文学ははじめて、存在ではない不在を表出することとなり、世界に対する幻滅の表現となりはじめた。古典主義的規範の遵守が軽蔑の対象となり、時には奇怪さすら感じさせた想像力が、文学の主たる方法的動力とされるようになった。そして文学がはじめて自律的なものとして、世界に対して自らを対他的に定立し、自ら意識されはじめたのもこの時期からだった。

これが現在、私たちが問題としている「文学」の起源である。もちろんこのような「文学」の始まりは、フランス革命に象徴される近代的転換の完結という同時代の時代の性格をそのまま反映するものである。この時期に作家は、封建制の解体とともに一次的に貴族という後見人を喪失し、絶対王政期の後見人である王と「貴族的」ブルジョアもやはり革命とともに喪失することによって、現在は市場という不確かな空間に追われ、自らの両足で立たなければならなくなり（それは一方では「解放」でもあった)、政治的には革命の成就とその反動化という複雑な歴史的状況の中におかれることとなった。進歩と保守、希望と幻滅の間における動揺という近代的苦悩が、いよいよ作家をひきつけはじめたのである。このロマン主義の始まりは近代文学の原体験をなす。いまだ近代的な生の内容が含まれてはいないが、そこには始まりの段階である近代が作家に対して加えた精神的苦痛が刻み込まれている。最近言及されるリアリズム的衝動やモダニズム的衝動は、実は「いま、ここ」から自由であろうとするロマン主義的衝動の異形態にすぎない。

次に考えるべきことは、リアリズムであれモダニズムであれ一つの歴史的現象であるという平凡な事実である。私たちにはこれまでリアリズムやモダニズムを超歴史化する傾向があった。リアリズムやモダニズムが技法や様式なのか、思潮なのか、理念や世界観なのかと問うこと自体が、このような傾向を反証しているが、このような超歴史化は、実はそれらが私たちの同時代のものなのだから、簡単に客観化できないところからくる一種の錯覚現象であるといえる。資本主義的近代が永遠でないように、近代の産物であるリアリズムやモダニズムの歴史的有限性もやはり自明のものである。

アーノルド・ハウザーによれば、リアリズム(彼の用語法によれば「自然主義」)は一八三〇年のフランス七月革命の歴史的産物である。(11) 貴族階級は決定的に没落し、ブルジョアは独自の権力を所有することとなったが、過去の貴族階級の支配形態と統治方式をそのまま受け継ぎ、偏狭な階級支配を始めて、それと同時にすでにブルジョアの離反を識別した労働者階級の闘争が始まるのが、まさにフランスの一八三〇年の七月革命であり、一八四八年の二月革命に達する二〇年に満たない時期なのである。スタンダールとバルザックによって勃興した古典的リアリズムは、事実上、この短い時期の歴史的条件が作り出した絶妙の作品であると見るのが妥当だろう。(12) 没落する旧支配勢力は没落しているからこそ自らの見苦しい正体を赤裸々に示しており、新たな支配勢力として浮上するブルジョアは旧勢力となんとか戦い、またプロレタリアートと対立しながら、自らの階級の本質に対するいかなるイデオロギー的隠蔽もできなかったこの絶妙の時期に、スタンダールやバルザックのような天才的な作家によって、当時の社会と人間は残らず捉えることができたのである。一八四八年の二月革命が失敗に帰し、ブルジョアの階級支配が安定した段階に入る第二帝政期の代表的作家であるフローベールとゾラの場合から、すでに同時代社会の総体的再現というバルザック的リアリズムの理想は到達できないものになってしまった。

このように現実の中で自然発生的形態としては具現されることがなくなったバルザック的リアリズムは、いまやエンゲルスによって一つの理念かつ方法へと転化し、その生命力を維持できるようになった。「細部描写の真実性、典型的状況における典型的人物の形象化」というこの原則は、ヘーゲル的な総体性概念やマルクス主義の歴史的・弁証法的唯物論と相まって、リアリズムを客観世界の再現的反映を通じた歴史発展法則の文学的実現手段として転用されていった。それは思潮としてのリアリズムが理念かつ方法としてのリアリズムに転化することを意味する。もはや自然主義的な現実描写だけでは到底時代と社会の総体性を獲得できなくなった作家は（少なくとも理論的には）歴史的・弁証法的唯物論の力を借り、見えない総体性を認識し、人物と状況の典型性を獲得できるようになった。少し粗雑な対比が許されるならば、バルザック時代のリアリズムが客観世界の「写実的再現」を方法の核心としていたとすれば、その後の二十世紀のリアリズムは客観世界の「法則的再現」をその核心とすることになったのである。法則的客観性の発見と表現という高度な認識および形象化の過程を遂行することは簡単なことではない。考えてみれば、私たちが現在体験しているリアリズムの危機は、すでにこの時から胚胎していたわけである。

反面、フローベール以降の西欧文学は、帝国主義段階にむかって駆け上がる資本主義のよどみない進展とともに、ますます解明が困難となる世界との難しい闘争を展開していく。無制限の利潤追求と野蛮な搾取と侵略の現実が、自由、平等、博愛、啓蒙、理性、発展、開発のイデオロギーと混合して引き起こす未曾有の混沌、疎外と物神化というまったく新たな社会的・精神的条件の中で、「ありのまま」という方法はこれ以上リアリティーを保障しなくなった。巨大な社会的変動とはまったく関係がないと思われた田舎娘エマ・ボヴァリーの日常と内面を、世界を把握する媒介としたフローベールの芸術的成功と、ゾラ以来の社会解剖学といわれるほど無媒介的な世界再現を目標にした自然主義者の究極的失敗はその好例である。それをもって「写実」でなく写実の方法、つまり変化が激しく多層化された現実を把握する美学的媒介をいかに確保するかが、さらに重要な時代が始まったのである。

それでも、これは客観世界に対する芸術的掌握を目標とする「リアリズム的衝動」が生きている場合である。一八四八年の二月革命もやはりブルジョアの反動によって挫折し、第二帝政期となって深い幻滅と絶望に陥った進歩的文学者が選択した道は、それよりも一層極端であった。ボードレールに起源をもつ「美的モダニティ」の理念が彼らの進んだ道であったが、その道はこの幻滅のブルジョア世界全体に対立する、芸術の、美の王国を樹立する道であった。(13) それがいわゆる「狭義のモダニズム」の根源だろう。

こうなると、資本主義が疎外と物神崇拝を根幹とする一つの巨大な体系として台頭し、作家はどうにかしてこの現実を正面から解明しようとする側と、この現実のかなたの美的彼岸に走ろうとする側に分かれ、前者はまた正統のヘーゲル・マルクス主義的リアリズムの原則を堅持しようとする側と、多様な美学的加工を模索する側に分かれたといえる。そして結果的にヘーゲル・マルクス主義的原則を堅持する側がリアリズムに分類され、残りがまとめてモダニズムに分類されてきたのである。このような分化はマルクス主義的原則の硬直した綱領化、あるいはロシア的変容ともいえる社会主義リアリズムの排他的な美学と、一切のモダニズムを退嬰的で不健康なものと見るルカーチ的偏向によって、その敵対性が実際以上に誇張されてきた側面がある。これは私たちも八〇年代を通じて飽きるほど体験したことでもある。
　もはやリアリズム／モダニズムの二項対立は止揚されなければならない。先にも言及したように、ともに近代の産物であるこの二つの範疇を二項対立の鎖にしばっておくかぎり、脱近代は不可能である。リアリズムとモダニズムを同時に古いものと見なし、その完全な形骸化を試みるポストモダニズムの戦略とは異なり、私たちはリアリズムとモダニズムの正当な止揚、いや、もしかしたら最初に立ち戻るような再統合を通じて、近代克服の美学的端緒を見出すべきであろう。本来、リアリズムであれモダニズムであれ、その理念的な故郷は同じところである。もちろん美的モダニティの理念も、その他者である歴史哲学的モダニティの理念も、その故郷はすべて同じところである。

　美的モダニティの態度、あるいは理念は、基本的に資本主義時代の展開とともに喪失された生と世界の調和、永遠なものと日常的なものの幸福な統一性を回復しようという強い熱望の所産である。そしてこの点は、歴史哲学的モダニティの場合も同じである。マルクスも、ニーチェも、ルカーチも、フーコーも、すべてギリシャ時代を人類の原理想郷としているという事実は、このような面で単純な参照項の水準を越える。美とはつまり調和であり、分裂していない全体のイメージであろう。このような面で美的モダニティと歴史哲学的モダニティは同じ根源にある。歴史哲学的モダニティが歴史化された美的モダニティならば、美的モダニティは美的に疎外された歴史哲学的モダニティである。(14)

リアリズムが、それが大きく依拠している歴史哲学的モダニティが、そしてその最も急進的な言説体としてのマルクス主義が指向するものが、未来の時間の中で喪失されたユートピアを回復することならば、モダニズムが、またその理念的根拠としての美的モダニティが指向するところもまた異なるところがない。ただリアリズムが歴史哲学的土台から出発しているのに対し、モダニズムは個別者の経験的土台から出発しているという事実が異なるにすぎない。

だが、このようにその発生論的同質性を喚起するのは、リアリズムとモダニズムの二項対立を止揚する単なる第一歩にすぎない。それぞれの歴史の中でリアリズムとモダニズムが形成してきたそれぞれの神話や慣習を打破すること、そしてその過程を通じて、真の人間解放を探知していく新たな美学的基準を再構成することが必須的にともなわなければならないだろう。それはリアリズムの方から見れば、史的唯物論と弁証法的唯物論の古く方便的な美学的綱領を解体することであり、モダニズムの方から見れば、単子化と破片化を克服し、「全体」としての現実を中心におく思考を始めることだといえる。もう少し肯定的な側面に力点をおいて言い換えるならば、それは客観世界の解釈および変革の可能性に対する信念(15)を堅持しながら、同時に現実に対する批判的な距離感覚を絶えず再生産すること、そしてこのような「企画」と「態度」の間の創造的緊張を高い次元で方法的に昇華させることでもある。

3 民族、民族文学、民族文学論をいかに考えるべきか

もはや「民族文学」は終わりである。旗を下ろすことはもちろん、門も閉じなければならない。「反帝反封建民主主義民族革命」の文学的な橋頭堡としての民族文学、プロレタリア階級革命のための文学的統一戦線戦術の探知帯としての民族文学、または分断された民族現実の始めと終わりを証言する文学的根拠地としての民族文学。そのいずれも今日の私たちの生の総体性を取り入れるにはもはやきわめて古いものとなった。現在、私たちが、私たちの日常の生活においてつねに出会い、私たちを威嚇してくるもの、あるいは敵対性に対抗する相手は、いくら考えてもこれ以上「民族」ではない。もちろん「民衆」でもない。その敵はアメリカでもなく、日本でもなく、独占資本でも金泳三でもない。場合によっては申し訳ないが「民族」も「民衆」も敵になりうる。極端に言えば「あなた」も「私」も「私たち」も致命的な敵でありうる。金洙暎を借りていおう。「敵」とは誰か？「私たち」とは誰か？この問いにきちんと答えることができず、まして私たちがどうしてあえて一つの主体として「民

族」や「民衆」を語れるであろうか(16)?

「民族」が民族の敵になりうるのか? 「民族文学」が文学を貧弱にすることがあるのか? 「民族文学論」が民族文学を誤った方向に導きうるのか? 答えは「そのようなこともある」である。一つの記号としての「民族」「民族文学」「民族文学論」は、つねにそのような可能性を持っている。変化する現実と変化する意識に、既往の意味関連の中に拘束されている記号が追いつけないことはさほど珍しいことではない。あえて弁明するならば、上の難渋な引用文は、その記号と現実の間の乖離を凝視している者の混沌の表現である。現在、そのような記号としての「民族」「民族文学」「民族文学論」は、いまや新たな意味関連を構成しているところだといえる。それに成功する場合、それらはまた現実との関連の中で生命力を確保するだろうし、そうでなければ淘汰されるだろう。

近代以来、私たちにとって民族(nation)という概念は、大きく三つの内容に変貌してきた。最初はブルジョア的国民国家の構成員としての民族である。これは「国民」と翻訳してもかまわない。私たちが自主的近代化をはたせず日本帝国主義によって植民地に転落し、このような意味における民族形成に失敗したという事実は周知のところである。二つ目は民族解放運動の主体としての民族である。これは近代的民族国家形成に挫折した植民地民族の自己覚醒の産物であり、私たちの場合、植民地時代から解放、分断を経て、八〇年代に至るまで、はなはだしくは最近まで、支配的な「民族」概念として維持されている。[17] 三つ目の「民族」概念は、帝国主義・民族解放の問題枠から出て、世界体制論的問題枠として再構成されている。これは最近、白楽晴《ペクナクチョン》が採用している概念だが、[18] これは伝統的な一国的・民族解放論的な民族概念（根本的に近代国民国家論の植民地的変形である）の歴史的有効性に対する問題提起を受け入れながら、一つの実践単位としての、主体としての「民族」を維持しようという努力の所産である。このような変化を触発させた最も大きな要因は「グローバリゼーション」に要約される資本主義的な世界体制の全般的な形成である。これは国境を消滅させ民族を解体する強力な傾向性を持つが、世界体制が単一の国家体制でなく列国体制（inter-state system——ウォラースタインの概念）であるかぎり、その列国体制の構成単位としての個別民族の存在は相変らず主体的意義を持つというのがその議論の核心である。もはや「民族」は単に「解放された自主的民族国家の建設」単位という一国的アイデンティティを越え、名実ともに世界体制と拮抗する地球的作動単位としてのアイデンティティを獲得すべき状況にまでなったのである。もちろんここには一国的次元の抵抗的民族主義の情熱や第三世界的な召命意識の一定の毀損あるいは放棄が前提となっていることを否定できないだろう。

　このような「民族」概念の変化が民族文学概念の変化につながるのは自然である。「民族の主体的生存とその大多数の構成員の福祉が深刻な威嚇に直面しているという危機意識の所産[19]」としての民族文学概念も、やはり現在は世界体制と拮抗する世界文学を支える民族的伝統、あるいは特性を探知する文学という次元へと一定の重心移動をしている。[20]このような重心の移動は、いかなる個別民族単位の問題も地球的関連を持たざるを得ないという変化した現実認識の正当な結果でもあるが、それによって既往の一国的危機意識の所産としての民族文学に内在した緊張の密度が一定して薄められることもまた避けられないのである。危機の次元が変わったともいえるだろうが、即座に感知できないきわめて大きな危機、あるいはきわめて高度な危機意識は、事実、危機としての意味がないのである。それも理論水準でならまだしも、具体的形象の衣裳をまとわなければならない文学作品の水準では、より一層そうだといえるだろう。

「民族文学論」は植民地時代の後半に林和《イムファ》によって構想され、解放期に本格的に提起されたが、戦争と分断、そして冷戦イデオロギーによって、その言葉の使用自体がタブー視され、七〇年代から白楽晴《ペクナクチョン》、廉武雄《ヨムムウン》など進歩的な批評家によって復活した一つの理論体系であるといえる。八〇年代中盤以降、より若い世代の批評家によってこの民族文学論が批判的に分化し、はなはだしくはほとんど形骸化の水準にまでなったが、その急進的民族文学論が九〇年代という関門を越えることができずに鎮座することによって、また、ほとんどすべて「白楽晴および『創作と批評』グループ[21]」の主導権の下に置かれることとなった。このように「民族文学論」がまた一つの「エコール」の領域となり、それが「自己の同一性」への執着に傾くという批判に直面する可能性もまた高まったといえる。しかし確かに白楽晴と『創作と批評』グループがよくいうように、「批評的権力」あるいは主流性にことさら執着したり派閥的な排他性を持っていたりするとは思わない。万一、そのように見えた部分があるならば、それは「民族文学論」自体の理論構造が持つ基本的性格に由来するものである。つまり「民族文学論」は一つの理論体系となるために、基本的に「民族」と「民族文学」に対する規定が先行しなければならない。そしてその規定に立脚して「民族文学論」が形成され、客観的状況が変化すれば、また「民族」と「民族文学」規定の再検討がおこなわれねばならず、それはまた「民族文学論」の再規定へとつながる。このような理論の自己弁証、あるいは自己発展の過程は、生産主体の立場から見れば限りない更新のように見えるが、外側の視角から見れば自己の同一性に対する執着に見えやすい。しかしこれらの「民族文学論」を自己同一性に対する執着であるとか権力意志の表現であると批判するのは、一度ぐらいは警戒として言及するほどのメタ言説的な指摘としては意味があるだろうが、その常習化は問題の本質をくもらせる結果を産む。重要なのは、彼らの「民族文学論」の内包が、このような自己弁証と整合性に対する論理的強迫のために理論的洗練性を得るのではなく、真の現実的実感から遠ざかることを批判的に注目し介入していることであろう。

本来の「民族文学論」が直面している最も大きなジレンマは、現在、この地で実際に生産されている具体的な文学作品との関係が不明確だというところにある。客観現実の変化によって理論的な抽象水準が順次高まり、「民族文学論」はほとんど社会科学的な次元に転移し（分断体制論や東アジア論などの場合）、本来の文学部門においても大きな輪郭を描くことで終わるのが常である。民族文学論の美学や文芸学的な側面における理論的脆弱性は、つまるところ「いい作品はすべて民族文学の作品なのか」という批判を呼び起こす。厳密にいえば、七〇年代がそうであったように、民族文学論の更新は、優れた文学作品に対する批評的な整理過程の帰納的産物として与えられるべきものである。しかし九〇年代の民族文学論が、同時代の作品に対する綿密な評価と批判から自らを形成していったという痕跡を探すことはできない。この場合、残るのは君臨でなければ孤立にならざるを得ない。そしてそれは理論自体の空疎さに帰結する。

「民族文学論」はその意味と限界が正確に設定されるべき一つの言説にすぎない。現在では最も抽象水準が高く、客観現実に対する瞬発力もまた最も先んじているが、そのことが現段階の韓国文学に対する内的主導性を保障するわけではないことは明らかである。「民族文学論」と関連して現在、最も必要なのは、九〇年代の、ひいては二〇〇〇年代初の私たちの生の実感と、そのなかで生産される作品が形成する、ある種の未知の全体性の本質に対する探求の過程において、その「民族文学論」との創造的緊張と批判的関心を維持することであろう。もちろんそれは「民族文学論」の相対化とそこからの脱中心化を前提とする。旗を下ろそうとか門を閉じようというのは、単に分別のない内部者の立場であろう。

4　また戻ってくる道、ともに進む道

本稿の序論は、批評の公共性と運動性の復元に対する提案を含んでいる。そして本論で試みたリアリズム／モダニズム議論や民族文学論に対する検討は、現段階の批評界の地形図を探査するという意味とともに、このような提案の現実的可能性を診断するという意味も含んでいた。つまり近代克服のための美学的挑戦としてのリアリズム／モダニズムの原点に回帰するような再統合という本稿の提案は、単純な理論的模索や既存の議論の批判的再構成でなく、実際に互いに異なる立場を持った論者の間の、対話と討論を通じた連帯の可能性を念頭に置いたものであり、「民族文学論」に対する客観化と相対化を試みたのも、やはり不明瞭な傍観的共存を克服し、それぞれの批評的位置づけを鮮明にすることによって、より生産的で前進的な対話がおこなわれる土台が準備されることを望む気持ちが先んじた結果であった。

本稿が当初の意図を充足させているかとは関係なく、いまや九〇年代的孤立から脱出するべき時だといいたい。何らの抵抗にもぶつからずによどみなく押し寄せるあの赤裸々な資本の横暴の前で、単に自分自身の人間的品位を守り、生の意味を探すためにも、もうこれ以上の孤立はあってはならない。しかも私たちが孤独でいる間にも最後まで手放さないことで私たちを守った真の

文学の力を、これからふたたび公共の開かれた広場に導き、すべての苦痛を受ける大衆の中で、また別の私たちに戻さなければならない。それが批評の任務である。みなが戻ってくる道、それはともに進む道となる。

（一九九八年）

注

（1）この論文は、筆者が最近発表した論文「モダニティと美的モダニティ」『韓国左派の声』（季刊『現代思想』特別増刊号、民音社、一九九八年九月）の後続作業である。筆者は「危機意識の復元と新たなパラダイムの構成のための試論」という枠組の中で、モダニティと美的モダニティ、リアリズム／モダニズム、民族文学論、そして批評論などに関する一連の考察を試みているところであり、この論文はその二番目の作業にあたる。次の作業は現状況における批評のアイデンティティと課題を問うものになるだろうし、その後は九〇年代に出た実際の作品に対する筆者なりの解釈を試みるものになるだろう。

（2）チン・ジョンソク「モダニズムの再認識」『創作と批評』一九九七年夏号、一五二頁。

（3）チン・ジョンソク「民族文学とモダニズム」、民族文学作家会議・民族文学史研究所共同シンポジウム『民族文学論の更新のために』主題発表文、一九九六年一一月一六日。

（4）尹志寛は「ふたたび問題はリアリズムである」という『実践文学』の企画を主導した人物であるという点で、キム・ミョンファンもいわゆる「パク・ノヘ論争」に参加したという点で、彼らが正統的リアリズム論を擁護する反論の主体として登場したのは不自然ではない。だが、この論文を書く筆者自身はもちろんのこと、労働解放文学グループに属していたチョ・ジョンファン、イム・

ギュチャン、チョン・ナムヨン、イム・ホンベ、文学芸術研究所グループに属していたチョ・マンヨン、イ・ビョンフン、その他にキム・ジェヨン、チェ・ユチャンなど、八〇年代リアリズム論の優位を議論した少壮の評論家たちが沈黙するなかで、この二人の積極的かつ「保守的」な対応は、なんと表現していいか難しい、ある種の響きを伝える。

(5)キム・ミョンファン「民族文学論更新の努力」『作家』一九九七年一・二月号、「月を指す指より月を」『作家』一九九七年九・一〇月号、「写実性、民衆性、リアリズム」『作家』一九九八年秋号。

(6)尹志寛「問題はモダニズムの受容ではない」『社会評論の道』一九九七年一月号、「民族文学にまとわりつくモダニズムの幽霊」『創作と批評』一九九七年秋号。

(7)パン・ミンホ「リアリズム論の批判的再認識」『創作と批評』一九九七年冬号。

(8)彼は明らかに、リアリズムとモダニズムを合わせる「広義のモダニズム」概念を設定しても、ふたたびモダニズムの外延の拡大がはらむ危険を自戒する言及をすることによって、広義のモダニズムがあたかも既存の狭義のモダニズムの外延を拡大した結果であるかのように誤解される素地を残しており(「民族文学とモダニズム」『民族文学論の更新のために』一三三頁参照)、広義のモダニズムが包括する独自の美学的特質を糾明することなく、狭義のモダニズムの美学的特質の受容を語ることによって、結局、既往のリアリズムにモダニズム美学を付け加えただけの折衷主義であるという批判から自由でなくなった。

(9)キム・ウェゴン「問題はリアリズムに対する執着である」『韓国文学』一九九七年春号。

(10)キム・イグ「批評の「夢想」を越える」『作家』一九九七年三・四月号。

(11)アーノルド・ハウザー(白楽晴・廉武雄共訳)『文学と芸術の社会史——現代編』創作と批評社、一九七四、第一章「一九三〇年の世代」(三一〜五七頁)参照。

(12)ハウザーは次のようにいう。「バルザックは古典主義およびロマン主義文学の純粋芸術性から、フローベールやボードレールの審美主義に達する発展の間に起きた一時的な現象を、芸術が生活問題に完全に吸収された短い時間を代弁する」(『文学と芸術の社会史――現代編』五四頁)。

(13)これに関しては拙稿「モダニティと美的モダニティ」『韓国左派の声』民音社、一九九八年九月、一九五~二〇五頁参照。

(14)拙稿「モダニティと美的モダニティ」、前掲書、二〇三~二〇四頁。

(15)この点がまさにリアリズムに対する懐疑が始まる地点でもある。リアリズムは客観世界の認識が可能であり、その認識内容の芸術的形象化もやはり可能であるという認識論的な美学的前提を持っている。それが再現的反映論である。そしてその反映は、客観世界の傾向的発展とその指向するところも包括する。パン・ミンホはこのような再現的反映論を留保する(パン・ミンホ、前掲論文、二七七頁)。なぜならそこにはある種の絶対的知が前提にならなければならないからであり、これまで党派性がその知の絶対性を保障するように主張されてきたからである。しかし党派性の絶対的地位を剝奪するために再現の可能性を留保するのは、それこそ風呂の湯を捨てながら子供も一緒に捨ててしまうようなこととなりうる。再現の可能性を留保しながら、彼の認識論は明らかに不可知論に近づいている。「現象の中から本質を」表出することでリアリズムを幅広く理解しようというが、現実の「ある側面、位相に対する美的探求」をもってしては、それは不可能である。それが可能だというならば、それは「部分を通じた全体」という表現的総体性の概念に依存することとなり、これはまた絶対的知を前提とすることになる。結論からいえば、党派性がなくても再現は可能である。それは世界の認識の可能性のためである。いくら疎外と物神化が極端に進んだとしても、この世界は人間に対して絶対的な敵対性を持つことはない。世界はつねに人間化された世界だからである。人間によって生産された、死んだ労働の集積物であるという点でそうである。その世界が人間に対して敵対的な物神性を帯びるに至ったが、それが人間の産物であるかぎり、認識され矯正されうるという信頼が必要である。党派性とは、そのような認識と変革の可能性を媒介する一つの認識論的装置にすぎないのであり、党派性の否定が客観世界の法則的認識の可能性の否定につながるのは不必要な飛躍である。

(16) 拙稿「民族文学の範疇と作品的成果」(「誌上討論/九〇年代文学界の新争点を論じる」の質問に対する答え)『実践文学』一九九五年夏号、一七六頁。

(17) 白楽晴の分断矛盾論は、実は民族矛盾論の朝鮮半島的形態であり、その基底には第三世界民族解放運動論的な脈絡における「民族」概念が毅然と位置していることは周知のところである。若い「民族文学論者」のキム・ジェヨンが最近駆使している「民族的自決性」の概念も、やはりいまだ私たちが民族解放運動の主体としての「民族」概念から自由でないことを示している(キム・ジェヨン「民族文学論は有効か」『実践文学』一九九七年夏号)。

(18) 白楽晴「グローバリゼーション時代の民族と文学」『作家』一九九七年一・二月。

(19) 白楽晴「民族文学概念の確立のために」『民族文学と世界文学』創作と批評社、一九七八年、一二五頁。これは白楽晴の規定だが、近代以降に展開した民族文学の成果もすべてこの規定の下に包括されるだろう。

(20) 白楽晴「グローバリゼーション時代の民族と文学」、前掲雑誌、一〇~一六頁。

(21) シン・スンヨプ「民族文学論の方向調整のために」『民族文学史研究』第一一号、一九九七年一〇月、一〇頁。このように現行の「民族文学論」の主な生産主体を正確に限定することは、「民族文学論」の主流性を不必要に膨張させ認識させず、批判的な客観化を可能にする。

第6章

高銀《コウン》論――一九六〇年代的ニヒリズムの最終章(1)

1　散文集『セノヤ、セノヤ』と民衆写実

『セノヤ、セノヤ』は一九六九年に刊行された高銀の随筆集である。そして筆者が知るかぎり、おそらく私たち民族がハングルでものを書き始めて以来、最も多くの著書を残しているといってもいい詩人・高銀の二〇冊を超す随筆集のうち四冊目のものでもある。

高銀はきわめて多くのものを書く。断言するが、彼自身も自らの著書のタイトルをすべて記憶できないだろう。そしてどこの誰も実証的・書誌的完結性を備えた高銀論を書くことはできないだろう。このように多くのものを書いているだけに、それぞれの作品や著書が正当な評価を受け

る機会が稀少になってくることもある。高銀の新刊詩集を手に入れてこの大詩人の文学的な現在を探ろうと思った評論家ならば、誰もがその詩集をまだすべて読みおわらないうちに、どこかでまた彼の別の詩集が刊行されたという知らせに接した記憶があるだろう。それは少し呆然となる経験で、その呆然さは「やってみたところで「群盲象を評す」だ」という一種の批評的な無力感に帰結する。六〇年代以来ことあるごとに彼が達成した前衛的業績が、その重要性ほどの適切な評価を受けなかったのは、このような無力感とそれによる回避の影響が少なくなかったためだろうと思われる。

彼の主ジャンルである詩だけを見てもそうだろうが、随筆集あるいは散文集と名のつく二十数冊の他の作業についてはさぞかし大変だったろう。彼の散文は余滴のようなものでなく、詩だけではすべてを尽くせない、この「文鬼」に憑かれた詩人の遠く遥かな謡が、詩の形式の狭い枠を脱してずるずると出てくるものだから、それらをみな読まずして彼の文学を理解できるとはあえていえないはずだが、みな言ってみれば対応不可能だったのである。もちろん筆者も例外ではなく、ただ七〇年代に出て人口に膾炙した『幻滅のために』や『愛のために』をめくってみた程度を越えることはなかった。『セノヤ、セノヤ』のような散文集は、詩集『彼岸の感性』のように、近年、全集が刊行されるまではただの伝説にすぎなかった。

『セノヤ、セノヤ』は、このような高銀の前での無力感ないしは怠惰に、いうまでもなく一撃

高銀（1933-　）

を加えた随筆集だった。ここに掲載された短詩を中心とした一四五編の散文は、単に六〇年代の高銀の詩の世界――『彼岸感性』『浜辺の韻文集』『済州歌集』の世界――を理解する補助手段ではなく、その特有の華厳的・宇宙的な世界観が、六〇年代という時代的な限界の中だけでも発散的に展開する独自の文学世界を示す珍品である。先に挙げた彼の初期詩集三冊が、いまだ彼岸と此岸の観念的葛藤や、その葛藤からの逃避――死への誘惑にとどまっているのに反して、この散文集はそのような主潮を維持しながらも、世の万物に対する愛情のこもった観察の目を充分に開けている。彼は大乗仏教的な土台で修業した僧侶であったから、このような森羅万象に対する関心と自己一体化は自然なことだったろうが、彼の詩は六〇年代の詩文学の全般的限界から自由ではなく、モダニズム的詩法と内面追求の垣根のうちにとどまっていたとすれば、散文はこのような限界を自由に行き来しており、「現実の衆生」により近付くことができたのである。であるから、この散文集は生と死、孤独、ロマン主義的な衝動、その他様々な哲学的アフォリズムの他に、日常のささいなものを発見し、人々が生きる風情においても、多様な民衆写実を記録して文明批評や現実批判を試みるなど、同時代の生に対するより具体化な省察を含んでいる。そしてそれは、全泰壱《チョンテイル》の死（一九七〇年）を契機に突然変わった彼の詩の世界が、実はそれほど劇的で断層的なものであったという、その有力な解明の資料になっているのである。

2 革命と混沌の一九六〇年代

『セノヤ、セノヤ』を生んだ時代、一九六〇年代とはどのような時代か？ この時代は四・一九学生革命、五・一六軍事クーデター、第一次・第二次経済開発五か年計画、ベトナム派兵、三選改憲に象徴される時代である。それより以前、五〇年代が戦争と分断固着、李承晩《イスンマン》独裁と賎民的な官僚独占資本の跋扈によって冷戦意識と貧困に満ちた歴史的痴呆状態にあった時代であるとするならば、六〇年代は韓国社会がこの痴呆状態から目覚めはじめた時代である。その六〇年代的な覚醒の基本的内容は断然、民族民主主義であった。朝鮮王朝末期から開港期、植民地時代をたどりながら、私たちの課題でありつづけたものの、決して解決されることのないこの「百年の課題」が今一度よみがえったのであった。日帝、米帝とつづく気味の悪い帝国主義の鎖を断ち切り、統一された民族国家を樹立しようという意志、その外勢に便乗して代々民衆の膏血を吸いつづけた買弁的な国内支配勢力に対する怒り、民族構成員の人間らしい生の物質的諸条件を準備しようという熱望は、分断と戦争でまるで知的な荒地だった韓国社会ではあったが、結局は一つの理念態として浮上せざるを得なかったのである。

一九六〇年の四・一九学生革命は、そのような意志と怒りと熱望の集約的爆発であり、それ以降の歴史過程はこの原初的な爆発の限りない反響だった。援助経済で自立能力を去勢されてきた五〇年代の韓国社会の基層といえる農民、都市貧民、労働者、そして彼らとほとんど異なるところのない劣悪な生活条件をともに体験していた旧中産層、そして彼らの要求を反映せざるを得なかった同時代の知識人にとって、ブルジョア的民族民主主義は自然の理念的指向であり、一九六一年の五・一六軍事クーデターを通じて権力を掌握した軍部さえも、その出身属性上、このような民族的熱望にもとづく民族民主主義的な指向を持たざるを得なかった。しかしこのような新たな支配集団としての軍部は、アメリカ、日本の韓国に対する強力な支配力と、反共イデオロギーにもとづかざるを得ない自己属性に屈服して民衆の民族的・民主的要求を弾圧し、代わりに隷属的独占資本主義という新植民地型近代化モデルの一直線的な実験にすべてを帰属させてしまった。そうしてこの新たな支配集団は、政治的には反共軍部独裁の基礎を作り、経済的には対外的隷属と対内的原始蓄積という新植民地的資本主義の基礎を作っていった。

このように六〇年代は、新植民地的資本主義の形成と固着を企図し実践した軍部、隷属的独占資本、官僚集団からなる支配勢力と、これに抗して自主的民族経済と統一民族国家の樹立という当初の民族民主的要求を絶えず提起していった民衆勢力との闘争という、韓国現代史の基本構図がおおよそながら位置づけられはじめた時期であった。しかし、六〇年代の現実的歴史過程は、結局、支配勢力の力の一方的な貫徹過程であり、被支配民衆勢力の熱望は適切な社会的力量として現実化されることはなく、二度の大統領選挙における惨敗で終わる。代わりにこの熱望は、精神史的・知性史的地平で内化し、六〇年代・七〇年代の民族文化運動の下地を形成する。歴史学における植民史観克服の議論、伝統文化の創造的継承の議論、『思想界』『創作と批評』など進歩的ジャーナリズムの台頭と隆盛、文学界における六〇年代前半の伝統文学論争、後半の純粋参加論争、七〇年代初の民族文学論争などは、民族民主主義的な指向が理念的思想的な形式をそなえる一契機となったのである。文学作品では崔仁勲《チェイヌン》、南廷賢《ナムジョンヒョン》、李浩哲《イホチョル》、安寿吉《アンスギル》、金廷漢《キムジョンハン》、金承鈺《キムスンオク》、李清俊《イチョンジュン》、朴泰洵《パクテスン》らの小説と、金洙暎《キムスヨン》、申東曄《シンドンヨプ》の詩が、五〇年代文学が閉じ込もっていた息苦しい実存空間から出て、新植民地的な民族現実に対する尖鋭な認識、分断体制に対する反省的な接近、市民意識の高揚と覚醒など、文学本来の認識的・批判的機能を回復するにいたる。

　しかし六〇年代はまだ混沌であった。四・一九学生革命が開いた歴史の息吹は、いとも簡単に閉塞させられ、現実の冷酷な展開は、私たちが植民地的停滞におかれ、世界資本主義体制の末端に突き進む唯一の道しか選択の余地がない、単なる低開発国にすぎないという事実を物語っていた。解放後におこなわれた制限的な農地改革によって、零細小農体制に安住していた農村は、経済開発計画による強力な原始的蓄積にまきこまれ、分解過程を体験することとなり、都市には広範な都市貧民層が産業予備軍という名の下に不完全雇用の境界をさまようこととなる。反封建的停滞と近代的可能性の間、不安と期待の間を動揺しながら、人々は将来の自分たちを襲う強力で冷酷な生の条件、資本主義的諸条件の総体的支配を予感していた。しかし民族民主的指向を内包していた素朴な被支配勢力は、この新たな支配的力の破壊的な貫徹過程を決してまともに予測できなかった。単にぼんやりとした抵抗の意志を心情的に結集し、抵抗論理を構想する水準にとどまらざるを得ず、それさえもその実勢力はすべて大学生かもしくは一部の進歩的知識人など一握りにすぎなかった。そして彼らさえも労働者や農民など勤労大衆に対する信頼と、彼らからの展望をきちんと受け止められなかったばかりか、ブルジョア民主主義的な政治思想と階級的な限界にしいて克服しようともしなかった。また大多数の人々は、生活と意識全般においていまだ植民地と戦争の桎梏から脱することができず、四・一九学生革命の挫折と日本陸士出身の軍人・朴《パク》正熙《チョンヒ》の統治は、彼らに政治的恐怖の悪夢を切実に痛感させた。

3　ニヒリズムと高銀の詩世界

この不安と期待に揺れる原始蓄積段階の活力が、社会全般のアイデンティティを解体し、そのことが促す土台―上部構造上の変化に対する予測はいまだ可能ではなかった不透明な時期、夜が明けるのか、夜がくるのかさえわからない薄明の時期に、高銀の文学は『彼岸感性』（一九六〇年）とともに世に知られることとなり、この『セノヤ、セノヤ』（一九六九年）の世界にまでつらなっていく。だがこの六〇年代の高銀、二十七歳から三十六歳までの青年・高銀は、その文学もそれとしてあったが、彼のいかなる作品も追随が困難なほど、ひどく「破壊的」だった彼の人生自体も一つの事件だった。

六〇年代のその根も葉もない噂の中の彼は、ニヒリズムの怪獣、グロテスクな悪魔主義者、続出する自殺未遂者、唯美主義者、還俗僧侶、清進洞《チョンジンドン》の陰鬱で絢爛たるスキャンダルの極限状態、そのようなもののなかで花を咲かせた「鬼面」そのものであった(2)。

十六歳（一九四九年）に『韓何雲《ハンハウン》詩抄』を読み、詩人の夢をはぐくんで、朝鮮戦争中の十八歳の時（一九五一年）に入山、二十五歳（一九五八年）で文壇デビュー、翌年初めての詩集『アゲハ蝶』が印刷中に火災で消失、そしてまた『彼岸の感性』を第一詩集として上梓（一九六〇年）することで彼の六〇年代は始まった。この六〇年代に、彼が世の中と自らに「犯したこと」を調べると、右の引用文が単に修辞学的な誇張ではないことがわかる。「六・二五（一九五〇年に始まった朝鮮戦争）で入山し四・一九（一九六〇年の学生革命）で下山[3]」したという彼自身の話のように、彼は四・一九の二年後である一九六二年に還俗する。だがその還俗に何らかの歴史的自我としての認識が深く介入したようではない。四・一九で受けた動揺は、あたかもはるかかなたの星から放たれた光のように、一〇年経った一九七〇年頃になって、ようやく高銀の生の中心に到達することとなる。歴史はまだ遠く、禅宗に対する反発が「実践的な衆生済度」という妙な指向を生み、還俗後ソウルに上京した彼は、清涼里《チョンニャンニ》で売春婦に対する教化を試みて挫折を体験する。『静かなドン』の日本語訳を読み、激しい衝撃でそれまで書いた原稿や詩集などを燃やし、酒乱と退廃の泥沼を這いずりまわった。ニセ高銀事件が頻発し、一九六三年には自殺目的で済州島行きの船に乗るものの、最後の酒に酔いすぎて失敗する。以降、しばらく済州島で学校の校長などをしながら夜は寝ずに酒を飲み、共同墓地で寝て、長ズボンを切って半ズボンにして着て、カラスをとって焼いて食べ、晩酌で四合の焼酎を飲み、すべての言葉を妙な発音で発話し、漢拏山で遭難するなど、あらゆる狂態をしてみせた。その一方で詩は書き続け、一九六三年には第二詩集『浜辺の韻文集』を出した。マラルメとボードレールに心酔し、消滅への衝動、虚無などが彼の詩集を埋めた。一九六七年にソウルに上京した彼は、新丘文化社や民音社などに出入りし、文壇での交遊を拡げて本格的に詩を書くことに没頭する。そして詩集『新言語の村』を出しニヒリズムの時代に入る。彼はこの時期をふりかえって、「私はその虚無の魅惑以外のいかなるものにも敵意を見せた」と述懐している。この時もやはりニセ高銀事件があり、彼は清進洞で「虚無と歓喜の祝祭」で夜を明かした。酔中キス、酔中殴打などがその祝祭を飾った。その渦中に出てきたのが『セノヤ、セノヤ』であった。そして一九七〇年の秋にもう一度自殺未遂があってから、父親の他界の知らせを聞き、四・一九が放った星の光は全泰壱の形象を通じて高銀の心臓を撃ち抜き、彼は喜んでその光を受け入れて新しく生まれる(4)。

ニヒリズムとは何か？「すべての理想と価値表象、および肯定的目標に対する全面的否定を特徴とする世界観的な立場と態度(5)」のことをいう。それは基本的に独占資本主義時代の小市民階級の剥奪感と無力感、また絶望と諦念の精神像につながっている。それが社会的に破壊的な様相を帯びれば無政府主義やテロリズムへと発展し、個人化されればひどい厭世主義として現れる。「ニヒリズムの怪獣」である六〇年代の高銀が、当時このことを知っていたかはわからないが、少なくとも彼は後にこのように述懐している。

もしかしたら植民地初期の亡命家たちを惹きつけた破壊主義としての虚無が、政治行為でない詩を通じて続く状況なのかもしれないが、私はそれを自らの生と死を飾るものとして受け入れた。いや、それよりは五〇年代前後の総体的な破壊こそが、虚無自体との一致に直結していたのかもしれない。(6)

彼のニヒリズムは決して政治的に意識化されることはなかったが、彼の述懐でなくても、それは窮極的に政治と関連したものであった。ただ日帝末期と解放直後、戦争など、四〇～五〇年代の「総体的破壊」が、いまだ感性の強い少年だった高銀にとって説明可能なものではなく、理性以前の原体験においておぞましい形で位置づけられたので、その事実が客観化・社会化されることなく、無意識的な主観的虚無指向として表出することとなったのである。六〇年代がニヒリズムの時代であったとすれば、それはその当時の精神の主体が、高銀と似たような生の体験の中で四〇～五〇年代を過ごしたためであり、そのニヒリズムが主観的な破壊主義や厭世主義として表出したとすれば、それはその主体が自らの生の体験を客観化するには、これを阻む体験の初歩性や凍てつくような反共論理などの力があまりにも大きかったことにその理由があるだろう。このニヒリズムからの脱出は、金洙暎、申東曄と同時代の精神の超人たちによって、あるいはより若いハングル世代、一時的ではあるが革命を成功させ、「勝利する歴史」に参加した四・一九世代になってようやく可能になるのである。

4 「あらゆる名もなき物と人の華厳」

不幸な一九三〇年代生まれの代表走者・高銀、時代の重荷をそこまで観察し解剖する余地もなく、狭小な身体一つでみな受けとめなければならなかった、だから詩人にならざるを得なかった高銀のニヒリズムは、その決算ともいえる散文集『セノヤ、セノヤ』(7)を通じて収斂され、同時にその克服の道に入る。

もちろんいまだニヒリズムはこの散文集のあちこちに巣食っている。ニヒリズムの最も大きな誘惑が世の中と絶縁することであるという時、この散文集に死に関する話が少なくないのは当然である。

死があるのと同じように生を救援するものはない。人間はその死さえも一つの生として確信している。…(中略)…そして死とは、生の中にありながら、大きな家のようにからっぽの闇をこの世に与えている。(二七〇)

女が赤ん坊を育てる時、生命は他の生命に対する死である。（二七七）

滅亡するものは壮厳である。死ほど人生を感動させるものはない。（三〇四）

この世とあの世が彼らには隣村のように近く、行ってみたかのようでもあり、あの世というものもこの世と変わらないということを、彼らはよく知っている。（三〇六）

死は、この世から永遠に別れるということと、いつまでも残るということを兼ねているのだろうか。（三六六）

最も遠いところでこの世を懐かしがるということは、死をもってのみ、絶対の暗黒をもってのみ可能である。（四〇六）

しかしこれらの一節は、死を語り、死への指向性を見せながらも、生の終末という意味での死という観念を表明したというよりは、生の延長としての死という観念が強く見られる。死後が巫歌でなく、何かがさらにあり、またつねに生と関連しているという認識は多分に仏教的である。

還俗僧・高銀の死への指向は、人生の否定ではない、生の肯定のためのものであり、この点が高銀を厭世的なニヒリストと区別させる特徴であり、彼をしてニヒリズムの極限においても生き残らせた隠れた力ではないかといえる。ニヒリズムをひっくり返せば、強烈な生への意志があるのである。このような死への指向と生への指向との連環性、消滅と生長の連環性に対する認識こそ、『セノヤ、セノヤ』を導く弁証法的な原動力であると考えられる。

死や消滅を指向するのは一種のロマン主義的な衝動に他ならない。その衝動は生の中では離別、決別、関係の絶縁のようなものに対する衝動として現れる。

旅人はこの世の気持ちであの世を生きているようだ……。住む場所でそこと別れる練習をしている旅人、だから生と別れる旅人となる。（二七二）

世界に何もなく、私一人であるという魂的体験の中で、自身さえ忘れることのできる境地があるのである。（二七四）

徹底して非社会的な、非人間的なことを選び、それが人間にとって一つの自己省察になったりもする。（三九六）

彼はこの散文集の随所で、このように離別と世界との絶縁、孤独の選択を煽動する。だがそのような煽動も自己衝動の表白も決して絶対的に追求されはしない。戻ってくることを決意して離れる練習としての旅人の道、一回的体験としての孤独にすぎない。ならば彼の虚無は一種の方法的虚無であるといえる。すでに世界内に進入した者の、肯定のための方法的否定である。これは先の死への指向が生への指向と関係しているのと同様に、すでにこの時期の高銀にとって、詩ではなく散文においては、生に対する肯定が次第にその座を占めていき、ニヒリズムはそれに向けた一つの練習となっていることが分かる。ひょっとしたら散文という様式自体が絶対虚無を受け入れるには適当でないかもしれない。もちろんこれを立証するためには、彼の虚無寂滅の精神が作り出したあらゆるアフォリズムをもう少し見てみる必要がある。

人間は、そのむなしい時間を通じて、むなしい意味をすくい出すことができる。(二七八)

生とは希望や勇気だけでは成り立たない。それは無力な呵責や熱い一言の悔恨で成就するものかもしれない。(二八五)

なぜ内部が孤独なのか。そのような孤独があってこそ、内部は最も必要な外部を受け入れ、内部的精神をもって外部のすべての風景と客観に意味を付与することができるからである。（三一七）

水に流されるように生きられず、水に逆行するように生きなければならないのがこの世であろうか。もともとなかった苦しみをわざわざ作り、逆境を遡及する虚妄は、虚妄と忠実である。（三七二）

これらの断想では、空虚、孤独、虚妄、悔恨などが生において持つ肯定的意義について語っている。そうである。彼にはこれらすべてが方法的空虚、方法的孤独、方法的虚妄、方法的悔恨にすぎないのである。ならば彼はこの散文を書く頃の虚無と歓喜の祝祭で日々を過ごした清進洞の時期に、すでに永い虚無に疲れ、その虚無を捨てはじめたのかもしれない。この散文集で自らの生に対する反省の表現が少なからず目につくのも、この虚無克服の兆しと関係あるだろう。恥とは自らを社会的脈絡の中に、通念の中に置かずしては生じ得ない感覚である。それはすでに純粋なニヒリズムの目録ではない。

なぜこのように鉄面皮で大胆なだけなのか。
なぜ自己反省や自己虐待がないのか。（三〇七）

いくら生の周辺でさまよいめぐったとしても、弱い者が倒れる時は強い者を嫌いはするものの、強い側に拍手する卑劣な人として生きてきた。（三八七）

生きていても恥ずかしく
死んでも恥ずかしい墓が一つ（三八九）

このような虚無克服の兆しは日常の重要性を発見し、人が生きる風情に関心を持ち、同時代の民衆写実に視線を転じ、社会的関心を表現する断想のなかで次第に確固たる形態として現われている。歴史の火に焼けた一つの精神が、ニヒリズムの迂遠な道を回り、また歴史へと社会へと戻ってくるのである。

ならば自分の妻とともに人生の哀歓を分かちあう生活こそ、世界のすべての歴史を寝かしつけることのできる長い子守歌かもしれない。（二九七）

終点にはまだ荒々しい悪態で私のやっかい息子を愛し、隣人と胸倉をつかんでけんかする
エミール・ゾラ時代の庶民風俗があり、隣家の満一歳の誕生日の宴に餅をもらって食べたり
もする。（二八六）

田舎女が集まれば、働く手を止める間もなくからかいながら、とても濃厚な艶談で笑いを浴びせ、仕事が退屈せず進んでいく。ある意味で人間が完熟した時に達すると悪口も自然に言える。この世は思ったより厳粛なものだけでは決してない。（三二九）

もしもアリューシャンのオットセイならば
ジョンサム一帯の悲しい妹たち
みな抱きしめてやりたいクリスマスイブ（三三三）

「便所を汲め！　便所を汲め！」
何の礼儀もない言葉の命令調の知らせである。するとあちこちで溢れる便所の穴が開き、
パジャマ風の男と下着の女性も気ぜわしくなる。（三四一）

夜更けに光化門の地下道を掃く
老いた清掃夫の長い影（四〇〇）

この素朴な民衆写実の世界は、二〇年後の『萬人譜』（一九八六年）の世界の予告篇のようである。高銀特有の「あらゆる名もなき物と人からなる華厳」は、すでにこの時期から芽生えているのである。ここに海、波、花、そば畑、ポプラ、川、雪、雨、道、秋の野原、峠、雨降る野道、ひばり、深い山、松風の音、虹……などに関する、とめどなく、いかにも物悲しい思索と愚痴、そして西帰浦、漢拏山、済州・禾北、晋州・南江、洛東江河口、三千浦近海、秋風嶺、栄山江、旌善、丹陽八景、南済州海、智異山など、国土の隅々まで未踏の地はなく、行った末に達した彼の放浪のもたらす荘厳な国土礼賛の、たとえば次のような美しい絶唱の記録までをすべて合唱することで、彼の華厳の文学の土台をなしているのである。

西帰浦の近海にはいつも、死を追いやった、燦爛たる陽光がすっかり散華する海に墓のある、多くの死を追いやった、絶対的な生活がある。波打つ日が大部分だ。波のない日はこれまで、波打つ日よりも大きな波が寄せるだろうという確実な予感のせいで緊張した大きな静寂が積もる。

東シナ海の北端だ。台湾、フィリピン、ポリネシア一帯の世界的な海で、潮流はラフマニノフの大地の音楽のように荘厳に押し寄せ、西帰浦の近海を過ぎる時はモーツァルトの装飾音を残し、それが震えるように疲れる。一つの終点を西帰浦が準備し、その点一つで巨大な海洋を龍頭蛇尾にするのだ。(三〇二)

何年か前、私は昼夜を通して栄山江の岸辺に沿って歩いたことがある。秋はずいぶん歩いても脚が疲れない。月の明るい野道で遠く砧の音を聞いた時、寒い身体のあちこちに火がつくように熱かった。(三九四)

漢拏山の頂上の高原をはるかに凌駕する大規模な高原で空中に地平線がはしる。本来、求礼・泉隠寺から仰ぎ見る智異山ははるかかなただが、登ってみると野原がひろがる。つつじ畑だ。春から夏までそれは誰にも自慢せずに自分で祭りを楽しんでいるようだ。……雄壮だ。悲壮だ。つつじの花畑は隅々までつつじの花で明るくなって、その明るさが何か病んでいるような感じだ。一つの痛みが全面的に全身をおおう。私が倒れ、私だけでなく私の先祖代々や子孫まで一斉に倒れて悔しい思いをしたい。ぼろを着て、飢えて、あらゆる蔑視を受けた

い。(四三〇)

これをもって六〇年代の高銀は一つの大きな器となる。その器の中には世の中と生に対する虚無と愛情、否定と肯定、逃避と対面で入り混じった自分自身がおり、六〇年代の嵐の前の静けさのような物寂しさのなかで、身体をさすりながら生きる民衆の生があり、何よりも彼が捨てられない愛する国土と祖国がある。その器は頭巾などを入れておく木器でなく、大きな酒粕の壷のようなものなので、そのすべては時間が経つほど高銀伝家の強い密造酒になるのである。七〇年代、八〇年代、九〇年代の高銀は、すでにこの六〇年代に作った密造酒に酔った後の荘厳な酩酊なのである。

5　おわりに

高銀の詩がそうであるように、彼の散文も簡単に読めそうだが、実はそう簡単に読めない。彼の文章は非文も多く、曖昧なもので満ちており飛躍も激しい。一つのタイトルしかない文章なのに、実は何と名付けていいかわからないものも少なくない。いくら大詩人でもそれが美徳であるはずはない。だが、それを頑固に追及する人は、彼の文学世界に入るつもりのない人間である。

彼の曖昧さと飛躍と口下手は、その反対の特徴である明澄さ、説得力、流麗な文体と一体だからである。それらが一体でなければ高銀の文学ではない。彼の文章には彼が把握している世界がそのままの状態で入っている。世界の姿がいつも明澄なのではなく、むしろ曖昧さと秘儀のようなもので埋まっているならば、彼の文章もそのようなものである。

『セノヤ、セノヤ』は、高銀の生と文学の前・後期を分ける一つの結節点のような散文集である。現在前の高銀が「ニヒリズムの王子」であったとすれば、後の高銀は「革命の戦士」であった。現在はどうか？　現在はもちろんその二つを併せ持つ「詩人」である。だが、およそ熱烈な革命戦士は、彼自身の過去の中においても、あるいは現在の深い胸中においてもニヒリズムの王子である場合が多い。この散文集はそれが事実であるということを、逆に、つまり「ニヒリズムの王子のなかに隠れた革命家の種」を示すことによって立証している。高銀自身はこの散文集の刊行にあたって、二つの序文を書いている。

夜は書くことがない。間違って生きてきた。間違って生きてきて、いまさら何を書くというのか。深い夜に申し訳ないだけだ。だが、私は死にたくない。「生きながら死にたい」という言葉はむやみに使いたくない。(8)

すでに私はこの本（『セノヤ、セノヤ』）を書いていた頃の私ではない。あの時はひたすら哀れな若者だったが、現在は醜い獣のような情熱に変わった。とすれば、私がこのように堂々と生きていても、この本を書いた私は死んでしまったのである。変化とは窮極的にあるものの死であり、新しく生まれる生の革新なのかもしれない。[9]

前のものはニヒリスト・高銀のもので、後のものは革命家・高銀のものである。ニヒリストは死にたくないといい、革命家はそのニヒリストであった「哀れな若者」は死んでしまったという。彼は本当に死んでしまったのだろうか？　その答えは「否」である。その若者は死んでいない。詩人・高銀ならばそれに同意するだろう。その若者は現在でも詩人・高銀のなかに元気に暮らしている。彼がいなければ、詩人・高銀も、以前の革命家・高銀もいなかっただろう。その若者は高銀の運命であり、韓国の民族文学がはやくから抱き慈しむべき私たちの運命だった。

最後に、高銀がこの散文集の冒頭に書いたテオドール・シュトルムの言葉をひとつ想起してみる。

――この世界、美しいこの世界は荒廃してしまうことはない。

（一九九三年）

注

（1）〔訳注〕高銀（コ・ウン／本名・高銀泰（コ・ウンテ））詩人。一九三三年、全羅北道・群山生まれ。高校中退後、朝鮮戦争のさなかの一九五二年に群山の東国寺に出家し僧侶となり、その後一〇年間、修行と放浪生活をつづけた。五八年に趙芝薫の推薦で文芸誌『現代文学』に詩「肺結核」を発表して文壇にデビュー、六〇年に処女詩集『彼岸感性』を出し、六二年には還俗して本格的な詩作活動に入る。詩集『海辺の韻文集』（六四年）など七〇年代前半までの作風は、虚無の情緒、生に対する絶望、死に対する審美的な耽溺が主調をなしていたが、七〇年代中盤から詩集『文義村に行って』（七四年）、『入山』（七七年）、『夜明けの道』（七八年）などで、時代状況に対する批判と現実に対する闘争意志を詩作で示すようになった。同時にこれらの詩作以外にも、自由実践文人協議会代表、民主回復国民会議の中央委員、民族文学作家会議会長、民族芸術人総連合会議長などもつとめ、獄中にあった金芝河の救援活動を行うなど、民主化運動に取り組むなかでみずからも複数回にわたって投獄された。八〇年には金大中らとともに国家保安法違反でふたたび逮捕され、懲役一〇年の判決を受け、八二年に刑の執行停止で出獄した後も韓国論壇を代表する存在として投獄中の作家や芸術家の釈放運動に取り組んだ。九〇年代後半からの進歩政権下では南北朝鮮の作家や芸術家の交流に力を入れ、南北作家会議の代表団長も務めた。二〇一〇年には一九八六年から刊行されていた連作詩集『萬人譜』が完結した。これまで世界二〇か国以上で詩が翻訳され、韓国の内外で数々の文学賞を受賞し、韓国のノーベル文学賞候補としてもよく名があがる。本章でとりあげられる随筆集のタイトル「セノヤ、セノヤ」は、彼の同名の詩およびそれに曲をつけた歌としても有名で、言葉自体の意味は不明だが、舟唄での掛け声の一種とも言われる。作品などの日本語訳に、金学鉉訳『祖国の星―高銀詩集』（新幹社）、三枝寿勝訳『華厳経』（御茶の水書房）、『朝鮮統一への想い』(神戸学生青年センター出版部)、『「アジア」の渚で―日韓詩人の対話』(吉増剛造と共著、藤原書店)、青柳優子・金應教・佐川亜紀訳『高銀詩選集―いま、君に詩が来たのか』(藤原書店)、鴻農映二・韓龍茂訳『韓国三人詩選―金洙暎・金春洙・高銀』(彩流社)などがある。
(2)キム・スンヒ「波乱と興の祝祭」『高銀文学アルバム』ウンジン、一九九三年、四九頁。
(3)高銀「運命としての文学」前掲書、二〇七頁
(4)以上の伝記的な事実はすべて、キム・スンヒ「波乱と興の祝祭」前掲書による。
(5)韓国哲学思想研究会編訳『哲学小事典』トンニョク、一九九〇年、三九四頁。
(6)高銀「運命としての文学」前掲書、一九五頁。
(7)以下の引用は『高銀全集』一三(チョンハ、一九九〇年)所収のものによる。
(8)第一版序文、一九六九年。
(9)再刊行版『貧しい人のために』序文、一九七八年。

第7章 黄皙暎《ファンソギョン》論——恥辱の感覚(1)

1 黄皙暎と一九八〇年代

全般的に貧しいといわざるを得ないこの二十一世紀の韓国文学に、黄皙暎という作家の存在は真に異彩を放っている。一九四三年生まれで今年還暦を迎えるが、現在でも同じ年配の作家のなかでは最も旺盛な作品活動を繰り広げている。一九九三年から一九九八年にかけて五年間の幽閉生活を終わらせ、すでに三冊の長篇(『懐かしの庭』二冊、『客人《ソンニム》』一冊)を出し、現在もある新聞社に『沈清・蓮華の道』という新しい長篇を連載している。

旺盛ということでいえば、彼以外にも同年輩の趙廷来《チョジョンネ》と金源一《キムウォニル》がいるだろう。周知のように二人の作家もやはり旺盛な現役作家で、趙廷来は『太白山脈』という傑出した大河長篇に続き、『アリラン』、『漢江』など、線の太い韓国近代史三部作を完成し、金源一は老主人公を登場させた『悲しい時間の記憶』という連作小説で、独特の方式で現代史回顧を試みて注目に値する。だが、二人の作家の視線は基本的に過去に向かっており、その作品は現在目前で展開する二十一世紀の問題に対する作家的な回答としては充分とはいえない。

だが、黄晳暎の場合、旺盛なだけでなく、断然、問題的である。たとえば彼の作品『客人』は、「解冤《ヘウォン》クッ」（祭祀の巫儀）の形式を借りて、分断克服という顕在的課題に対する一つの、歴史的であると同時に美学的な回答を試みているのである。現在連載中の『沈清』の場合も、東アジアという未完の問題枠の中に自らの文学を投じる果敢な実験性を見せている。ジャーナル的センセーショナリズムという問題があるが、黄晳暎が雑誌、新聞などの相次ぐ世論調査で、つづけて「韓国最高の作家」に選ばれているところなどは、おそらくこのような彼の強烈かつ顕在的な存在感が大きく作用しているだろう。

彼のこのような鈍ることを知らない現実感覚はどこからくるのだろうか。先に彼が五年にわたって幽閉生活を体験したといった。その幽閉生活は、一九八九年から一九九三年にかけて、北朝鮮、アメリカ、ドイツを転々とする長年の放浪に由来するものである。彼の四十代後半と五十代前半を捧げたそれぞれ五年ずつのこの放浪と投獄、放浪と幽閉の劇的な経験が、まさに彼を過去の作家でなく、微塵の留保もない「今日の作家」にしたのだろう。彼自身でない、どこの誰も、その一〇年を想像することはできないだろう。ただ彼が数回にわたる北朝鮮訪問を通じて、月の裏側のようにこちらからは見えない南北分断体制のもう一方を読んだであろうという事実、現実社会主義の没落と資本主義的世界秩序の再編という世界史的変動が進む間、ドイツやアメリカなどの歴史的現場にいたという事実、そしてそれらを振り返って熟考する五年の懲役生活の間、彼の作家的アイデンティティの中で何らかの「意味あるもの」が作られただろうという事実を推察するだけである。

その放浪と幽閉の一〇年の歳月の直前に八〇年代があった。

黄晳暎（1943-　）

一九六二年の高校在学時代に短篇「立石付近」で思想界新人文学賞を受賞し文壇デビューするが、黄晳暎は何よりも七〇年代の作家である。七〇年代初期「客地」「森浦への道」「韓氏年代記」など原始的蓄積期を通過し、急激に変動していく六〇年代末から七〇年代初の韓国社会とその人々の肖像を描き出した中篇・短篇を発表したのが、まさに黄皙暎だったからである。そして彼が自らの短篇で力を込めて描き出した、根絶やしにされ踏みにじられてもそれに屈しない民衆の夢を、壮大な物語の画幅の中でまた蘇らせたのが、まさに一九七四年から連載を始めて一九八四年に終えた感動的な「民衆ファンタジー」『張吉山《チャンギルサン》』であった。

その民衆的自覚と熱望を小説の中に刻印した一〇年の歳月の直後に八〇年代があった。八〇年代が始まる時、彼は光州《クァンジュ》にいた。一九七六年に海南《ヘナム》に転居した彼は、一九七八年にはまた光州に居所を移す。そして一九八〇年に光州民衆抗争が起きる。基本的に都市的人間である彼が、なぜ格別縁故もいない全羅道にまで行って住み、また、なぜ光州に行ったのかは偶然といわざるをえない。おそらく彼は、光州を中心に活動した文学者や文化運動家、たとえばユン・サンウォン、キム・ナムジュ、ユン・キヒョン、ホン・ソンダムなどと現場の文化運動をしながら、その精髄を『張吉山』の世界にこまめに移植したのだろう。そうしている間、光州でのあの悲劇的な惨事が起きる。だが、また偶然にも、その瞬間、彼はちょうど光州にいなかった。そしてしばらくして戻ってきた光州から、彼はまた済州島に追われる。光州に住みながらも光州に負債意識を抱かざるを得ない、彼の精神的苦境が発源する地点である。

一九八五年、光州の真実を語ることがまだまったくタブーであった時、彼はこれまで光州の様々な人々が様々な困難のなかで集めた虐殺と抗争の資料を土台に『死を越え、時代の闇を越えて』というドキュメンタリーを出す。公安当局の監視網を避けてようやく出版・配布されたこの未曾有の記録文学作品で、光州はじめてその全貌を世に示すことができるようになった。

にもかかわらず、黄皙暎の負債意識をもってしても、苦境に陥った自意識が救われることはなかった。後述するが、「生の恥辱」に対する感覚は新軍部政権の弾圧の中でも消えることはなかったと思われる。離婚して家族と別れてソウル生活を始めたのも八〇年代中盤だった。彼は一九八五年春『死を越え、時代の闇を越えて』とほぼ同じ時期に、ベトナム戦を背景にした長篇『武器の影』上巻を出し、一九八八年にその下巻を出し、一九八七年と一九八八年「日記抄」という副題のついた「谷間」と「熱愛」という短篇二編を発表した。そして一九八九年に彼はさっと北朝鮮に行った。そのように彼は、彼の八〇年代に突然別れを告げることとなる。

この評論は『死を越え、時代の闇を越えて』『武器の影』と二編の「日記抄」からなる黄皙暎の八〇年代を検討するものである。『死を越え、時代の闇を越えて』もやはり八〇年代の黄皙暎の一部だが、その意義とは無関係にここでは扱わないことにする。それは彼が意図的に「史実としての事実」を記録しようと努力したもので、そうであるからこそ他の作品とは異なり、作家自身の情念が冷静に排除された徹底的なノンフィクションだからである。

2 『武器の影』

ベトナム戦争の本質を読む

『武器の影』は戦場小説ではない。この小説ではベトナム戦争を取り上げた他の小説やハリウッド映画でよく見る戦場における兵士たちの極限的な生と死、殺戮や「誤った戦争」に対する抗弁、様々なお決まりのヒューマニズム的葛藤のようなものは登場しない。だが『地獄の黙示録』のような植民主義とオリエンタリズムがないまぜになった感傷的な厭戦主義を前面に出す作品でもない。

『武器の影』は文字通りの戦争小説である。戦争とは民族間、国家間、階級間の矛盾、葛藤が急激に解決あるいは止揚される、激烈な暴力の媒介過程である。その表面的様相は破壊と殺戮で満ちた一つの地獄図だが、その裏面には極度に冷静で緻密に政治経済的論理とメカニズムが作動する。『武器の影』は戦争のもつこのような裏面構造と表面構造を同時に示しているのである。アメリカのベトナム介入は、フィリピンに続き、それよりはるかに大きな市場である東南アジア内陸全体を経営しようとした米帝国主義の膨張運動であり、戦争はその最も迅速で効率的な手段であり、すでにそれ自体が一つの巨大なビジネスであった。『武器の影』というタイトル自体がそれをよく物語っているが、このような認識は小説の随所に何度も反復して出てくる。

「……戦争ほど大きな商売がどこにある。西洋人のやつらは、闇取引だけを専門に担当して経済工作するチームもいくつもある。それしきのこと、俺たちが戦利品だとかいってテレビや冷蔵庫を数箱持っていくことくらい、なんの問題にもならんぞ……」

PXとは何か。「アメリカは世界で最も大きく最も偉大な国です」という標語が書かれた盾を持ち、ローマ式短剣を持ち、星条旗の制服を着て、見慣れぬ田舎物たちが出てくるアンクル・トムの屋根の下の部屋である。原住民を滑稽なピエロに変え、頭をおかしくさせ、酔わせて、いっさいを出させ、売女と牧師と武器密売業者が仲良く出入りする騎兵隊要塞の雑貨店である。……商品は生産者の忠僕を再生産する。アメリカの財貨に手を付けた者は、USミリタリーの烙印を脳裏に押される。キャンディとチョコレートを拾い、歌を口ずさんで育つ子供たちは、彼らの温情と楽天主義を信頼する。市場の旺盛な購買力とふらつく都市景気と路地における熱狂と陶酔は、戦争の熱度に比例する。PXは木馬である。またアメリカの最も強力な新型武器である。

ある商人が、自分の妻をひどく殴っている男を見て、その家に入ってきた。彼は妻を助けることに利益があることを知る。そして妻の代わりに夫の方をひどく殴った。するとその家の兄弟がみな出てきて、よってたかって商人をたたいた。疲れてぐったりした商人が隣家の人を呼んでいる。その人は商人を助けることに利益があることを知った。そして彼はその家のケンカに口出しすることとなった。どうだ、私の話を聞いても分からんか?

あの血の畑に投げたドル、カエサルのもの、そして武器の影の下で繁盛した血色のかび花、ドルは世界の金であり支配の道具である。ドル、それは帝国主義秩序の先導者であり、組織家としてのアメリカの身分証である。全世界に広範に展開する軍隊と政治的な圧力を加えること、多国籍企業の網にかかったアメリカ資本の肥沃な栄養を加えること、支払と信用と預金の重要な国際的媒介体として定着したドルをもつ多国籍銀行の繁盛などの結合の上で、血色の花は咲く。

したがって主人公のアン・ヨンギュ水兵が活動するダナンの闇取引市場は、密林の中よりもさらに戦争の核心となり、そのアメリカ軍需物資の流通メカニズムを知るば知るほど、彼はこの戦争の本質をさらによく知ることとなる。小説『武器の影』は、つまりそうした点で最も非正統的な正統戦争小説といえる。

交錯する五つの見解

この小説がそのような意味における戦争小説ならば、この小説をみちびく視角は多面的にならざるをえない。この小説にはアメリカ政府と米軍の視角、ベトナム民族解放闘争主体の視角、アメリカ支配下の南ベトナム人の視角、そして戦争の一つの軸として介入することを拒否し、そこから際限なく脱走しようとする一種の「精神的難民」の視角がある。最後に作家の視角、つまりこの醜悪な戦争に不明瞭に介入した韓国軍の視角がそれである。

戦争を起こしたアメリカの視角は、特定の登場人物によって媒介されているというよりは、作家の多様な介入とナレーションによって表現されている。それは帝国主義の膨張の論理であり、ベトナム人をはじめとする有色人種全般に対する人種的優越意識であり、それにもとづく野蛮な暴力の正当化の論理である。

ベトナム民族解放運動の主体の視角は、フエの大学生であり解放戦線の戦士として身を投げるパム・ミン、そして彼の友人であり徹底した闘士のタン、また彼の大学の先輩でダナンの工作員タットなどによって媒介される。彼らの祖国に対する献身、揺らぎない信念と勇気ある行動、忍耐と節制などは、この小説で作家が最も力点をおいて肯定的に描き出す部分である。

南ベトナム人の視角もやはり様々な人物を通じて媒介される。一時は立派な歴史の教師だったが、現在はアヘン中毒に陥ったトゥリン、やはり一時反政府学生運動をしていたが転向し、富を握ってベトナムを出ることだけが目的のファム・グエン少佐、そして典型的な腐敗軍人のクァンナム省長のラム将軍、傷痍軍人で韓国軍合同捜査隊に雇われた敏腕補助員で悲劇的な最期をむかえるトイなどである。彼らを見つめる作家の視線は複雑である。肯定的に描くわけではないが、否定的に描くわけでもない。ただ作家は彼らの生において「恥辱」を共通に読み、それを痛切に凝視する。なぜならその恥辱は、作家自身が生きる韓国における生の本質と大きく異ならないからである。

精神的難民の視角は、オ・ヘジョンとスタッフ・リーによって媒介される。二人とも難民であることは同じだが、その難民的性格は互いに相反する根源に由来する。オ・ヘジョンは韓国で米軍相手に売春婦をして、ベトナムまで流れてきて米軍の雇用員として高級売春婦までやりながら、人間自体に対しても、国家や民族や家族など、いかなる集団に対しても何らの期待も希望も持たない、強制された難民であり、強制されたボヘミアンである。反面、米軍脱営兵スタッフ・リーは一種のヒッピー的な厭戦主義者で、帰国せずに東南アジアのどこかで平和な脱走者としての幸福を享受しようとする自発的な難民である。強制された難民オ・ヘジョンが軍票の商売を通じて大金を手にすることと、自発的難民スタッフ・リーが夢をはたせず脱出直前に射殺されることも、この小説が提供する興味深いアイロニーである。彼らボヘミアン的難民は戦争と帝国主義秩序に対する一つの代案だが、決して希望であるはずはないのである。

そして最後に傭兵韓国軍の視角がある。主人公である合同捜査隊アン・ヨンギュ水兵がその視角を媒介する。彼はジャングルでのおぞましい作戦の渦中で生と死の境界をさまよい、突然「武器の影」である闇市の世界に入ることとなって、この戦争の意味を悟っていく人物である。彼は傍観者であり観察者である。だが、その傍観と観察の目録の中には、上にあげた四つの視角がすべて入っており、彼らに対する敵意と共感、侮蔑と憐憫が重複的に彩られている。このアン・ヨンギュという人物の観察と記録を通じて、この五つの視角はあたかもパズルゲームのように精密な物語構造のなかで交錯しているのである。そうすることで、この『武器の影』は、ベトナム戦争について書かれたいかなる小説も追随できない総体的な光景を獲得しているといえる。

恥辱の感覚

作家は自らのベトナム戦争体験を本格的に形象化したこの小説を書くために、七〇年代中盤から努力を傾けてきた。一九七五年から『乱場』という名で連載し、また一九八〇年代初にその一部を完成して、結局一九八五年に一冊、一九八八年に二冊を刊行し、一三年ぶりに完成した作品で、総期間で考えれば、全一〇冊の『張吉山』よりもさらに長い時間をかけて書かれた小説である。それだけに客観的な制約も少なくなく、手間もずいぶんかかっただろうと推察される。そして何より光州抗争以降、作家自身のつらく苦しい生が、またこの小説の完成に不断に干渉したであろうと思われる。

この小説にもそのような八〇年代的なものが明らかによく見てとれる。

この小説全体を通じて登場する観察者でありナレーターのアン・ヨンギュは憐憫の視線を持つ人物である。ジャングルの中を這いずり回り、またどうにかして電器製品を一つ二つもらって帰国しようとする「戦友」に対して、華麗な日陰の花のような、あるいは自分の体を売って家族を養い疲れた妹のようなオ・ヘジョンに対して、純真なヒッピー・スタッフ・リーに対して、彼は暖かい視線を与える以上の介入をする。だが彼らのために観察者的な平静を失ってはいない。

だが彼が一度だけ平静を失って怒る瞬間がある。それはトイが解放戦線の即決裁判で殺害された時であった。彼はトイの死を確認した瞬間、ゲリラの拠点であるパンハオ商店を先頭に立って奇襲する。その奇襲でこの小説のもう一つの主要人物であるパム・ミンがアン・ヨンギュによって射殺される。彼をそのように怒らせたトイとは何者か？　彼は典型的な南ベトナムの人間である。代々商家の出身で南ベトナム軍に徴集され、片目を失っても傷痍年金を受けることもできず、米軍や韓国軍を頼り、つらく恥辱的な生活を継けた人物である。

——僕はベトナム人である。このような時代に、ベトナム人は誰もがおかしくなるほど乱れる。解放戦線にも政府軍にも、どちらに立っても思いは複雑である。

——おまえはどうだ？

——おまえは僕の友人だから言うよ。僕は正直に言う。ホーチミンをどう思うのかと聞くのが一番早い。

——それで、どう思うんだ？

——素朴に表現するよ。

トイは先に自分のこめかみあたりを指で指してみた。

——彼の考え、ナンバーテン。

トイはまた自分の胸をたたいた。

——だがナンバーワン。

ヨンギュはその話を理解した。しかしトイという人間は理解できなかった。

——話は分かる。おまえのことはわからない。

——よく分かる。僕のような人間は南ベトナムの半分を占めるだろう。これはフランス植民当局とゴ・ディン・ジエムとアメリカが作った人生だ。

——だが、どうして銃をにぎるんだ？

――僕はすでに除隊した。目を負傷した傷痍軍人である。補償金はもらえなかった。腐敗した役人が横取りした。僕がこのように生きているのは、ダナンが僕の故郷だからだ。だから僕は召集された。今、僕は家族を扶養してここで生きている。それだけだ。

――僕が家に帰ってからもずっと戦争が終わらなければ……僕はこのままこの仕事で生きていくのか？

――わからない、南ベトナムで暮らす政府軍、官吏、警察、民兵隊などは数百万だ。とにかく適齢期には誰にも召集令状がくる。誰でも千ドルを警察に出せば抜け出すこともでき、三百ドルなら空軍や海軍でもあまり危険でないところに配置される。そのように生きている。ただ一つ明らかなのは、僕はここで一歩も動かないだろう。ベトナムで生きる。僕の子供らも。おまえも帰ったらトイのことをそのように記憶しろ。

恥辱の人生だがそれはトイの運命である。彼は南ベトナム人としての自らの宿命を知っている人間である。そのような彼が解放戦線工作員タットの正体を知り、彼を脅迫して金を取ろうとしたが、解放戦線の即決裁判を受けて命を失ったのである。そのときアン・ヨンギュは初めて怒り、初めて涙を流す。

スタッフ・リーのような行動を自分がすることはないだろう。選択の余地もなかった。しかしトイの死は、屈辱に屈辱を重ね、一握りの灰に、あるいは腕や脚を切られて不具の身となって担がれていった他の韓国軍兵士のそれのように、恥辱の死であった。ヨンギュは自らの憐憫ために自らに向かって怒っているようだった。ヨンギュの頬の上に熱いものが流れた。自分はもう疲れたと彼は内心つぶやいた。喉が痛かった。

作家は最後まで南ベトナム人として生きたトイの恥辱の生と死に、朝鮮半島の南側の生を運命として受け入れた者の運命的な恥辱の感覚を交感したのである。「恥辱」こそこの小説を八〇年代の小説として読ませる隠れたキーワードである。光州におけるあの虐殺と抗争を体験しても、また生活を送らなければならないあの恥辱の感覚、それが小説の最後の部分にいきなり飛び出してくる。おそらく黄皙暎は八〇年代を通してこの感覚を持病のように持っていたのではないだろうか。

3 「日記抄」連作

「日記抄」という名の副題で発表された、一九八七年の「谷間」とその翌年の「熱愛」は、黄皙暎の作品世界において異例の作品として記憶されるに値する。一人称を使ってはいるが、それ以前の彼の作品に自己告白の形式はなかった。悪くいえば、彼は自分の話をする時も概して「教訓的」であったし、喉にかなり力を入れた。だがこの二つの作品の場合は顕著に告白的であり、その告白には濃厚な疲労の色が見える。

一九八七年と一九八八年といえば、当時、韓国社会のいわゆる進歩陣営に属していた人々には、何か異なる未来に対する焦燥と期待が熱病のように広がっていたし、その時期は、告白どころか宣言でも声が足りない時であった。個人史的な思惟も作用したが、そのとき黄皙暎はすでに退潮の時期が始まっていたことを感知していたのである。このように断定的に言うのは少し適切ではないが、彼は後輩の作家たちより四、五年は先に「後日談」を書いていたといえる。そして他の作家が九〇年代に入って後日談の彷徨に陥っている時、彼は小説を書く代わりにみずからの身体を動かしたのである。とにかくこの二つの作品の一人称主人公も、やはり「恥辱の感覚」という点で『武器の影』の一部とつながっており、そうすることで黄皙暎の困惑の八〇年代をささえている。

「谷間」

生きるとはどういうことだろうか。いま、ここに、朝鮮半島の南側でこのように生きていくということは。私はふたたび手紙を続けようと、先に書いたものを読んでみた。

いつか私に取調べをしたある若い捜査官の悔恨まじりの冗談のように、生はごみのように恥辱に満ちたものですか。生きるのはみな恥辱だ……と独り言をつぶやいた、その男の、ややわざとらしい力ある声が思い出されます。そうです。私たちはこのように恥辱として残り、あの年、光州の兄弟たちは何の道もない茨の藪と石ころだらけの険しい道に向かって、ついには切り立った絶壁を見上げて、一直線に走って行ってしまいました。

「日記抄一九八〇年冬」という副題のこの作品は、このような独白あるいは自問で始まる。そして「私」が光州から「追放され」流れ着いた済州島で体験した三つのエピソードがその後につづく。

一つは漢拏山《ハルラサン》の麓のある名もない洞窟で発見された、済州島四・三事件（一九四八）当時の遺骨の発掘現場を見学する話である。「私」はそこで「恐怖のために自らを一時代から幽閉させた良民の、この数握りにもならない命の痕跡」のように、「私が追い出された街での数日前のようなことも、あのように冷酷かつ精密に埋められていくのだろう」と考える。その陳述の中には、その冷酷かつ精密に埋められていく命の前で、自分自身は何者だろうかという問いが浮かぶ。

もう一つは、ある読者からの手紙に関する話である。乳癌の手術で憂鬱な日々を過ごしたある主婦が、夫の誘いで、北朝鮮行きを企図して捕まった、ある少年左翼囚と手紙を交わす間に発生した困難を吐露する手紙を送ってくる。その少年左翼囚がある日から自分を拒否するというのである。それに対して「私」は「私の中の、あの手の施しようのなかった葛藤などすべて隠して」、このようにその少年左翼囚をわざと批判する「訓戒調の常套的な」返事を書く。

これしきの日常の中でジニの若さは何でしょうか？　つらく苦しいと一人で飄然とどこかに行ってしまうこともできません。それを、南北分断で病気にかかった社会の病を全身で病んだのだということはできません。

だがこのような「訓戒」の虚構は、母親の訃報を聞いても嵐のために陸に渡れず、後輩とともに酒杯を傾けた居酒屋で会った、一人の男に関連した三回目のエピソードによって破られる。たった今、刑務所から出てきた男、見知らぬ人たちから酒をおごってもらう星四つの男、そしてついに「ちくしょう……こんなにして生きてるんじゃ、いっそあっちに行った方がいいよ、いくら」と吐きだすその男に、「あなたは懸命に生きてきたと言えるのかい。子供は孤児院にあずけたくせに、誠実に働いて食ってきたと言えるかい」と叱責したが、「私」は、とめどなく雪の降る暗い夜道を歩きながら、このように独白する。

謝れって、おまえは反共法にひっかかるって、俺はかかわりたくないって、おまえもこっそりと消えろと、生きていることが戦いのような人々に、こんな風には生きられないという人々に、アカの疑惑をおっかぶせながら生きていくのか。毎日この酒場やあの路地をのぞき込みながら、マッコリ反共法でもあればちょうどひっかかりそうな、喉元まであがってきている金堤《キムジェ》の男。まったく伝導師夫人のようにジニのところへ面会にも行けないくせに。そうだ、私たちがこの苦痛を受ける状況の主人だということは分かる。ならば、その苦痛の本当の主人は誰だ！　誰だ！

「苦痛を受ける状況の主人」と自任するが、生が本当に戦いであり、恥辱それ自体であるまさにその「苦痛の主人」に、冷静な、そしてそうすることで、結局は、彼らの生を傍観している自らの「恥辱」を、彼は語っているのである。確かにこのような分裂の認識は八〇年代的なものである。少なくとも七〇年代の黄晳暎には、そのような分裂に対する自意識はなかっただろう。七〇年代にも八〇年代にも彼はものを書く人間だったが、七〇年代には「苦痛の主人」から「委任された者」へと分裂することはなかっただろう。だが八〇年代は彼に、その委任されたという認識が一種の虚偽意識であったという事実を悟らせたのである。その苦痛の自意識がこの小説を生んだのではないだろうか。

「熱愛」

このように「谷間」が苦痛の主人と苦痛を受ける状況の主人との間の、少し常套的にいえばいわゆる「知識人あるいは知識人的なものと、民衆あるいは民衆的なもの」の間の分裂に対する確認ならば、「日記抄2」という副題のこの作品は、八〇年代後半、すでに定着し不変の秩序になっていく韓国社会の階級的分裂に対する観察であり、その分裂における自己のアイデンティティに対する確認である。

幼い時期、永登浦《ヨンドゥンポ》公団地帯では「お坊ちゃん」として成長しながら、「幼いときに互いに異なる二つの世の中をのぞき見ながら育った」「私」は、いわゆる一流高校である「その学校」に進学し、その一流の、予備新中産層の保障された未来に向かう道を想像していた。彼はその道を「幼い時からなんとなく、これは偽りだと感じてきた人生へと進む確実な道」と考えたが、「その学校」から退学になった時は「耐えられない恐怖」を経験した。それは「これから私の前につづく道は、どこも裏道」であるという事実を確認した時の、その恐怖であった。

しかし、この作品で「私」は「ものを書いて生きる」人間となり、この二つの道の間にある境界を自らの人生の行路として生き延びる。それはよくいえば境界を生きるということだが、悪くいえば一種の分裂だった。精神はその裏道に居所を置いたが、身体はいつの間にか少しずつその裏道を抜け出してしまうような分裂。この作品はその分裂の危機がすぐ目の前にまで近づいていることを示している。そうしてもう少しすれば、また浮かんでくることもなく、あの水面の下に沈んでしまうような危機。

同窓だ、一度会おうといって会った過去の同窓生は、事業に失敗して妻と別れる危機を、作家である「私」の力を借りて縫合しようと考える。その同窓とともに彼の妻を訪ねたところは、ある新興マンションの先着順分譲申請現場で、そこでその危機の夫婦のために彼ができることは何もなかった。だが、しばらくしてその同窓から電話がきた。「深く考えた結果、また一緒にやることにしたよ」と。その同窓生夫婦の再結合は、もちろん愛とは無関係なのである。

「私」はこのような生において愛とは何かを問う。

ああ、愛、そんなものがあるのか。いつか田舎の青年から聞いた話が思い出された。彼の故郷ではまったく女を救う方法がなく、黒山島《フクサンド》まで行ったのである。黒山島では魚市場について入っていき、紹介費だ、服代だ、食事代だと、借金のために身動きもできずにいる女たちが多いという。そこで目元涼しく元気な女を一人見つけて発動船に乗せて逃げるのである。夫婦になる相手と酒席で会うことはできず、友達同士、相互互助でペアを組んでくれるのだという。

そうやって結局、結婚して、夫婦になって生きるということは、私たちのような者にとってどのようなことであろうか。結局、結婚は、表面はあらゆる文化的装置で偽装されているが、物が作った物の産物であり、私たちが幼いころから訓練を受けてきた階級的利害の表現であることは避けられない。笑い話の歌のように、頭でっかちの父さんは頭でっかち、頭でっかちの息子は頭でっかち、頭でっかちの夫は頭でっかち、頭でっかちの妻は頭でっかちである。そう、この人生のわびしさは、私たちが自らもたらした懲罰であり、長い影を落としてその前にのびている。互いに似たり寄ったりの主張をして、赦し、退き、そして一緒に喪失していく。夜間学校の子供のような露骨な表現は抑制されることなく、日照りのときの川のように蒸発していくのである。後日、生活用語と子供たちについての質問と応答がいくつか残る。あの歳月は、不動産、動産、通帳、告知書、領収書のようなものばかりが、失われた時間の兆候として残る。黒山島を脱出するような情熱は私たちにはないだろう。ずっと以前に失い小さくなった夢ほどに、私たちは互いに妥協するだろう。くるおしい熱愛、そのようなものはもうこの世から消えて久しい。

これ以上「熱愛」が不可能だという事実に対する確認、それは「恥辱の感覚」さえも越えたのである。しかし「私」は不幸にもまさにその事実を知る。恥辱に甘んじて、あるいは寂しく生きながら、その恥辱というものと寂しさに耐えられず、このように「日記抄」を書いてもう一度考える存在としての作家。この小説はまさに、彼は何者であるかを問うものである。作家・黄晳暎はこの作品で、自らの生涯の最も深い谷間に降り立ったように思える。

4　あの八〇年代からの帰還

この二つの「日記抄」を残し、黄晳暎は八〇年代の最後の年にすっと朝鮮半島のもう一つの片方に飛んで行く。それはもちろん私的な決定でなく、当時のいわゆる「民衆民主運動協議会」[2]の公式的決定による派遣だった。だが活動家でない小説家の黄晳暎にとって、それはこの八〇年代的な恥辱と寂しさの谷間から脱出しようとする一つの生涯の冒険であり、企投であったといわざるを得ない。韓国の作家として民衆と分離し、生活において敗北した状態で、これ以上生きられないという危機意識が、彼を休戦ラインの向こう側に走らせたのではないだろうか。

その「もう一つの祖国」では、彼を南に帰そうとしなかったという。だが彼は北を知り、北に情がわくほど、朝鮮半島の南側、韓国が彼の運命であることを自覚するようになったという。彼は最近、ある月刊誌とのインタビューで、金日成《キムイルソン》主席の意であると北側への残留を強要する北側の要人にこのように答えたという。

私は北側の体制では生きられません。南に越境した人や越北者は分断体制に奉仕することとなっています。そして私は韓国の歴史の産物です。私が統一運動しようとするならば、自分の生まれた場所に行ってやるべきです。どうしてここにいる必要があるでしょうか。また私の読者は数百万名います。彼らを捨てて私がどこに行けるでしょうか。

その言葉の通り、彼は一〇年ぶりにまた自らの地・韓国に戻った。この評論のはじめにいったように、その放浪と拘束の一〇年間、そのすべての恥辱と寂しさの根源である分断体制を、そしてこの変化する世界を深く読み、また深く復習しただろう。その学びが無駄になっていないことは、彼の近作が充分に証明している。彼はこれからまたこの運命の韓国の地でアジアと世界を眺望しながら、この地の生が根源的に持つ恥辱と寂しさを、この地の人々とともに越えるすべを深く考えている。そのように見るならば、彼にあのつらい寡作の八〇年代は、むしろ這い上がるために到達した、生涯の底辺のような地点であったといえるだろう。

（二〇〇四年）

注

（1）〔訳注〕黄晳暎（ファン・ソギョン）小説家。一九四三年満洲国（当時）新京生まれ。もともとの故郷は現在北朝鮮地域にある黄海道・信川。六二年に「立石付近」で『思想界』新人文学賞に入選、その後六四年に日韓会談反対デモに参加し逮捕・釈放され、地方をまわって日雇い労働などを経験し、六六年には海兵隊に入隊してベトナム戦争に従軍した。そのときの経験を書いた短篇「塔」が七〇年に『朝鮮日報』の新春文芸小説部門で入選して本格的に文壇にデビューした。その後、みずからの労働者体験を書いた中篇「韓氏年代記」（七二年）、「森浦への道」（七三年）などを発表し好評を得る。また、彼の大河歴史小説『張吉山』（七四〜八四年）は義賊・張吉山の一代記とその仲間たちの生を通じて民衆の生命力に注目し、韓国の高度成長に抗する時代精神や、労働者、都市貧民の世界を文学的に描写した。七六年から八五年ごろまでは全羅南道の光州周辺に居住し、この地域の民主文化運動をにないながら、作品集『歌客』（七八年）やベトナム戦争を描いた長篇『武器の影』（八三〜八四年）、光州事件の記録『死を越え、時代の闇を越えて』（八五年）などを刊行した。八九年に朝鮮文学芸術総同盟の招きで北朝鮮を訪問した後に韓国に帰国せず、ベルリン芸術院招請作家としてドイツで亡命生活を送り、その後アメリカ合衆国に滞在したが、九三年に帰国して、北朝鮮訪問を理由に逮捕・拘束され、国家保安法違反で七年の実刑を受け、九八年に赦免・釈放された。その後は実際の政治や運動には距離をおきながら、その間の経験をもとにさまざまな創作を手がけている。高銀とともに韓国の内外でさまざまな文学賞を受賞し、やはりノーベル文学賞候補として有力視される韓国作家の一人。作品の日本語訳に、高崎宗司訳『客地』(岩波書店)、高崎宗司・林裔・佐藤久訳『武器の影』(岩波書店)、鄭敬謨訳『張吉山』(全三巻、シアレヒム社)、青柳優子訳『懐かしの庭』(岩波書店)、鄭敬謨訳『客人』(岩波書店)、青柳優子訳『パリデギ』(岩波書店)などが、また光州事件関係で作家がおこなった活動記録の日本語訳として、全南社会運動協議会編・黄皙暎記録・光州事件調査委員会訳『全記録光州蜂起—虐殺と民衆抗争の十日間、八〇年五月』(柘植書房)、全南社会運動協議会編・黄皙暎記録・光州義挙追慕会訳『光州五月民衆抗争の記録—死を越えて、時代の暗闇を越えて』(日本カトリック正義と平和協議会)などがある。

(2)一九八四年六月二九日に創立された市民団体。農民、労働運動、聖職者、知識人青年運動の連帯機構として出発し、キム・スンフン、キム・ドンワン、イ・ブヨンらが共同代表となった。労働弾圧阻止運動、解雇されたジャーナリストの復職要求、親日勢力に対する批判、良心犯赦免運動などを展開し、一九八五年三月二九日に民主統一国民会議とともに民主統一民衆運動連合に統合された。

〔補〕獄中の作家・黄晳暎へ

1

晳暎兄に無期懲役が求刑されたというニュースを聞きました。無期懲役とは。他人事だと、まさかそのように確定宣告されるとは信じていなかったので、簡単に無期懲役といいますが、当事者の立場からはそんなに甘く聞こえるものではありません。ぶち込まれたことのある人間なら分かります。たったの一日でも閉じ込められて過ごすということが、どれほど人の生命を枯渇させるものか。何でもないふりをするために、本も読み、いろいろと思考の車輪も回したり、運動したりもするというけれど、就寝ラッパが聞こえると、みな「一日を過ごすのがこのようにつらいのか！」というのが獄中生活です。何年か前に高銀《コウン》先生が不拘束裁判を受けましたが、検察側で三年か五年かを求刑すると、すぐに傍聴席から「本当にそれだけ生きろとでもいうのか？　口がすべったからと、そのように何を言ってもいいのか？」と呆れ返る声が出ましたが、今、またそのときの話が思い出されます。三年や五年でもなく無期懲役とは……。検事ももちろん宣告過程で減刑されることがあり、下された求刑で控訴審まで行くとどうなるだろうと計算しているから、そういうものかもしれませんが、そのような無茶苦茶な法的形式主義が滑稽でもどかしいと思わないのでしょうか？　一人の作家にボールペン一袋も与えずに、人生を監獄で終えろというこの無期懲役の求刑――その検事は自分のその一言が晳暎兄には精神的死刑を意味するということを、少しの間でも考えてみたでしょうか？　この無感覚、その方がむしろもっと恐ろしいのです。

もちろん私は近いうちに、晳暎兄がまた私たちのそばに戻ってくるだろうと信じています。そしてその時まで晳暎兄は、特有の楽観主義と生を解決していく本能に近い適応力、周囲の環境や人々に対するとても深い親和力で、寂しいあちらでの生活を充実したものにしていくだろうということも、やはり信じて疑いません。ですが懲役は懲役、そして晳暎兄もいつの間にか五十歳の峠を越えた壮年なのですから、短く「西洋売女《ヤンカルボ》懲役」〔刑期の短い懲役刑のたとえ〕のケースをそれとなく残念に思った若き日々が、少しは後悔されたりもするでしょう。拘置所で良心犯と出会うのは難しく、みな第五・第六共和国時期〔八〇年代の全斗煥・盧泰愚政権期〕の「泥棒」だけですから、以前のように同志的な相互意志を期待することも大変です。何より晳暎兄は小説家であり、アルミホイルにクギで完結した作品を書くことができた「詩人学生囚たち」と異なり、せめて大学ノート一冊、ボールペン一袋くらいなければ、作品を書く意欲が出ないでしょう。そのうえ晳暎兄は作業スタイルが少し頑固な方ではないですか。一介の自然人・黄皙暎、「統一闘士」黄皙暎ならば、率直にいって自ら選択した獄中生活を一、二年ほどやっても、そんなに残念に思うこともないでしょうが、「作家」としての黄皙暎が早く出所しなければならない主な理由はそこにあります。せっかく「統一の祭壇」に献身したのですから、獄中生活も一つの提案ならば提案なのですが、作家が祭祀で捧げるものは文章であって身体ではありません。文章を捧げなくてはいけません。私たち、外にいる人々が皙暎兄に北朝鮮に行けと言ったわけではありませんが、戻ってこいと言ったからには、もはや皙暎兄を一日でも早く解放して、なにかものを書くようにするのは私たちの任務ですが、なんだかあまり努力しているようではなく残念です。それでも前回、黄皙暎文学祭の時に挨拶した文益煥《ムンイクファン》牧師や、黄皙暎の作品世界について講演した廉武雄《ヨムムウン》先生は、作家・黄皙暎救出の緊迫性について語るべき場で、「黄某は大作を構想できて幸せだ、おそらく大作の構想がもう熟しているだろう」などと、むしろ嫉妬めいたことをおっしゃるのを聞くと、私は内心「この人たちはまったく純真さにもほどがある！」と舌打ちしました。むしろ「大作家をぶちこむのは罪悪」であるとした李文烈《イムニョル》氏の方が説得力がありました。もちろん彼らが皙暎兄に、重刑の懲役生活をしながら作品の構想でもしていろという意味で言ったわけではないでしょうが、皙暎兄がいつも言っていた通り「書けば大作、書かなければ戯言」ですが、早く釈放されるようにもっと尽力するなり、あるいは最低限、執筆の自由を勝ち取ってやるなどということが、晢暎兄のためにも、また民族文学の将来のためにも、現在、私たちがやるべき最優先の仕事でしょう。

黄晢暎文学祭の話はこれくらいにしましょうか？　面会に行った人々を通じてみな聞かれたでしょうが、とにかくものすごい規模でした。水雲《スウン》会館という場所は、普通五〇〇人程度入れば適当に埋まる所ですが、その日は演壇の前に若い人たちがぎっしりと座って席がなく、後部の空間は立ち見の人たちで一杯でしたし、中にいるのがつらくて、外の広場に出ていた人々も少なくありませんでした。最近ではあまり見られない「古典的」行事ということもありますし、他でもなく監獄にぶち込まれた黄晢暎を救出しようという集会なので、文学者の参加も左・右からあまねく来たこともありましたが、決定的だったのは黄晢暎の読者、つまり『客地』のために、『張吉山』のために、「人生が少し複雑で寂しくなった人々」の行列のせいだったようです。文字通りの老若男女で、彼ら／彼女らを眺めていると、小さな感動がしばし胸中に湧き起こってきたのです。晢暎兄は本当に幸せな人でした。

もう一つ私を驚かせたのは、晢暎兄の息子さんや娘さん、ホジュンとヨジョンの成長でした。なかでも感動したのはヨジョンの文才でした。ホジュンは心身ともにずいぶん大きくなって、父親を回想するのも過度におとなしいと思われる反面、ヨジョンの文章は本当に魅力的でした。その場面は言ってみればその日のハイライトで、人々が泣けと言うなら泣き、笑えと言うなら笑う準備をして、黄晳暎の娘が自分たちを少し泣かせてくれと待っていた場面でした。ですがヨジョンはその期待に応じるように、人々の涙腺に触れたかと思うと、すぐに何もなかったかのように飄々と次へと進み、適当に淡々とした雰囲気に戻ったのです。あたかも晳暎兄の文章を読んでいるような気持ちになりました。哀而不悲！　晳暎兄の小説の優れた美徳を、ヨジョンはその長くない場でそっくり生かしました。一つの文才がすでに熟していたのです。

2

晳暎兄、話したいことが本当にたくさんあります。晳暎兄が鷲のように自由に分断の障壁を越え飄然と飛んでいった一九八九年から、戻ってきて清渓山の山裾に疲れた翼を休めることになった今日一九九三年に至るまで、私がこれまでの晳暎兄の模索と実践、あるいは英雄的放浪のすべてを評価できないのと同様に、晳暎兄もやはり私をはじめとする南側に残っていた人々が体験した歳月の落差を到底みな評価することはできないでしょう。それらはとにかく外国で新聞や雑誌、伝言などを聞くことでは到底感じられないことです。ソ連をはじめとする東欧圏の変化がペレストロイカという、きわめて希望的な象徴語とともにその輪郭を現わし、「更新された社会主義」が今一度確実に人類史の代案として浮上しうるだろうと思った時期、極左冒険主義だ、右翼機会主義だ、戦略的攻勢期だ、いや対立期だ、などと精一杯激論をやっても、とにかく私たちの同時代には革命的情勢が到来することを信じて疑わなかった時期が、あの一九八九年の夏でした。NL（民族解放系）とPD（民衆民主系）が運動圏を二分し政治的労働運動が全面化し、統一運動は公安政局の流れをかきわけて、いわゆる階級・階層的な拡散の様相を見せたその時期に、晳暎兄は世界で最も堅固な国境なき国境を越えました。晳暎兄も認めるでしょうが、私はそれが何か分断状態終息のために偉大な使命を帯びた行動であったとは考えません。すでに民族史的現実および展望と不可分に関係している自らの作家的運命を感知しているかぎり、作家がこの大きな国内外的変化の渦のなかで、自らの立つ場所と前途を模索し、自分なりの限界を突破しようと選択した存在論的行動であったと見る方がさらに正確でしょう。もちろん分断祖国の現実が、晳暎兄を今一度、統一運動の礎石として指名し、晳暎兄はその杯を受けたのです。ですからその道は「私は韓国の作家」であるという晳暎兄の北朝鮮訪問前の度重なる確約を強いて引用するまでもなく、必然的に「戻ってくるための道」でした。戻ってきて天刑のように背負わされた韓国作家の運命の苦汁を受けなければなりません。

とにかく晳暎兄があのように北に行かれて、一九九〇年から世の中が本当にかなり変わり始めました。数か月前に東ドイツが国家として消失してしまいましたが、韓国ではその年の一月に全労協〔全国労働組合協議会〕が結成され、現代重工業の労働者の決死闘争が広がるなど、外面的には八七年大闘争以降に成熟してきた労働者階級のヘゲモニーが一つの可能態として浮上するように思われましたが、そのコインのまさに裏面では、三党野合と言われますが、現在の金泳三《キムヨンサム》政権の母胎となる民自党政権が同じ時期に出帆し、弾圧はより一層加熱した反面、運動圏の抵抗は次第に無力になって行きました。内部からの沈滞と敵前分裂で自滅の道に入った運動圏は、一九九一年春に明知大生・姜慶大《カンギョンデ》君のみじめな死を契機とした大規模「市民抗争」の再燃と連日続いた焼身闘争で、しばらく活力を得たようでしたが、数か月続くこともなく「遺書代筆事件」、広域議会選挙敗北のようにどん底に陥って行きました。この一九九一年上半期のような焼身行列は、運動圏の活路を開く機会だったにもかかわらず、単に最後の花火が燃え尽きたにすぎないものになってしまいました。その年の『実践文学』秋号にはその真摯さにもかかわらず、俗に「感傷的転向論」と罵倒されたイ・ジェヒョン、ユ・チュンハの自己告白的評論が発表され、これに歩調をそろえて民族文学危機論、九〇年代文学論などが脱理念の旗印の下に展開しはじめました。ゴルバチョフの失脚とともに「社会主義大改革」が、実は現実社会主義の明白な没落と敗北であることが赤裸々になり、翌年の一九九二年末の大統領選挙は、言ってみれば最後にすがる藁でしたが、藁以上でも以下でもないことが判明しました。私もやはりマルクス主義の現実態である現実社会主義圏の総体的没落の前で動揺するのは同じで、その動揺は運動における事実上の後退と内的彷徨へとつながりました。『実践文学』九二年夏号に書いた評論「火をさがして」は、まさにその動揺と絶望の記録でした。その評論で私は、レーニン主義という手足は切られたが、マルクス主義に対する根本的信頼は捨てられないことを再確認しましたが、韓国支配階級のヘゲモニー的支配の強力さと民族民主運動勢力の「バブル性」、労働階級の革命性の弱化と党派性原則の損傷などを認めないわけにはいきませんでした。とにかくこのような脈絡で民族民衆文学系列のすべての文学的成果が急激にその影響力と読者を失うに至りました。だからといって、私たちと立場を異にしてきた側の文学が相対的に勢力を拡大したかといえば、それもまたそうではありません。保守にしても進歩にしても、正統文学、あるいは純文学は残らず退潮しているのです。代わりにその座を占めているのは「擬似歴史物」と模倣物、少女的感傷主義の詩集、そしてアメリカのハリウッド小説です。民族文学の危機ではなく文学の危機なのです。

盧泰愚政権期から始まって金泳三政権の登場以降に確実になった事実は、私が見るところ、まさに韓国にブルジョア・ヘゲモニーが確立される段階が到来したということです。金泳三政権が前面にかかげる「文民時代」というスローガンは、そのブルジョア・ヘゲモニーの制度的表現であるブルジョア民主主義の形成を示す象徴として読むことができます。もちろんその性格は複雑です。ブルジョア民主主義の主体である韓国独占資本の相対的脆弱性と、その隙間をついてくる巨大国際資本の威力は、そのブルジョア民主主義を歴史的先例が示すような民族主義的なものにすることはできず、多分に外勢依存的なものに再生産されざるを得なくなっています。とにかくその資本の性格はどうであれ、資本家階級のヘゲモニーは労働者階級のヘゲモニー的挑戦を圧倒していることは現実です。それは私たち韓国だけの一国的現象ではなく全世界的な現象であることは、晳暎兄も直接見てよくご存知でしょう。このような独占資本の全般的支配の圧倒的貫徹という状況において、文化的に民族民衆路線は言うまでもなく、資本主義社会の弊害あるいは不条理を深刻に表現しようというモダニズム的戦略も同様に立ち位置を失うこととなります。これが危機の根源です。

私がこのような時代に最も恐れるのは、まさに思惟と実践の理念的・道徳的正当性に対する信頼自体の動揺です。体制内的な批判の水準を越えるすべての変革指向的理念は一つの夢想と見なされ、それに立脚した実践は時代錯誤的な逸脱として罵倒される雰囲気の中で、私たちの思惟と行動はその客観的正当性を疑問視するに至りました。つまりこれまで数十年の間、最低でも一九五〇年代以来持続してきた変革指向的理念と実践の道徳的側面における相対的ないし絶対的優位は、もはや保証され得ない状態に達しました。私たち「反体制」のあらゆる反体制的行動は、そのなかに抱いた高潔な変革的理想のために、常にその最終的品位を保証され得ました。前衛的あるいは大衆的水準の変革指向的組織体の構成と、その名のもとで行われる多様な政治的行動——極端なものとしては焼身自殺などを含むデモ、ストライキやサボタージュ、指名手配と逃避など——から支配階級のものを否認する、あらゆる反骨的生活態度（一種の生活像のサボタージュと不服従）と言語慣行、独自の文化領域の温存などの文化的行動に至るまで、生活のほとんど全般にわたる反逆は、時にその程度が過ぎることはあっても、大部分が暗黙のうちに尊重され、また私たち自らの自負心の源泉にもなりました。ですが現在はそうではありません。特に全体的に見れば、変革運動の文化的根拠地といえる「文学界」の様々な様相、たとえば自由奔放さという修辞に隠されたあらゆる無秩序、虚勢、無責任なども、私たちが民族民衆的な立場で作品を書き実践するかぎり窮極的には堂々としたものでした。ですが現在はそうではありません。さほどいい例ではないのですが、皙暎兄のあの有名な「軽妙な語り」も、そこに民衆の情緒と生活が含まれているという価値判断の共有があったからこそ、単純な機知に富んだ話以上の楽しみを与えていましたが、その共有の基盤が崩れる時、それはその瞬間、一つの卑俗なコメディに転落することになるのです。全社会的に受け入れられる変革的理想やメタファーが崩壊していく状況において、私たちの人生のすべての屈曲と波瀾万丈さに一つの求心力として作用してきた、見えない自負心が脅威を受けています。もはや私たちは日々の人生に新たな基準を準備するべきであり、私たちの正当性を私たちの足取りひとつひとつの姿で立証しなければならない局面におかれているのです。これは私たちの生活の問題でもありますが、同時に私たちが背負っている文学の問題でもあります。大多数の読者の共感にもとづいた変革的メタファーの空中分解は、いわゆる文学危機論の根拠です。

3

あまりにも悲観的に過ぎたでしょうか？　あるいは私個人の主観的体験と考えを一般化し、民族民衆運動の大義を侮辱しているのかもしれません。ですが、私はとにかく現実を正しく見たいと思います。悲観でも楽観でもない現実に対する直視だけが、この峠を越える真のリアリズム的な姿勢であると信じます。晳暎兄はこのような変化の渦が韓国社会を揺るがしている時、まったく新たな経験の中に身を預けました。晳暎兄が自由な身ならば、晳暎兄が作ってくれるカルククス麺の夜食を食べながら夜を明かし、その波瀾万丈の物語に涙を流すはずなのですが。そうできないのがとても残念です。ただ今回一つにまとめられて刊行された晳暎兄の評論・インタビュー記録集『人が生きていた』（一九九三年）を通じて、その喉の渇きを紛らわせているだけです。この本にみられる晳暎兄の文学観や作家意識は、粗雑に整理するならば、私は「分断時代の韓国の作家」である、したがって祖国統一を最大の課題として、南と北をともに受け入れるものを書く、民衆の生命力が生きた「私たち」の民族文学を完成していく、それは「第三世界的な形式に現実主義的な内容」であるといえるなどでしょう。他の人ではなくまさに晳暎兄であるからこそ、多分にこのような作家的希望は実現されうるでしょう。晳暎兄が果たした小説的成就は、いまだ誰も克服できない状態ですから、晳暎兄はひたすら晳暎兄自身だけを正しく克服すればいいのです。作品の量や題材だけでいうならば晳暎兄を越える作家は数多くいます。ですが、この地の人間に対する総体的理解の深さや、それを表現する文体や形式の適切な調和を、晳暎兄のようにきちんとできる作家はなかなか見られません。ただ問題は、作家個人の才能や力量にあるのではなく、作家の生きる時代にあると思うので、晳暎兄にもう一言申し上げたいと思います。

晳暎兄の家族史は、晳暎兄が南北分断以前の状態に少なからぬ縁を持つ人間であることを物語っています。作家自身を救うことができない文学は、他の誰も救うことができないといわれます。これを異なる表現でいえば、作家の仕事はまず自らの問題の解決に、意識しようが意識しまいが集中することなのだともいえるでしょう。晳暎兄の「分断時代文学論」で私はそのような必然の指向を読みとりました。晳暎兄が北朝鮮訪問以降「最後のコンプレックスを解決した」といった時、私はそれが最後のコンプレックスでなく、晳暎兄の家族史から始まった本態的コンプレックスではなかったかと考えました。作家になっていなかったら、はるかに困難であったろう晳暎兄の辛酸の人生の最初の起源は分断ではなかったでしょうか？　晳暎兄の祖国統一を課題にした小説作業は、ですから晳暎兄の生涯の分断を物語る作業になるでしょう。その作業の切実さは私も充分に理解します。そしてその作業が「分断時代」の普遍的な感動の創出につながるだろうということも信じて疑いません。ですが、私はその「分断時代論」あるいは「分断矛盾優先論」については少し見解が違います。いろいろと矛盾論の論争を行うつもりはないのですが、簡単にいえば、分断時代という大きな枠の規定は認めながらも、現在の私たちが体験しているすべての問題に対する「分断還元論」は受け入れることはできません。「植民地」の規定力と「分断」の規定力には一定の質的な違いがあり、それは分断時代が植民地時代とは異なり、それぞれ異なる体制の独自の発展をその内容としているからです。この韓国には分断と関係がない体制内的な矛盾の規定力も無視できないほど大きいというのが私の考えです。おそらく私が晳暎兄とは異なり、徹頭徹尾、韓国の居住者だからかもしれません。とにかく私は、分断時代的な使命感の帰結としての晳暎兄の作品が与えることとなる、南北をともに合わせた規模と展望が、韓国の民族文学のある種の本源的困難を開放する大きな契機になるだろうと信じますが、それがはたして韓国、北朝鮮の民衆がともに、それぞれ歴史的に形成された、ある種のしこりをすべて解きほぐす霊薬になるかどうかについてはいまだ懐疑的です。

そして晳暎兄が行ってきた私たちのもう一つの祖国・北朝鮮に対する私の考えも、晳暎兄よりはるかに「反動的」です。晳暎兄の文章を通じて、本当にあちらにも人が暮らしているということは、より一層深く刻印されましたが、私はそれを「代案」として受け入れることはできません。晳暎兄が聞かせてくれた、あの社会の美徳を学ぶことに消極的になってはいけませんが、彼らの土台と彼らの上部構造を水平移動させることはできないのです。それこそ私にとって北朝鮮は「もう一つの祖国」にすぎません。そのような脈絡で私は晳暎兄が「南と北を合わせる」といった時、「北の合わせる方法」がどのようにおこなわれるかが気になります。たとえば歴史小説なら可能ですが、同時代的な小説作業の中でその共同化がどのような現実性を持って持続できるのか、私にはよくわかりません。先日、アン・ドンイルという在米ジャーナリストの小説『解氷』を読みましたが、そのような特殊な話は一回的にならざるを得ないのではないかと思います。結局、問題は、晳暎兄が韓国の地に両足を下ろして生きる小説家であるという事実に帰着します。いくら「非・半国的」観点を堅持するとしても、韓国と北朝鮮は同じ矛盾の根元から出ているものの、まったく異なる結果物なのです。韓国の物語に「一国的見解」を結び付けようとした、いくつかの文学的努力のはかなさを考えれば、それがどれほど困難な美学的難題であるかがわかります。晳暎兄ならば、はたしてやり遂げることができるでしょうか?

最後に「第三世界的形式と現実主義的内容」の問題です。おそらくこの問題は韓国の小説文学の成否がかかっている問題でしょう。晢暎兄は韓国の民話や古典小説の伝統をよみがえらせ、これを私たちの現実に対するリアリズム的探求と結び付ける小説戦略を念頭に置いているようですが、この作業が成功するならば、いわゆる大衆性と芸術性、思想性の結合という問題が同時に解決できると思います。そして「民族同質性の回復」という側面にも寄与するでしょう。ですが、先にも少し言及しましたが、この韓国の文化状況の急激な変化の中で、そのような努力がどれほどブレーキの役割を果たせるのか、あるいは新たな方向舵の役割を果たせるのか、やはり不透明です。「すべての真摯さに対する拒否」というこの堪え難い現実の中でです。

4

おせっかいはおせっかいにすぎず、何より重要なのは、晢暎兄が早く娑婆に出てくることです。ある大作家の労作が文学史を決定的に進展させ、文化状況を反転させることは稀なことではありませんが、現在ほどそのことが待たれる時もありません。この韓国の地に残っていた作家は、すべて私のように多かれ少なかれ一定の敗北主義的な情緒に陥っています。それを早く振り切って立ち上がるべきだと思いますが、これまで数年にわたった様々な衝撃の累積で、率直にいってそれは容易でありません。反面、おそらく晢暎兄は『武器の影』(一九八三〜八四）以降、ほぼ一〇年ぶりに最も創作欲が燃え上がる時期を迎えているのではないかと思いますが、このような機会は一生を合わせても、そんなによくあることではないでしょう。皙暎兄の釈放は一自然人の釈放でなく、閉塞した文学史の流れをまた炸裂させることです。戦います。皙暎兄は獄中にいても、どうか大作の構想を怠らずにおられることを願います。もう冬ですが、皙暎兄の健康や獄中での生活に関してはさほど心配しません。皙暎兄は自分がいるところが棲家になってしまう方です。ただ孤独や焦燥感から病気にならないかと心配です。もう少しゆっくり待ちましょう。私も皙暎兄のことを考えながら、この重い身体、重い時間を早く動かすようにします。実は皙暎兄に報告したいことがまだまだたくさんあります。キム・ヨンヒョン、キム・ナムイル、イ・ジェヒョン、ヒョン・ジュンマン、チョン・ファジン、キム・ハンスなど、皙暎兄の後輩たちの話や、皙暎兄を懐かしむ多くの人々の話、自分の人生の話や皙暎兄と関係する思い出に関する話など、皙暎兄も本当に聞きたいと思うだろう話ですが、誌面の関係で、これらはすべて次の機会の私信でお話ししたいと思います。

皙暎兄、懐旧はほどほどにして、この辺でペンを置きます。

一九九三年十月十九日

第8章　金学鉄論《キムハクチョル》——ある革命的楽観主義者の肖像(1)

1　一時代が幕をおろす

二〇〇一年九月二五日、中華人民共和国吉林省・朝鮮族自治州延吉市の延辺病院で享年八十五歳のある老人が永眠した。彼の名は金学鉄。だが彼が一九一六年に日本の植民地であった朝鮮の咸鏡南道トグォン郡ヒョン面リョンドン里（現在の元山《ウォンサン》市リョンドン）で生まれた時の名前は洪性《ホンソン》傑《ゴル》だった。一九一六年から二〇〇一年まで、元山から延辺まで、そして洪性傑から金学鉄まで、一人が生まれて死ぬまで専有した時間と空間、そしてその名で呼ばれる存在の記標が占める、この狭いような広いような領域には、実に多くのものがつまっている。

金学鉄。一九一六年に元山で麹製造業者の長男として出生。ソウルの普成中学在学中の一九三五年に上海に渡る。韓国民族革命党のテロ活動に参加。一九三七年に中国中央陸軍軍官学校（前黄浦軍官学校）に入学。一九三八年に民族革命党の軍事組織である朝鮮義勇隊に参加。一九四一年に太行山八路軍根拠地に合流、このころ中国共産党に入党。その年の一二月の胡家荘戦闘で日本軍と交戦中に脚に銃弾を受け日本軍に投降。長崎刑務所で四年間服役、負傷悪化で片足切断手術。解放直後ソウルで一〇編の短篇小説を発表。一九四六年に北朝鮮に渡り『労働新聞』記者、外金剛休養所所長、民族軍隊（人民軍）新聞主筆など歴任。一九五〇年に中国に行き、北京中央文学研究所研究員として在職。一九五二年に延吉に定着、専業作家として活動。長篇小説『海蘭江よ、語れ』など創作。一九五七年「反右派闘争」過程で弾圧を受ける。一九六五年に毛沢東偶像化と「反ソ連ヒステリー」、経済破綻などを激しく批判する未発表長篇小説『二十世紀の神話』筆禍事件で一〇年間服役。一九八五年以来、長篇『激情時代』など数冊の小説や随筆、自叙伝など発表し、延辺と韓国で刊行。延辺作家協会副主席歴任。一九九四年にＫＢＳ（韓国放送公社）が制定する海外同胞特別賞受賞。二〇〇一年に死去。(2)

　これが彼の生涯の履歴である。その履歴が占める時間と空間、歴史と地誌は遠く広大である。そのなかには韓国と中国、日本の東アジア三国の近代の時間が大部分溶け込んでいる。日本の帝国主義化と韓国、中国に対する侵略、韓国の民族解放闘争と内戦と分断、中国の抗日戦争と革命の成功と誤謬などが、彼の履歴のなかで具体的な肉体性をもって生きている。またそのなかには韓国と中国、そして日本の様々な空間が、やはり具体的物質性をもってその歴史的な時間を横切っている。そして何より重要なのは、このような具体的な時間と空間が、この生涯の主人公の生と意識の中で矛盾的に統一されているという事実である。一人の人間（金学鉄）の中に東アジア（空間）の近代（時間）が統一されているのである。

金学哲（1916-2001）

だがその生涯はもはや終焉を告げた。そしておそらくその死とともに独特の時空間的・物理的体験で満ちたこの矛盾的統一ももはや時効を迎えたといえる。彼が生きた時代の東アジアの地形と彼が命を終えた時点の東アジアの地形はすでに顕著に異なっている。これ以上彼が生きた時代のような激変と流動はないだろう。そして彼とともにその当時はいくらでもあった金学鉄のような人生のモデル、つまり「東アジア一体型」のモデルは今後ふたたび登場することはないだろう。

また彼の死とともに古典的意味における革命の時代もやはり終焉を告げてしまったといえる。民衆が直接武器を持って、自らに襲いかかる運命と戦って勝つことができた時代、激烈な流動と変転の、その時代を革命の時代といってもいいだろう。もうそのような時代はこない。ある少年がある日、柔道着を入れたトランクを一つ持ってソウルを離れ義州を過ぎ、満州を経て上海に行く時代、ある青年が大陸を舞台に艱難の戦場を縦横に遍歴し、帝国主義日本の監獄と社会主義中国の監獄で都合一四年間、閉じ込められた時代。現在はそのような時代ではない。安定と成熟なのか、あるいは停滞と腐敗なのか、あるいはどちらともつかないが、とにかくこの時代はこれ以上波瀾万丈の時代ではない。金学鉄の時代は終わった。たしかにそうである。だがこの終結宣言のなかには、ついに銃を取る機会を持たなかった世代が銃を取った世代に対して感じる、ある種の羨望がひっくり返ったまま込められているということは否定できない。そしてそれはもしかしたら「行くことができなかった道」に対する羨望と憧憬に満ちたロマン主義的なノスタルジアの別の表現といってもいいだろう。

だが現在、私が葬送しているのは一時代の性格であり、その時代をまさにその時代らしく生きた、同時代の実現体としての一人の人間であって、その時代から譲り受けた課題と、またその時代がその課題を履行するために蓄積した方法や様式などではない。金学鉄が生きた時期も現在も、モダニティの支配する近代であるという点では違いがない。金学鉄が銃を取って相対して戦った対象も、近代という名のリヴァイアサンであり、現在私たちが銃なしで拮抗している対象も相変らずそれである。単に歴史的局面が変化し生活世界が変わっただけである。崔元植《チェウォンシク》の表現を借りれば、彼は基本的に近代前期に属し、私たちは近代後期に属しているという違いだけであろう。(3)

金学鉄は生前に延辺で五冊の小説集と二編の長篇小説、そして全集にあたる四冊の『金学鉄文集』を刊行し、韓国で一冊の小説集、三編の長篇小説、一冊の自叙伝、二冊の散文集を刊行した。(4)解放直後のソウルで若干の短篇小説を発表し、一九五二年から一九五七年まで五年間、そして一九八〇年代中盤から亡くなる時までの約一五年など二〇年ほどの期間に書いたものとしては少ない分量ではない。

「金学鉄論」というタイトルを付けたが、この評論は彼の全著作を対象にする本格的な作家論にははるかに及ばない。この評論は単に彼がそれぞれ一九五四年、一九六五年、そして一九八六年に執筆し発表した『海蘭江よ、語れ』、『二十世紀の神話』(一九九六年刊)、そして『激情時代』など、三編の長篇小説だけを対象にし、彼の自叙伝『最後の分隊長』を参考にして、「革命戦士」であり作家である金学鉄の人生と文学について、それが今日の私たちに残したものなどについて、散漫な見解を並べる域を越えるものではないだろう。

2 『海蘭江《ヘランガン》よ、語れ』——金学鉄を呪縛した金学鉄の小説

金学鉄は一九五二年に北京で中央文学研究所研究員の職を辞任して吉林省の延辺朝鮮族自治州の州都・延吉に定着し、延辺文学芸術界の主任職に就任したものの半年で辞表を出して専業作家の道に入った(5)。彼が専業作家の身分で書いた初めての長篇小説がこの『海蘭江よ、語れ』である。一言でいえば、この作品は植民地時代以来の韓国の長篇小説的な伝統によく符合する規範的な作品だが、金学鉄の作品世界においてはやや例外的な作品といえる。

彼の作品世界は基本的に実記の世界である。短篇小説のうち一部が時折虚構的に書かれる場合があるが、彼の小説は大部分、美学的加工を最大限節制し、自らの経験の一部をそのまま再現する形で作られる。そして再現もある種の意図的なプロットの装置に依存しない無定形の再現であることが、まさに金学鉄の得意とする物語法である。『二十世紀の神話』と『激情時代』はその代表的なケースで、大部分が作家の経験の中にある人物と出来事が実際の進行過程に沿って放射形に休みなく拡がり、作家はそれらをできるだけ統制せず放っておく。そしてその間に際限なく小さなエピソードが割り込み、一つの多声的な物語の大きな束として編まれるのである。それは金学鉄が解放直後、日本の長崎監獄から出所し、ソウルに来て発表した「亀裂」や「たばこスー

プ」などの短篇においてつとに見られる金学鉄の物語の基本文法である。

だが『海蘭江よ、語れ』はこれとは異なり、定形的な構造に依存した作品である。

一九二〇年代末から三〇年代初期頃、海蘭江の川辺のユス屯村、朝鮮人移住者が村落をなして住んでいるが、やはり地主・自作農・小作農・農業労働者、または作男、ルンペンプロレタリアなどの典型的な反封建的階級構成が存在している。もちろんはじめ小作農は地主の権力に抑えられて「並作半収」、つまり五割という高率の現物小作料を納入しながらも、小作権を剥奪されるかと恐ろしくて地主に対抗できない。しかし時間が経って中国共産党と関連した農民協会組織が次第に力を得て、小作農は小作争議で三・七制を貫徹させることとなって、これを受け入れられない地主階級は一変して地主同盟を結成し、虎視眈々と満州侵略の口実を探していた日本帝国主義者と内通して武装自衛隊を結成するなど階級闘争が展開していく。その過程で貧しい小作農は次第に階級的・民族的に覚醒し、自作農は分解して小作農に合流したり地主側に加担したりすることとなる。階級闘争が次第に進展し、帝国主義者などの干渉が次第に強まって、闘争は典型的な反帝・反封建武装闘争へと発展していく。この過程で貧しく即自的だった農民は階級的に覚醒した抗日武装闘争勢力となり、中国共産党と連帯して反帝・反封建闘争を展開していくことによって、その歴史的アイデンティティを確保しながら、延辺の朝鮮族の苦難の形成史をなすこととなるのである。(6)

この作品は概して無理なく一つの物語的完結性を持ち、延辺朝鮮族の反帝・反封建闘争の伝統を形象化している。登場する様々な人物の形象もそれぞれの階級的典型性を比較的鮮明に実現している。文字通り教科書的で規範的な作品である。だがここには決定的な欠落がある。それは作家の個性である。この作品はどこか金学鉄のものというには物足りない。あたかも語り部が広間に座って限りなく物語の風呂敷包を開いていくように、ユーモアとウイットあふれる無数のエピソードを自由自在に行き来させる間、いつの間にかおおもとの筋が捉えられるようになる金学鉄の小説特有の開放型物語構造は見られず、全体的にかなり厳格に統制された物語構造を持っているためである。このように定形化された物語構造が典型的な社会主義リアリズム的物語の特徴であるという時、金学鉄の小説は確かに社会主義リアリズムの小説とは異なる系列におかれている。

このようになったのには二つの理由があるだろう。この物語構造のなかに金学鉄自身の経験が投射される余地がなかったのがその一つであり、この作品が金学鉄個人の創作でなく、ほとんど集団創作に近いということがもう一つである。(7) 二つの理由はともにこの作品において金学鉄特有の物語的な振幅を狭くする決定的な原因となっている。

3　『二十世紀の神話』——悲劇とユーモア、政治と美学の統一

『二十世紀の神話』は、金学鉄が一九五七年に中国を席巻した「反右派闘争」の渦中で発表の自由を失い、専業作家としての地位を剥奪された後、大躍進運動などを通じて見られた毛沢東個人独裁と人民生活の疲弊に要約される中国社会主義の堕落を告発するために執筆した長篇小説である。この小説は一九六五年に原稿の状態で当局に押収され、これによって彼は反革命分子という烙印を押されて一〇年間、収監の身となった。

小説は前編の「強制労働収容所」と後編の「収容所以降」に分かれているが、前編は林一平という作家の視点から、反右派闘争の過程で右派分子という烙印を押された人々を収容した強制労働収容所の惨景を告発する内容となっている。ここにはとんでもない理由で右派に指定されて収容所に入った作家、音楽家、革命家、教師、労働者などが、殺人的な環境の中でも人間的尊厳を守ろうとする意志が、収容所を支配する堕落した共産党員の監視と専横に対抗し、どのように勝利して行くのかがよく描かれている。そして後編は収容所から出所して社会に戻った彼らの目に写った一九六〇年代初・中盤頃、つまり人民公社運動や大躍進運動、そして中小の紛争の渦がやまなかった時期の動揺する中国社会の姿を示している。

この小説はこの評論で取り上げる金学鉄の三つの長篇小説のなかで最も感動的な小説といえる。特に前編『強制労働収容所』の場合、収容所の惨状を目の前で見るようにリアルに表現することを越えて、その惨景のなかでも決して希望と楽観を失わない人間の偉大さを感動的に描いている。また悲壮とユーモア、風刺家絶妙の均衡をとりながら、読む人を悲劇的な感傷主義や敗北主義にも、根拠なき主観的な楽観主義や機械的な歴史観にも導かず、人間の未来に対する堅固な信頼に到達させる美学的勝利を収めている。

事実上、金学鉄の分身といえる朝鮮義勇軍出身の収容者・シム・ジョグァンの息子のエピソード、つまり学校で遠足を行った子供たちが「人民の敵」という名が書かれたメッセージを見つける宝探し遊びで、自分の父の名が書かれたメッセージを見つけ、その場にうずくまって最後まで泣いたというエピソード(8)のようなものは、いわゆる反右派闘争の狂気がどれほど人民の魂を破壊したかを悲劇的かつ雄弁に語っているが、その一方で作家はその悲劇的な情緒のなかに没頭せず、収容所生活で起きるすべての小さなドラマを一つでも逃さないといわんばかりに、あちこちで笑いの風呂敷を解き、これを時にはユーモアで、時には風刺で造形し、悲惨が愛に、それがまた、その悲惨を作ったものに対する正当かつ度量の広い拒否へと自然に続くように描いている。

このような美学的成就は、異見と論議の余地がややあるこの作品にみられる作家の政治的立場に、相当の説得力を付与している。事実『転換時代の論理』（一九七四年）や『偶像と理性』（七七年）、

『八億人との対話』（七七年）など、李泳禧《イヨンヒ》の三部作を通じて、また『中国の赤い星』や『翻身』などを通じて、一九三〇年代から一九七〇年代にいたる中国の革命過程に対して友好的な立場を持つこととなった韓国の「進歩的知識人」の場合、五〇年代末から六〇年代にいたる間に中国でおこなわれたいわゆる「偉大な実験」の日々を、このように激烈に否定し批判する金学鉄の態度の前に、私たちは慌てざるを得ない。だが金学鉄は原則的な社会主義者の立場から、その社会内部の経験を通じて、反右派闘争という名目の権力闘争とその反理性的な狂気、毛沢東の個人偶像化と個人独裁がまねいた社会的沈滞、人民の貧困を加速させた人民公社のような実験の無謀さ、プロレタリア国際主義を裏切った反ソ連ヒステリーなどを激烈に批判している。どちらが正しいかを判定するのはこの評論の範囲を越えることだが(9)、この小説自体が、あちこちに散在する作家のメガホンによるものでなく、具体的な形象と美学的な造形によってこのような批判に強い説得力を付与していることは間違いない。

もしかしたらこの作家には原則が優先であり、それを阻むあらゆる現実は後のことになっているがゆえに、このような激烈な批判が出てくるのかもしれない。案の定、この小説だけでなく、彼の政治的見解は、ある時は少し行き過ぎではないかと思われる時がある。たとえば金日成《キムイルソン》のいわゆる反分派闘争と粛清を、徹頭徹尾、個人独裁の確立という目的の遂行過程と見たり（このような見解は政派的に「延安派」に属さざるを得ない朝鮮義勇軍の出身として、ともに戦った同志たちが解放された祖国において、みなが破滅していく過程を目撃した彼としては仕方ないだろう)、はなはだしくは「朝鮮半島の統一は北側政権の崩壊を前提とする」[10]という、韓国国内の極右派の立場を彷彿とさせる極端な発言も辞さなかったり、他界する二週間前、ニューヨークの九・一一テロに接して「タリバンとビン・ラディンは徹底した報復を受けなければならない」と興奮を沈めることができなかったり[11]することなどがそうである。だが彼が生涯、社会主義的な道徳性への服務を最優先の原則としてきた不退転の原則主義者であることを思い出すならば、彼のこのような突出的な発言は、実は突出的なものでなく、一貫した信念の所産に違いないことがわかるであろう。もしかしたら私たちはあまりにも多くの非原則的なことに囲まれて、あまりにも平然と非原則的に生きているために、彼のまっすぐな発言が突出的に聞こえるのかもしれない。

4 『激情時代』——開かれた物語構造に内在する革命的楽観主義

『激情時代』は金学鉄の自伝的成長小説といえる。この小説が延辺で初めて出版されたのは一九八六年のことで、齢すでに七十歳を超えた時であった。六十歳になった年である一九七五年に一〇年の懲役刑を終えて出所した彼が、一〇年の時間の間、自らの若き日々を、自らの生涯で最も輝いていた時期の経験と記憶を整理して、三千枚を超える大パノラマとして描いたのがまさにこの作品である。

一九一六年に植民地下の港町・元山《ウォンサン》で生まれ、普通学校の時に元山ゼネストを体験し、ソウルに来て光州学生事件、尹奉吉《ユンボンギル》の偉業などに接しながら民族意識に目覚めていったある少年が、本格的に民族解放運動に身を投じるために中国の上海に渡り、義烈団を経て中国中央陸軍軍官学校(黄浦軍官学校)に入学し、また独立革命党所属の朝鮮義勇隊(軍)の一員として太行山根拠地で八路軍とともに抗日戦争に参加する革命戦士として成長する過程を描いたこの小説は、まず成長小説の伝統が浅い韓国の小説史において、成長小説の輝かしい成果として評価されるべきであろう。成長小説が、ある個別者としての人間が成長し、自己の人生の客観的条件に直面しながら、それを克服していく過程で一つの普遍的な歴史主体として立ち上がる過程を描くものならば、この小説はまさにそのような定義に符合する、そして安定したブルジョア社会への編入過程を描く西欧型の成長小説とは異なる、第三世界型の成長小説の得難い一モデルになっているといえる。

またこの作品は、そのみなぎる楽観主義でも韓国の文学史において独特の地位を占める。客観的にきわめて切迫した危機の瞬間にも、この小説の数多くの「革命闘士」は、楽観的態度を捨てずに、笑い話と冗談をつねに銃よりも重要なものと考えながら生きている。躊躇やためらい、失敗や挫折、敗北意識に馴れた朝鮮半島の南側の情緒としてのみならず、勝利的観点、主体的観点の堅持という強迫でつねに窒息してしまっている朝鮮半島の北側の情緒としても、このようにきわめて深い楽観主義は驚異的なものと言わざるを得ない。作家はこの作品のこのような楽観主義について次のように語っている。

私たちの朝鮮義勇隊（後に義勇軍）は革命的楽観主義で満ちた愛国者の集団であったといってもでも過言ではないだろう。――それは、私たちは民族の独立のために青春をすべて捧げているのだというプライドのためであっただろう。一般的に「独立運動」といえば、「悲壮さ」や「凄まじさ」に結びつける傾向があるが、それは一面だけをかなり強調したり浮び上がらせたりした結果ではないかと思う。私たちの場合だけを見てもそうであって、血縁や知人をみな故国に残して単身で外国に飛び出し、異郷万里、見慣れぬ土地で五年、一〇年、一五年、二〇年も、風餐露宿のつらい生活をしているが、一年一二か月三六〇日を昼夜なく憂国至心に浸っているとしたら、人間ははたして耐えられるだろうか、先に枯渇してしまうだろう。だから茶目っ気と冗談はつねに私たちとともにあった。いくら困難な時期にあっても、茶目っ気は私たちを離れることはなかったし、またいくら急に天候が悪化した時でも、機転の利く冗談はやはり私たちの間で行き来したのである。(12)

厳密な意味における革命的楽観主義とは、革命の成功に対する確信から起こる楽観的な思考方式と人生に対する態度をいう。それは他の見方をすれば、思想と生活が統一された、非常に高い水準の精神的態度であるといえる。だが『激情時代』の人物に一貫する、またはその人物の言動を観察し記録する作家・金学鉄がもつ楽観的、または楽天的雰囲気は、ある政治思想的信念から論理的に導き出されたものではなく、きわめて日常的で感覚的な水準のものに近い。それは生と死がつねにともにある場にいることによって生じた、そして知らぬ間に生と欲望に対する執着から解放された、達観に近い境地であるという方がさらに正確だろう。それは確かに狭い意味での「革命的楽観主義」を越えたものであり、意図よりも過程の方が生きている、生き生きとした過程の中で意図の正当性が自ずから説得される、一歩先に進んだ境地のように見える。この作品を支配する楽天的な達観は、歴史的な正当性を持てないことで、そのような楽天的達観を持とうとしても持てないアンタゴニストに対して、いつの間にか道徳的な優位を確保する。

この点は先に見た『二十世紀の神話』でもよく表現されている。不当な苦難を体験する人物が、にもかかわらず繰り広げて見せる楽天的達観と、そこで発生するユーモアは、息が詰まるような統制と抑圧の機制にいつの間にか目に見えぬ亀裂を入れ、その絶対性を解体し相対化して戯画化する。このような美学の力は中国現代史の一時期を支配した偶像を、根底から破壊する政治的な力に転化するのである。

一方、この小説の開いた物語形式は、この小説のこのような楽観主義的な主潮をきわめてよく支えている。先にも言及したが、金学鉄の小説は多声的で開放的な物語構造を最も主要な特徴として持っている。それは韓国の伝統民話のような物語構造に近い。作者はあたかも昔の語り部のように、自らの人生の中で見聞きし、直接体験した数多くの話題を一つの風呂敷包に入れ、大きな筋の流れる中間に間隙ができると、一つずつそれを取り出し見せる。その話のネタ、つまりエピソードはそれぞれがまた発展しながら、小説全体を豊かに開放することに寄与する。またこのような語り部の物語に似合ったユーモアと滑稽の民衆的情緒が、この小説の随所に支流として流れていて、その情緒を可能にする民衆的風俗と生活に関する描写が全編を貫流している。おそらくこのような点で、韓国の近代小説史の全体でこの作品に匹敵するのは洪命憙《ホンミョンヒ》の『林巨正』(一九二八〜四〇年)の他にはないだろう。

俗に近代小説の特徴としてあげられる「問題的個人が壊れた方式で壊れた世界を表現すること」とか「悲劇的アイロニー」などは、基本的に閉じた物語構造を前提にしたもので、この小説の開放的な物語構造とはまったく符合しない。またこの小説のもつ楽観とユーモアという美学的資質は、悲劇的アイロニーを基本とする近代小説の一般的特徴とまったく合わないものである。それはこの小説に登場する有名・無名の楽天家闘士の闘争と日常が、近代的な日常性の外側で近代を越える地点に位置しているからである。しかも一方でこれは社会主義リアリズムの小説の作為的規律からも自由である。金学鉄の小説のこのような楽観とユーモアで溢れた開いた物語構造は、その楽観とユーモアが人間の未来に対するより高遠な信念からきているという点で、またそのためにその未来の人間を性急に拘束するいかなる閉じた物語をも拒否するという点で、古い過去のもののように見えながらも、同時にまだ到来していない未来のもののような気がする。彼のこのような楽観主義こそ、言葉の正しい意味において、真の「革命的楽観主義」に値するのではなかろうか。

5　誰が世界人か

金学鉄が書いた三編の長篇小説について見てみた。また冒頭の問題に戻ってみよう。先に彼の生涯に東アジアの近代が矛盾的に統一されているといった。彼は植民地朝鮮で生まれたが、中国大陸で日本帝国主義と戦った。現在、私たちはこのような履歴を持とうとしても持てない。日本や中国、北朝鮮などを行き来しながら商売人になることはできるだろう。もしかしたらそのような生にも東アジアの近代が統一されているということはできるかもしれない。だが決定的な違いは、金学鉄の生涯は、東アジアの近代を一体のものとしながら、同時にその克服に向かって進んでいるという事実である。彼は逝去する直前まで戦った。帝国主義と戦い、誤った社会主義と戦った。それとともに彼は真の社会主義、人間の顔をした社会主義を待望した。

他の側面から接近してみよう。金学鉄の人生を振り返りながら最も印象的なのは、彼のもつ開放性と世界性であった。彼の行路と行動領域が基本的に国際的なものにならざるを得なかったということもあるが、彼はプロレタリア国際主義、あるいは第三世界人民の連帯という原則の下で、狭隘な民族主義の垣根を越えていた。民族解放闘争の主体として彼は「朝鮮人」だが、民族解放闘争を含めて、それを越える社会主義的人間解放の道では、彼は徹底的に「世界人」であった。彼は祖国を愛し祖国のために献身したが、祖国に縛られることはなかった。彼は中国で生きたが、中国に自らを組み入れて合わせることはなかった。彼のまなざしが、いまだ到来しない、しかしいつか到来するであろう、新たな人間の世界に向かっていたからこそ、この狭隘な一国主義的な国境線と民族的偏見をそのまま受け入れずに、戯画的楽観の力でこれを越えることができたのである。彼はつねに未来の世界人であった。

現在、私たちが経験している、そして内面化している世界性というものが、自らも知らぬうちに進んでいる資本主義的な非主体的疎外の結果であるならば、彼の世界性は高い理念的主体性にもとづく意志的選択の結果であったと言える。現在、私たちに必要なことが、資本主義的なグローバリゼーションとそれに対する一国主義的な抵抗を克服し、真の世界性の脈絡で近代克服の展望を獲得することならば、金学鉄がすでに体現したこのような世界性は、過去のことでなく、むしろふたたび将来のものとして私たちに近付いているだろう。

6　おわりに――金学鉄先生からの手紙

私は、金学鉄先生が、あたかも両脚が丈夫な若い青年でもあるかのように、いまだ剛健で快活な若い老人だった一九九〇年夏頃、先生と初めてお会いした。私はその年の春に刊行された私の最初の評論集を先生に差し上げた。先生は少ししてから延辺に戻り、私に手紙を一通下さった。

金明仁　先生

私たちがソウル市内を走り、車の中で交わした話は、私たちみなが真理を探求するところで直面した、行動するところで直面した諸難題に関するものでした。

歴史はつねに、解決できる問題だけを提起する方法です。ですから私たちの努力をもって、結局のところ、すべての難題をみな解決してしまわなければなりません。

先生の評論は（日本語に訳されたものまで）みな読みました。文章は老成しているのに比べて、作者はかなり若いような印象を与えますが、ご本人はどのように考えるか分かりません。

キム・ジェヨン（キム・ヒミン）ご夫妻によろしくお伝え下されば幸いです。

ご機嫌よう。

金学鉄

一九九〇・一〇・一

私は、もうすでに色あせたセピア色の紙となった先生の手紙を前におき、現在、私の前に迫っている難点について考えている。そのなかでいったいどのようなことが解決できる段階に来ているのか、私は現在、それらを本当に問題と考えているのか……。

謹んで先生の冥福を祈りたい。

（二〇〇四年）

※本稿の執筆には長春・吉林大学のユン・ヘヨン教授の協力が大きかった。彼女は私に金学鉄先生の文集と先生の追慕特集が掲載された雑誌『長白山』を送ってくれた。この場を借りて感謝の意を表したい。

注

（1）〔訳注〕作家・金学鉄の生涯に関する説明は本文中にも詳しいが、以下に一般的な事項を記しておく。

金学鉄（キム・ハクチョル／本名・洪性杰（ホン・ソンゴル））小説家・独立運動家。一九一六年、咸鏡南道・元山生まれ。普通学校卒業後、中国に渡り、その後、武装独立闘争の組織である朝鮮義勇隊に入隊、日本軍に逮捕されて服役中に一九四五年の解放を迎える。その後、ソウルで朝鮮文学家同盟のメンバーとして活動するが、左翼運動が米軍政によって弾圧されると、すぐに四六年一一月に北朝鮮にわたり、『労働新聞』や人民軍の新聞などの記者として活動する。朝鮮戦争後から中国・吉林省・延辺朝鮮族自治州の州都・延吉に定着しながら本格的な作家活動を始める。だが文化大革命中に反革命分子とされて一〇年間獄中生活をする。八五年に中国国籍を取得し、中国作家協会延辺分会にも加入し、数多くの作品を残して二〇〇一年に死去した。作品には特有の剛健な文体と滔々たる思想性が見られ、人間の生の真正性の問題を見逃さない鋭い視線も随所に見られる。長篇『海蘭江よ、語れ』（一九五四年）は、満州地域の地主・小作関係に対する独自の視角を示し、同時に登場人物たちの生の問題を直視した。その他の代表作に『激情時代』（八六年）、短篇集『新しい家に入る日』（五三年）、『悩み』（五六年）、自叙伝『最後の分隊長』（九五年）などがある。作品の日本語訳は、大村益夫編訳『シカゴ福万—中国朝鮮族短篇小説選』（高麗書林）、朝鮮文学の会訳編『現代朝鮮文学選・二』（創土社）などに短篇の邦訳がある。また作家については、大村益夫『中国朝鮮族文学の歴史と展開』（緑蔭書房）にも詳しい。

（2）この簡略な年譜は、金学鉄の自叙伝『最後の分隊長』（文学と知性社、一九九五年）と韓洪九ほか編『抗戦別曲』（コルム、一九八六年）、また延辺発行の隔月刊文芸誌『長白山』二〇〇一年一一月・一二月号の「金学鉄先生追慕特集」を参照して作成した。

（3）崔元植「八〇年代文学運動の批判的点検」『民族文学史研究』第八号、一九九五年下半期、六四頁。ここで崔元植は、解放以前を近代前期、解放以降を近代後期と分けている。であるから、厳密にいえば金学鉄は近代の前・後期をともに生きた人間だが、彼の生涯の性格は近代前期に形成されたものと見なければならない。

（4）現在、確認されている彼の著作は次の通りである。延辺――小説集『軍功メダル』（一九五一年）、『根をおろしたところ』（一九五三年）、『新しい家に入る日』（一九五三年）、『悩み』（一九五六年）、『金学鉄短篇小説選集』（一九八五年）、長篇小説『海蘭江よ、語れ』（一九五四年）、『激情時代』（一九八六年）、著作集『金学鉄文集』全四冊（一九九八～九九年）、ソウル――小説集『無名小卒』（プルピッ、一九八九年）、長篇小説『海蘭江よ、語れ』全二冊（プルピッ、一九八八年）、『激情時代』全三冊（プルピッ、一九八八年）、『二十世紀の神話』（創作と批評社、一九九六年）、自叙伝『最後の分隊長』（文学と知性社、一九九五年）、散文集『誰とともに過ぎし日の夢を語ろうか』（実践文学社、一九九四年）、『タニシの中の同じ世の中』（創作と批評社、二〇〇一年）。

（5）金学鉄『最後の分隊長』文学と知性社、一九九六年、三五一頁。ここで「専業作家」とは、文章だけを書いて生活する作家という意味では資本主義社会における専業作家と同じだが、資本主義社会では文章を売って生活する反面、社会主義社会の中国では公務員として給料と原稿料をもらって生計を保証されるという点が異なる。金学鉄はこの制度を無為徒食のチンピラを育成する制度であると批判している。

（6）この小説のこのような物語の骨格は、一九二七年に中国共産党満州省臨時委員会が、一九二九年には東満州委員会が成立し、つづいて一九三〇年に「全満農民闘争綱領」が作られ、東満州一帯に「赤い五月闘争」が広がり、日帝と悪質地主らに甚大な打撃を与えるなど、強力な反帝・反封建闘争が広がった一連の実際の歴史の展開過程（延辺朝鮮族自治州概況執筆小組『中国の私たちの民族』ハンウル、一九八八年、六五～六六頁参照）と大部分が一致する。

(7)作家の巻頭辞には『海蘭江よ、語れ』――この小説は私ひとりの創作ではありません」からはじまり、『海蘭江よ、語れ』――この小説はゆえに私ひとりの創作ではありません」で終わる。これが単純な謙遜ではないことは、巻頭辞に多くの助力者の名前が列挙されていることからもわかる。この小説は、組織の決定で様々な人々の助力を得て作られた、金学鉄代表執筆の集団創作に近いと言える。実際に作家は、この作品を自らの作品目録に上げることをそれほど望んでいないといっている。金学鉄が延辺に定着したのは一九五二年、すでにそれ以前に延辺朝鮮族の解放闘争史は終結し、彼は朝鮮義勇軍出身というもう一つの個人史を持ったまま、その歴史の最後の端につなぎ合わされたのである。このような点がこの『海蘭江よ、語れ』において作家の個性が表出されなかった、そしてこの作品が作家の愛着を得ることができなかった、最も大きな原因であるといえるだろう。

(8)『二十世紀の神話』創作と批評社、一九九六年、一三六～一三七頁。

(9)最近になって、反右派闘争を、危機に直面した共産党の理性的批判に対する封鎖策略として、大躍進運動を、合理性を無視した無謀な実験と断定する見解も提出されている。奥村哲(パク・ソニョン)訳『新しく書いた中国現代史』ソル、二〇〇一年参照。

(10)金学鉄「後記」『最後の分隊長』文学と知性社、一九九五年、四〇九頁。

(11)キム・ヘヤン「最後の二十一日の昼と夜」『長白山』二〇〇一年十一・十二月号、九頁。

(12)『最後の分隊長』前掲書、二〇一頁

訳者あとがき

本書は、韓国の批評家、キム・ミョンイン（金明仁）氏がこれまでに韓国で発表してきた文章のうち主要なものを選んで翻訳したものである。それぞれの原文の初出は以下の通りで、本書収録の文章は、第1章は初出雑誌の原稿を、また第3章以降はそれぞれ単行本に収録された原文をもとに日本語に訳出した。第2章は原文日本語だが、本書に収録するに当たり、訳者が他の章などと用語上の統一を行った。

第1章　一九八七年、そしてその後――『黄海文化』（セオル文化財団）二〇〇七年春号。うち第2節のみ「小さな革命・大きな反動――韓国一九八七年六月民主化抗争を振り返る」として『環』三七号（藤原書店、二〇〇九年・春）に渡辺直紀訳で掲載された。

第2章　光州民衆抗争とは何だったのか――『環』（藤原書店）二〇〇六年春号。掲載時のインタビューの原稿整理は藤原書店編集部および金應教氏。

第3章　新しい時代の文学の抵抗のために――1～8は『月刊マル（言葉）』二〇〇〇年三・四・五・六・一〇・一一・一二月号および二〇〇一年六月号（月刊マル社）、9は月刊『建築人ポア』二〇〇二年六月号（イソクメディア）、10は『文学我』二〇〇五年上半期（文

学と経済社）にそれぞれ掲載／『幻滅の文学、背反の民主主義』フマニタス、二〇〇六年

第4章　ふたたび批評を始めて――『現代思想』八輯・一九九九年五月（民音社）／『火をさがして』ソミョン出版、二〇〇〇年

第5章　リアリズムと民族文学論を越えて――『創作と批評』一九九八年冬号（創作と批評社）／『火をさがして』ソミョン出版、二〇〇〇年

第6章　高銀論――申庚林ほか『高銀文学の世界』創作と批評社、一九九三年

第7章　黄晳暎論――『作家研究』二〇〇三年上半期（セミ）／『自明なものとの決裂』創作と批評社、二〇〇四年。ただし「補・獄中の作家・黄晳暎へ」は『文芸中央』一九九三年冬号（中央日報社）／『火をさがして』ソミョン出版、二〇〇〇年

第8章　金学鉄論――『創作と批評』二〇〇二年春号（創作と批評社）／『自明なものとの決裂』創作と批評社、二〇〇四年

キム・ミョンイン氏は一九五八年、韓国・江原道の土渓《トゲ》に生まれ、ソウル大国文科と仁荷大大学院を卒業して文学博士号を取得、現在、韓国・仁荷大学校師範大学国語教育科の教員として在職中である。文芸評論家、コラムニストとして多くのものを発表し、季刊『黄海文化』の編集主幹などをつとめる一方、韓国の近現代文学の研究にも多くの業績を残しており、最近は韓国の代表的な文学研究機関である民族文学史研究所の代表としても活躍している。韓国内で彼の名を知

らしめたのは、八〇年代の彼のいわゆる尖鋭な政治運動の経歴および批評家としての業績であろう。氏はソウル大学在学中から非合法学生運動グループに関与し、一九七九年に大統領緊急措置九号違反で、また一九八〇年には反共法および戒厳布告令違反でそれぞれ投獄され、一九八三年の光復節仮釈放で出所した。また、その後、いわゆる「民族文学主体論争」の論客として八〇年代の中盤から後半にかけて韓国で繰り広げられた各種の文学論争をリードした。本書の6章や7章で論じられている高銀（一九三三年生まれ）や黄皙暎（一九四三年生まれ）なども日本では韓国の民主化運動に深くかかわった詩人や作家として知られるが、この二人がすでに創作活動や評論活動、あるいは運動経歴などですでに文名をとどろかせていた八〇年代に、キム・ミョンインはあるときは檄文を書き、またあるときは街頭に立った学生として投獄され、出獄後も若い評論家としてペンをにぎり、またあらためて街頭に出ていった少壮の活動家であった。九〇年代末から二〇〇〇年代中盤までのいわゆる進歩政権期には、三十歳代で八〇年代に学生運動の経歴ある六〇年代生まれのいわゆる「三八六世代」が政界をはじめとする各界、あるいは在野の運動などでも活躍したが、世代的にいえばこの三八六世代の経験とキム・ミョンインの経験はほぼ重なるといえる。

私が氏と直接会ったのは、私の記憶が正しければおそらく二〇〇〇年代に入ってからのことで、場所はソウル・孔徳洞にある民族文学研究所の事務所か、あるいは研究所の主催行事でソウルの郊外に出かけたときのことだったかと思う。研究所が韓国プロレタリア文学研究の再照明のようなシンポジウムを企画・開催し、多くの韓国側出席者に加えて日本のとある文学研究者を東京から招請したときに、私もオブザーバー兼通訳として同席したのがきっかけだった。シンポでは、氏も含めて韓国側のほとんどすべての出席者が、植民地時代のプロレタリア文学研究に対する展望を語るときに、かならずみずからの八〇年代の民主化運動の経験を踏まえて発言していたのが印象的だった。植民地時代のプロ文学の作家たちは解放後ほとんどが北朝鮮に渡ったため、彼らに対する言及および研究は解放後の反共国家・韓国ではながらく禁忌だったが、その禁忌を解いていったのが八〇年代の民主化運動だった。そのような意味で当時の民主化運動は、まずもって第一義的には反軍部・反独裁の民主化に向けた闘争だったが、韓国文学研究では、過去の左翼系文学者の研究を堂々と行えるようになるという、格別の意味をもつ運動でもあったのである。

だが、初めて会ったそのときにも、そしてまたその直後に私も民族文学史研究所のメンバーに入会することになって、研究所でまたお会いしたときにも、私は氏の経歴について正確には把握していなかったかもしれない。その後、二〇〇五年に私がソウルでの一一年の留学生活にくぎりをつけて東京に移り、当時、早稲田大学で教鞭を取っていた金應教氏（現・淑明女子大）が早稲田で彼の講演会をやるというので私も出向き、ひさしぶりの再会を早稲田で果たしたとき、私は非常に遅まきながら、そのときの講演会や、あるいはその前後に藤原書店の『環』に発表された彼のインタビューなどを読んで、彼の「闘士」としての経歴をきちんと認識したのであった。そのときすでに読んでいた、彼の文章のやや硬質な文体は、彼のその「闘士」としての経歴を充分に納得させるものだったが、一方で私は――単にそのときそのように私が感じただけかもしれないが――その彼が面と向かったときにいつも漂わせる韜晦的な雰囲気、ある種の積極的な消極性を示すような姿勢が気になって仕方なかった。

それは時代との違和を示すキム・ミョンイン氏なりの表現だったかもしれない。彼が早稲田で講演をした二〇〇〇年代の後半は、全世界を席巻した韓流ブームが日本にも流入し、その会場に集まった早稲田の学生の大半も、韓国といえばドラマや映画、Ｋポップを連想する若者たちばかりだっただろうから、講演者のキム・ミョンイン氏もそのような場の雰囲気を敏感に察知したのかもしれない。だが、私が感心したのは、そのような彼が、日本の若い学生たちを前にして、韓国の社会状況を説明するスタイルだった。それは確かに韓国の政治や社会を批判的に語っている。しかし、同時に彼は、そのような批判すべき対象に対してつねに留保的に、みずからもそれに加担しているかもしれないという点をそっと示そうとする。それは「自己批判」というような性質のものとは異なるかもしれない。うまく言えないが、それはみずからも「痛み」を分かち合った者の身のこなしであるともいえるだろう。それは、これまで彼が韓国で発表してきた著書『希望の文学』（一九九〇年）、『眠れぬ希望』（一九九七年）、『火をさがして』（二〇〇〇年）、『金洙暎――近代への冒険』（二〇〇二年）、『自明なものとの決別』（二〇〇四年）、『趙演鉉――悲劇的世界観とファシズムとのあいだ』（二〇〇四年）、『幻滅の文学、背反の民主主義』（二〇〇七年）、『内面散策者の時間――キム・ミョンインのロンドン日記』（二〇一二年）などにも共通して見られるものであり、これらの著書からいくつかの文章を選んで訳出したこの論集でも、彼のそのような身のこなしを、日本の読者は充分感知してくれるだろう。

この論集を日本で翻訳・刊行する計画は、キム・ミョンイン氏が早稲田で講演会を行ったときからすでに本格的に進んでいた。彼を早稲田に呼んだ金應教氏も、この私を強く訳者として推してくれて、早稲田から韓国へ職場を移した後も心からの支援と激励を惜しみなく送ってくれた。にもかかわらず刊行が遅れたのは、ひとえに雑務にかまけて訳稿の完成を引き延ばしにしてきたこの訳者の怠慢のせいである。だが、藤原書店社長の藤原良雄氏は、このような訳者につねに声援を下さり、本書の刊行まできめ細やかな配慮を下さった。氏のご厚意はいつもありがたかった。心から感謝差し上げたい。また、藤原書店の編集者として、最初、本書を担当しながら訳者を激励し、また後に他の職場に移られてからも声援を送り続けてくれた編集者の西泰志さんにも感謝申し上げたい。それから実際に本書の編集にあたられた藤原書店編集部の小枝冬実さんのきめ細やかな配慮もありがたかった。本書は氏の功労の賜物である。やはり記して感謝差し上げたい。

二〇一四年三月

渡辺　直紀

韓国民主化関連年表（一九四五～二〇一四）

＊民主化運動記念事業会研究所編『韓国民主化運動史年表』（民主化運動記念事業会／ソニン、二〇〇六）や民主化運動記念事業会（韓国）ホームページ（http://www.kdemo.or.kr）「史料で学ぶ民主化運動」などを参考にした。

＊上段のゴシック体は特に民主化と関連する事項。

作成・渡辺直紀

年	韓国	世界・日本の動き
一九四五	8・15 **光復（日本の植民地からの解放）、日本が連合軍に無条件降伏** 8・15 朝鮮建国準備委員会を結成 9 米軍上陸、軍政宣布 10 李承晩アメリカから帰国 11 金九など臨時政府一行帰国	
一九四六	3 北緯三八度線以北で土地改革 10 **大邱民衆蜂起**	
一九四七	5 三八度線以北から以南への越境者急増	8・15 インド独立、インドとパキスタンの分離
一九四八	4・3 **済州島四・三事件** 5・10 三八度線以南、単独選挙実施 8・15 大韓民国樹立、初代大統領に李承晩選出	6・24 ベルリン封鎖始まる

	9・7 反民族行為処罰法成立 9・9 朝鮮民主主義人民共和国樹立 9・29 反民族行為特別調査委員会（反民特委）組織 10・29 麗水・順天反乱事件	
一九四九	2 李承晩大統領、反民特委の活動を批判 6・26 金九暗殺 10・4 反民特委廃止	4・4 NATO発足 10・1 中華人民共和国成立
一九五〇	6・25 朝鮮戦争勃発 7・26 老斤里（ノグンニ）事件（朝鮮戦争中の韓国で米軍が良民虐殺） 9・15 国連軍仁川上陸 10・25 中国軍が朝鮮戦争に参戦	
一九五二	1・18 李承晩ライン設定	4・28 サンフランシスコ講和条約・日米安全保障条約発効
一九五三	7・27 朝鮮戦争休戦協定調印	3・5 スターリン死亡
一九五四		3・1 第五福竜丸事件
一九五五		5・14 ワルシャワ条約機構結成
一九五六	8・30 北朝鮮、最高指導者・金日成の個人崇拝や工業政策を批判（八月宗派事件）	2・25 フルシチョフによるスターリン批判
一九五八		8 中国、大躍進・人民公社運動を開始

一九五九		1・1 キューバ革命 9・30 中ソ対立表面化 12・14 在日朝鮮人の北朝鮮への帰還事業始まる
一九六〇	3・15 大統領選挙 4・19 四・一九学生革命（大統領選挙の不正に対する反対運動、「血の火曜日」） 4・26 李承晩が下野、ハワイ亡命 8 尹潽善、大統領に就任、張勉内閣成立	5・19 日米新安保条約を強行可決。安保闘争激化（日本）
一九六一	5・16 朴正煕陸軍少将による軍事クーデタ 7・4 反共法公布	1・20 ジョン・F・ケネディが米大統領に就任 8・13 東ドイツが東西ベルリンの境界を封鎖
一九六二		1・11 中国、毛沢東が大躍進政策の失敗を認める 10・22 ケネディ米大統領、キューバ海上封鎖を表明（キューバ危機）
一九六三	10 第五代大統領に朴正煕当選	11・22 ケネディ米大統領暗殺
一九六四	6・3 全国で日韓会談反対デモ。政府はソウル一円に非常戒厳令を宣布 8・14 人民革命党事件（第一次） 10 韓国、ベトナム派兵協定	

一九六五	2・16 韓日協定調印反対闘争（〜6・22／その後、批准反対闘争、批准無効化闘争として8月末まで継続） 6 日韓基本条約締結、日韓国交正常化	2・7 米空軍の北ベトナム爆撃開始 2・21 米、黒人運動指導者マルコムX暗殺 11・10 中国、文化大革命開始 12 フィリピンでマルコス大統領が就任、独裁国家体制を築く
一九六七	7・8 韓国中央情報部（KCIA）が東ドイツで北朝鮮大使館と接触した一九四名の韓国人を逮捕と発表（東ベルリン事件）	6・5 第三次中東戦争。6・11に戦闘終結。イスラエル占領地域は四倍以上に
一九六八	1・21 北朝鮮の武装ゲリラがソウルに侵入（青瓦台襲撃未遂事件） 1・22 北朝鮮、プエブロ号事件 12・17 三選改憲反対闘争（〜六九年10・17）	1・5 チェコでアレクサンデル・ドゥプチェクが共産党第一書記に（プラハの春始まる） 4・4 マーティン・ルーサー・キング暗殺 5・21 フランスでゼネスト。五月革命始まる 8・20 ワルシャワ条約機構軍がチェコに軍事介入（チェコ事件） 11・5 リチャード・ニクソン共和党候補が米大統領選挙で当選 12・22 文化大革命、下放運動
一九六九	3 金寿煥、韓国人で最初の枢機卿に選出される 10・17 三選改憲案が国民投票で可決	3・2 中ソ国境紛争（珍宝島事件／ダマンスキー島事件）勃発

一九七〇	6・2 雑誌『思想界』筆禍事件（金芝河の詩「五賊」掲載） 9 『思想界』強制廃刊 11・13 ソウルの平和市場で全泰壱が労働条件改善を訴えて焼身自殺	3・31 日航機よど号ハイジャック事件
一九七一	2・12 『タリ』誌筆禍事件 4・27 朴正熙、金大中を破り大統領三選 8・23 実尾島事件。韓国の実尾島で訓練を行っていた特殊部隊員が叛乱	6・17 沖縄返還協定の調印式挙行
一九七二	7・4 南北共同声明 10・17 **朴大統領、全国に非常戒厳令（一〇月維新）** 12・25 北朝鮮最高人民会議、社会主義新憲法採択。金日成が国家主席に 12・27 朴正熙、大韓民国第八代大統領に就任	2・19 連合赤軍あさま山荘事件 2・21 ニクソン米大統領訪中 5・15 沖縄返還 5・30 イスラエルのテルアビブ空港で日本赤軍銃乱射事件 6・17 ウォーターゲート事件発覚 9・29 田中首相訪中、日中国交正常化の共同声明 12・21 東西ドイツ相互承認
一九七三	8・8 金大中が東京で韓国中央情報部の工作員に拉致される（金大中事件）	1・27 ベトナム和平協定調印 2・14 円ドル変動相場制に 10・16 第四次中東戦争・石油危機 9・18 東西ドイツ国連加盟
一九七四	2・21 文人スパイ団事件 4・3 民青学連事件 4・25 人民革命党事件（第二次）	1・1 NAFTA発効 4・25 ポルトガルで軍事クーデター

	8・15 文世光事件（陸英修大統領夫人が狙撃され死亡） 10・24 東亜日報の記者ら「自由言論実践宣言」採択 11・18 自由実践文化協議会「文学人一〇一人宣言」 12・23 東亜日報に広告弾圧	8・8 ウォーターゲート事件でニクソン米大統領辞任 11 トルコ共和制移行が決定
一九七五	3・6 東亜日報、朝鮮日報記者解職事態 5・13 緊急措置九号を発動（反政府活動の全面禁止） 11・22 韓国で「学園浸透スパイ団事件」。徐勝他一八人の留学生が国家保安法違反容疑で逮捕される	4・30 サイゴン陥落、ベトナム戦争終結 8・4 クアラルンプール事件。日本赤軍がクアラルンプールのアメリカ大使館を占拠 11・22 フランコ将軍死去（スペイン）。王政復古
一九七六	3・1 尹潽善、金大中らが「民主救国宣言」	7・2 ベトナム社会主義共和国成立（南北ベトナム統一） 9・9 毛沢東死去 11・2 カーター（民主党）が米大統領選挙で当選
一九七八	2・24 咸錫憲ら「三・一民主宣言」	一九七八年憲法の制定により民主化（スペイン） 3・26 成田空港管制塔占拠事件 4・28 アフガニスタン紛争が始まる
一九七九	8 YH貿易の女子工員が警察に強制排除 10・16 釜山で反政府デモ。釜山に非常戒厳令宣告。馬山などに拡大（釜馬民主抗争）。	1 ポル・ポト政権崩壊（カンボジア） 2〜3 中越戦争

	10・26 朴大統領、金載圭中央情報部長に射殺される 12・12 全斗煥、盧泰愚ら新軍部が武力で政治実権を掌握（粛軍クーデタ）	2・1 イラン革命 3・28 米スリーマイル島原発事故 5・4 サッチャー（保守党）が英首相に就任
一九八〇	4・14 全斗煥、中央情報部長代理に就任 5・3 全国民主労働者連盟結成 5・15 ソウル南大門一帯に学生デモ隊二〇万人集結 5・17 政府が戒厳令を全国に拡大 5・18 光州で学生・市民が大規模な蜂起（光州民主化闘争／〜5・27） 7・4 金大中内乱陰謀事件 8・16 崔圭夏大統領退陣 8・27 全斗煥、第一一代大統領に選出 9 軍法会議が金大中に死刑、文益煥に懲役刑判決 11 言論統廃合措置 12・11 霧林事件	7・19 モスクワオリンピック 9・17 ポーランドで独立自主管理労働組合「連帯」結成 11・4 レーガン（共和党）が米大統領選挙で当選
一九八一	2・27 全国民主化学生連盟結成 3・3 全斗煥、第一二代大統領に選出 9・30 八八年オリンピック、ソウル開催決定	6・29 中国、文化大革命を否定 10・6 エジプト・サダト大統領暗殺
一九八二	1・5 夜間外出禁止令解除 3・18 釜山アメリカ文化院放火事件（のちに大統領になる盧武鉉も被告側弁護人を担当） 12・23 金大中の刑執行停止、病気治療を名目に渡米	4・2 フォークランド紛争勃発

一九八三	1・11 中曽根首相、現職首相として韓国初訪問 9・1 大韓航空機、ソ連によって撃墜される 9・30 民主化運動青年連合結成 10・9 ビルマのアウンサン廟テロ事件(ラングーン事件)	8・21 フィリピンのベニグノ・アキノ元上院議員暗殺 11・9 レーガン米大統領来日
一九八四	8・30 全斗煥訪日反対運動 9・6 全斗煥大統領、韓国元首として日本初公式訪問 9・17日 ソウル大生スパイリンチ事件	
一九八五	2・8 金大中がアメリカから帰国後、軟禁 3・29 民主統一民衆運動連合が結成 5・23 ソウルアメリカ文化院占拠籠城事件（学生らが光州事件に対する米国政府の謝罪などを要求） 9 南北故郷方問題、ソウルと平壌を訪問	1・20 レーガン米大統領二期目開始 3・11 ゴルバチョフがソ連共産党書記長に就任
一九八六	5・3 仁川五・三抗争（直選制改憲一千万署名運動が学生運動圏および警察の暴力的鎮圧で中止） 9・20 第一〇回アジア競技大会ソウル開催、中国代表団参加	2・22 マルコス政権崩壊、第四共和国体制樹立（フィリピン） 4・26 ソ連チェルノブイリ原発事故
一九八七	1・14 ソウル大生・朴鍾哲が警察の拷問で死亡 2・12 『韓国民衆史』事件 4・13 全斗煥大統領、年内の改憲論議中止と現行憲法による大統領選挙（間接選挙制）実施を表明（四・一三護憲措置） 6・9 延世大学生・李韓烈死亡事件 6・10 六月民主抗争（大統領直選制改憲のための国民運動が高揚）	

年	韓国	世界
	6・29 盧泰愚が民主化宣言（大統領直選制の受入） 7～9 労働者大闘争 11・29 大韓航空機、ビルマ上空で爆破される（12・2 金賢姫逮捕） 12・16 盧泰愚が第一三代大統領に選出	
一九八八	5・21 労働法改正闘争 6・7 全国労働運動団体協議会が結成 6・10 南北学生会談が頓挫 9 ソウルオリンピック開催 9・20 全国民族民主運動連合が結成 10・30 全国農民団体協議会が結成 11 全斗煥政権の不正、光州民主化闘争の真相究明。謝罪し江原道・百潭寺に隠遁	1・1 ソ連、ペレストロイカ開始 4・14 ソ連軍、アフガニスタン撤退合意 8・7 反政府デモ拡大 9 軍部クーデター（ビルマ） 11・8 ジョージ・ブッシュが米大統領選挙で当選
一九八九	2 韓国が東欧圏で初めてハンガリーと国交樹立 2・28 ソウル地下鉄労組がストライキ 3・20 作家・黄皙暎が平壌訪問 3・25 文益煥牧師が平壌訪問 6・30 平壌世界青年学生祝典に出席のため林秀卿（全大協代表）が平壌訪問 11・12 南韓社会主義労働者同盟事件	1・7 昭和天皇死去 6・4 天安門事件 6・18 ポーランド議会選挙で「連帯」圧勝。東欧革命のさきがけ 7・20 スーチー女史を自宅軟禁（ビルマ） 8・19 ハンガリーからオーストリアへの亡命者が続出 11・9 ベルリンの壁崩壊（ドイツ） 12・3 ブッシュ米大統領とゴルバチョフソ連最高会議議長が冷戦終結を宣言（マルタ会談）

		12・22 ルーマニアのチャウシェスク政権崩壊
一九九〇	9 ソウルで第一次南北首相会談開催 9 韓国がソ連と国交樹立	2・11 ネルソン・マンデラが二七年ぶりに釈放 3・15 ゴルバチョフがソ連初代大統領就任 8・2 イラク、クウェート侵攻 10・3 東西ドイツ統一 10・15 ゴルバチョフ・ソ連大統領がノーベル平和賞受賞
一九九一	4・26 明知大学生・姜慶大殴打致死事件 9 南北朝鮮が国連に同時加入	1・17 多国籍軍のイラク空爆開始、湾岸戦争勃発 7・1 ワルシャワ条約機構解体 9・6 ソ連、バルト三国の独立承認 12・25 ソ連崩壊、ゴルバチョフ大統領辞任
一九九二	8 韓国が中華人民共和国と国交樹立 9・2 MBC労組、公正放送争取ストライキ 12 金泳三が第一四代大統領に選出	4・7 ボスニア・ヘルツェゴビナ紛争 4・27 ユーゴスラビア社会主義連邦共和国解体 4・29 アメリカのロサンゼルスでロス暴動発生 11・1 欧州連合（EU）発足

一九九三		1・1 チェコスロバキアが連邦を解消。チェコとスロバキアに分離 1・13 米英仏軍、イラクのミサイル基地爆撃 1・20 クリントン米大統領が就任 11・1 欧州連合（EU）発足
一九九四	6・16 カーター元米大統領、金日成・北朝鮮主席と会談 7月 北朝鮮で金日成主席死去 10・21 北朝鮮核問題、米朝枠組合意 10・21 ソウル・聖水大橋崩落事故	5・10 ネルソン・マンデラが南アフリカ共和国初の黒人大統領に
一九九五	1・1 韓国、市郡合併で三三市が都農複合形態市として発足。「直轄市」を「広域市」に改称 6・27 地方自治制実施 6・29 ソウル・三豊百貨店崩落事故 11・16 盧泰愚前大統領を逮捕 12・3 全斗煥前大統領を逮捕	1・17 阪神淡路大震災（日本） 3・20 地下鉄サリン事件（日本）
一九九六	3 一二・一二事件（一九七九）および光州事件（一九八〇）に関する公判開始 8月 同事件と関連して、全斗煥被告に死刑、盧泰愚被告に懲役二二年六か月の実刑判決 9・18 北朝鮮の潜水艦が江原道・江陵沿岸に侵入 12月 韓国が国連経済協力開発機構（OECD）に加盟	11・5 ビル・クリントンが米大統領選で再選

一九九七	4 同事件と関連して、大法院で、全斗煥被告に無期、盧泰愚被告に懲役一七年の実刑判決 12 金大中が第一五代大統領に選出	7・1 香港返還 7・2 タイ政府の変動相場制導入でアジア通貨危機始まる 11・21 IMF金融危機
一九九八	10・8 金大中大統領、日本訪問	
二〇〇〇	6・15 金大中・金正日が平壌で史上初の南北首脳会談を開催、六・一五共同宣言発表 10・13 金大中大統領、ノーベル平和賞受賞	フォックス大統領就任、一党独裁体制終わる（メキシコ）
二〇〇一	2・19 大宇自動車富平工場に機動隊突入、労組員ら排除 6・3 暁星蔚山工場に警官突入	1・20 ジョージ・W・ブッシュが米大統領に就任 9・11 アメリカ同時多発テロ事件
二〇〇二	5・31 日韓ワールドカップ開催（～6・30）韓国4位 6・13 議政府米軍装甲車女子中学生轢死事件 6・29 黄海上で南北警備艇軍事衝突(第二延坪海戦) 8・15 女子中学生追悼と主権回復のための人間の鎖市民集会 11・20 米軍事裁判で米兵に無罪判決 12・7 ソウル市民、米大使館前でろうそくデモ 12・19 盧武鉉が第一六代大統領に選出 12・21 ろうそくデモ、米大使館を包囲	5・8 北朝鮮の脱北者が中国・瀋陽の日本国総領事館に駆け込む 9・17 小泉首相、北朝鮮訪問。北朝鮮が日本人拉致問題を公式に認める 10・15 北朝鮮に拉致された日本人五人が帰国
二〇〇三	6・6 盧武鉉大統領、国賓として来日、天皇と会見（～9日）	1・10 北朝鮮が核拡散防止条約（NPT）脱退を宣言 3・19 米英、イラク侵攻作戦開始

二〇〇四	3・12 盧武鉉大統領弾劾訴追が国会通過	11・11 パレスチナ解放機構のアラファト議長死去
二〇〇五		1・20 ブッシュ米大統領が二期目就任
二〇〇六	10・9 北朝鮮、地下核実験に成功	
二〇〇七	1・23 人民革命党事件に対して大法院が無罪宣告 10 盧武鉉大統領と金正日国防委員長が第二回南北首脳会談 12 李明博が第一七代大統領に選出	
二〇〇八	2・10 韓国・ソウルの南大門が火災、全焼 5・2 米国産輸入牛肉の全面開放反対運動 5・29 韓米FTA批准同意案などが廃案 6・10 反対運動が最大規模（ろうそくデモ） 6・19 李明博大統領謝罪談話 7・11 北朝鮮の金剛山で韓国人観光客射殺される 12・1 北朝鮮、南北間通行を大幅制限	5・12 中国、四川大地震 8・8～8・24 北京オリンピック 9・15 リーマンブラザーズ破綻、世界的金融危機 11・4 バラク・オバマ（民主党）が米大統領選で当選
二〇〇九	1・20 龍山惨事（再開発に反対し籠城した住民が警官隊と衝突、双方に死亡者） 4・22 韓米FTA批准案が国会通過 4・26 検察、不正資金疑惑と関連して盧武鉉前大統領に出頭要請 4・30 検察、盧前大統領を調査 5・26 盧前大統領自殺 5・29 盧前大統領国民葬 7・1 非正規職法施行	8・4～8・5 クリントン元米大統領が北朝鮮を非公式に訪問 9・16 日本で民主党政権成立 10・9 オバマ米大統領がノーベル平和賞を受賞

	7・22 メディア三法（新聞法、インターネットマルチメディア放送事業法、放送法）強行採決 8・6 双龍自動車労合スト突入 8・18 金大中元大統領が肺炎で死亡 8・23 金大中元大統領国葬	8・4〜8・5 クリントン元米大統領が北朝鮮を非公式に訪問 9・16 日本で民主党政権成立 10・9 オバマ米大統領がノーベル平和賞を受賞
二〇一〇	3・26 天安艦沈没事故 9 北朝鮮で金正恩後継体制確立 11・23 延坪島砲撃事件	
二〇一一	7 平昌二〇一八冬季五輪誘致決定 11・22 韓米FTA批准 12 北朝鮮で金正日国防委員長死去 12・1 綜合編成チャンネルスタートで対抗運動激化	1・31 初の連邦議会開幕、軍政に終止符（ビルマ） 3・11 東日本大震災。福島第一原子力発電所事故（日本）
二〇一二	4・11 北朝鮮で金正恩が朝鮮労働党の第一書記に就任。13日に国防委員会第一委員長にも就任 12 朴槿恵が第一八代大統領に選出	12・16 野田内閣総辞職。再び自民党政権に。
二〇一三	12・8 北朝鮮で張成沢国防副委員長が粛清される	
二〇一四	4・16 旅客船セウォル号沈没事故	

著者紹介

金明仁（キム・ミョンイン）

韓国・仁荷大学校師範大学国語教育科教授。文芸評論家・コラムニスト・季刊『黄海文化』編集主幹。1958年韓国・江原道生まれ。ソウル大国文科、仁荷大大学院卒。文学博士。ソウル大学在学中から非合法学生運動グループに関与し、1979年に大統領緊急措置9号違反で、1980年に反共法および戒厳布告令違反で投獄され、1983年の光復節仮釈放で出所した経験がある。その後、いわゆる「民族文学主体論争」の論客として1980年代の中盤から後半にかけて韓国で繰り広げられた各種の文学論争をリードする一方、1990年代には金洙暎や趙演鉉など、韓国近現代文学に関する論文や著書を数多く発表した。著書に『希望の文学』（1990）、『眠れぬ希望』（1997）、『火をさがして』（2000）、『金洙暎――近代への冒険』（2002）、『自明なものとの決別』（2004）、『趙演鉉――悲劇的世界観とファシズムとのあいだ』（2004）、『幻滅の文学、背反の民主主義』（2007）、『内面散策者の時間――キム・ミョンインのロンドン日記』（2012）、などがある。

訳者紹介

渡辺直紀（わたなべ・なおき）

武蔵野大学人文学部教授。1965年東京生まれ。慶応大政治学科卒。出版社など勤務ののち1994年より渡韓。東国大大学院国語国文学科博士課程修了。高麗大教員を経て2005年より武蔵大に勤務。共著に『戦争する臣民、植民地の国民文化——植民地末朝鮮の言説と表象』（韓国・ソミョン出版、2010）、『移動のテキスト、横断する帝国』（韓国・東国大学校出版部、2011）、『近代韓国、「帝国」と「民族」の交差路』（韓国・本とともに、2011）などが、共訳に『韓国の近現代文学』（法政大学出版局、2001）などがある。

闘争《とうそう》の詩学《しがく》　民主《みんしゅ》化《か》運動《うんどう》の中《なか》の韓国文学《かんこくぶんがく》

2014年6月30日　初版第1刷発行©

訳　者　渡　辺　直　紀

発行者　藤　原　良　雄

発行所　株式会社　藤　原　書　店

〒162-0041　東京都新宿区早稲田鶴巻町523
電　話　03（5272）0301
FAX　03（5272）0450
振　替　00160 - 4 - 17013
info@fujiwara-shoten.co.jp

印刷・製本　中央精版印刷

落丁本・乱丁本はお取替えいたします
定価はカバーに表示してあります

Printed in Japan
ISBN978-4-89434-974-2

"光州事件"はまだ終わっていない

光州の五月

宋 基淑
金松伊訳

一九八〇年五月、隣国で何が起きていたのか？　そしてその後は？　現代韓国の惨劇、光州民主化抗争（光州事件）。凄惨な現場を身を以て体験し、抗争後、数百名に上る証言の収集・整理作業に従事した韓国の大作家が、事件の意味を渾身の力で描いた長編小説。

四六上製　四〇八頁　**三六〇〇円**
（二〇〇八年五月刊）
◇978-4-89434-628-4

激動する朝鮮半島の真実

朝鮮半島を見る眼

（「親日と反日」「親米と反米」の構図）

朴一

対米従属を続ける日本をよそに、変化する朝鮮半島。日本のメディアでは捉えられない、この変化が持つ意味とは何か。国家のはざまに生きる「在日」の立場から、隣国間の不毛な対立に終止符を打つ！

四六上製　三〇四頁　**二八〇〇円**
（二〇〇五年一一月刊）
◇978-4-89434-482-2

「在日」はなぜ生まれたのか

歴史のなかの「在日」

藤原書店編集部編
上田正昭＋杉原達＋姜尚中＋朴一／金時鐘＋尹健次／金石範　ほか

「在日」百年を迎える今、二千年に亘る朝鮮半島と日本の関係、そして東アジア全体の歴史の中にその百年の歴史を位置づけ、「在日」の意味を東アジアの過去・現在・未来を問う中で捉え直す。

四六上製　四五六頁　**三〇〇〇円**
（二〇〇五年三月刊）
◇978-4-89434-438-9

津軽と朝鮮半島、ふたつの故郷

ふたつの故郷《ふるさと》

（津軽の空・星州《ソンジュ》の風）

朴 才暎

雪深い津軽に生まれ、韓国・星州（ソンジュ）出身の両親に育まれ、二十年以上を古都・奈良に暮らす——女性問題心理カウンセラーとして活動してきた在日コリアン二世の、初のエッセイ集。「もしいまの私に"善きもの"があるとすれば、それは紛れもなく、すべてあの津軽での日々に培われたと思う。」

四六上製　二五六頁　**一九〇〇円**
（二〇〇八年八月刊）
◇978-4-89434-642-0

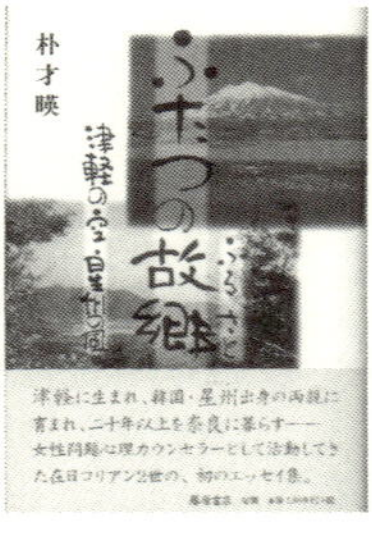

"女"のアルジェリア戦争

墓のない女

A・ジェバール
持田明子訳

植民地アルジェリアがフランスからの独立を求めて闘った一九五〇年代後半。「ゲリラの母」と呼ばれた女闘士〝ズリハ〟の生涯を、その娘や友人のさまざまな証言をかさねてポリフォニックに浮かびあがらせる。マグレブを代表する女性作家(アカデミー・フランセーズ会員)が描く、〝女〟のアルジェリア戦争。

四六上製　二五六頁　**二六〇〇円**
(二〇一一年一一月刊)
◇978-4-89434-832-5

LA FEMME SANS SÉPULTURE　Assia DJEBAR

歩くことは、自分を見つめること

ロング・マルシュ　長く歩く

(アナトリア横断)

B・オリヴィエ
内藤伸夫・渡辺純訳

シルクロード一万二千キロを、一人で踏破。妻を亡くし、仕事を辞した初老の男。歩く――この最も根源的な行為から得るものの豊饒！　本書ではイスタンブールからイランとの国境付近まで。

四六上製　四三二頁　**三二〇〇円**
(二〇一三年六月刊)
◇978-4-89434-919-3

LONGUE MARCHE I　Bernard OLLIVIER

世界の注目を集める現代韓国作家

生の裏面

李承雨
金順姫訳

「小説を書く」とは何を意味するのか？　極めて私的な小説でありながら、修飾を排した簡潔な文体と入れ子構造を駆使した構成で、形而上学的探求と小説を書く行為を作品自体において見事に一体化させた傑作。ノーベル賞作家ル・クレジオ氏が大絶賛！

四六変上製　三四四頁　**二八〇〇円**
(二〇一一年八月刊)
◇978-4-89434-816-5

フランスで絶賛された傑作

植物たちの私生活

李承雨
金順姫訳

世界で話題の韓国作家、李承雨の『生の裏面』に続く邦訳第二弾。「すべての木は挫折した愛の化身だ……」――この言葉をキーワードに、スリリングに展開する美しい物語。仏・独・伊・西語で翻訳が進行中の話題作の完訳。

四六変上製　二九六頁　**二八〇〇円**
(二〇一二年五月刊)
◇978-4-89434-856-1

半島と列島をつなぐ「言葉の架け橋」

「アジア」の渚で

（日韓詩人の対話）

高銀・吉増剛造

序＝姜尚中

民主化と統一に生涯を懸け、半島の運命を全身に背負う「韓国最高の詩人」、高銀。日本語の臨界で、現代における詩の運命を孤高に背負う「詩人の中の詩人」、吉増剛造。「海の広場」に描かれる「東北アジア」の未来。

四六変上製　二四八頁　**二二〇〇円**

（二〇〇五年五月刊）

◇978-4-89434-452-5

韓国が生んだ大詩人

高銀詩選集

いま、君に詩が来たのか

金應教編

高銀

青柳優子・金應教・佐川亜紀訳

自殺未遂、出家と還俗、虚無、放蕩、耽美。投獄・拷問を受けながら、民主化・統一に生涯をかけ、朝鮮民族の運命を全身に背負うに至った詩人。やがて仏教精神の静寂を、革命を、民衆の暮らしを、民族の歴史を、宇宙を歌い、遂にひとつの詩それ自体となった、その生涯。**［解説］崔元植［跋］辻井喬**

Ａ５上製　二六四頁　**三六〇〇円**

（二〇〇七年三月刊）

◇978-4-89434-563-8

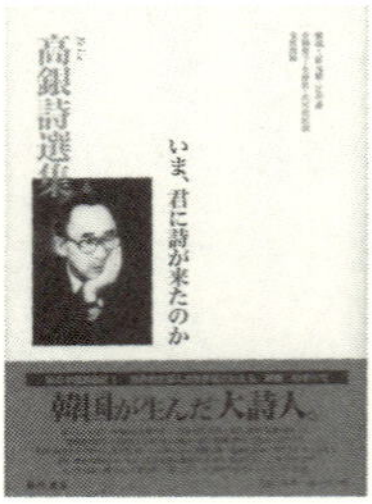

失われゆく「朝鮮」に殉教した詩人

空と風と星の詩人
尹東柱《ユンドンジュ》評伝

宋友恵

愛沢革訳

一九四五年二月一六日、福岡刑務所で（おそらく人体実験によって）二十七歳の若さで獄死した朝鮮人・学徒詩人、尹東柱。日本植民地支配下、失われゆく「朝鮮」に毅然として殉教し、死後、奇跡的に遺された手稿によって、その存在自体が朝鮮民族の「詩」となった詩人の生涯。

四六上製　六〇八頁　**六五〇〇円**

（二〇〇九年一一月刊）

◇978-4-89434-671-0

韓国現代史と共に生きた詩人

鄭喜成詩選集

詩を探し求めて

鄭喜成

牧瀬暁子訳＝解説

豊かな教養に基づく典雅な古典的詩作から出発しながら、韓国現代史の過酷な「現実」を誠実に受け止め、時に孤独な沈黙を強いられながらも「言葉」と「詩」を手放すことなく、ついに独自の詩的世界を築いた鄭喜成。各時代の葛藤を刻み込んだ作品を精選し、その詩の歴程を一望する。

Ａ５上製　二四〇頁　**三六〇〇円**

（二〇一二年一月刊）

◇978-4-89434-839-4

文化大革命の日々の真実

中国医師の娘が見た文革

（旧満洲と文化大革命を超えて）

張《チャン》 鑫鳳《シンフォン》

「文革」によって人々は何を得て、何を失い、日々の暮らしはどう変わったのか。文革の嵐のなか、差別と困窮の日々を送った父と娘。日本留学という父の夢を叶えた娘がいま初めて、誰も語らなかった文革の日々の真実を語る。

四六上製　三一二頁　**二八〇〇円**
（二〇〇〇年二月刊）
◇978-4-89434-167-8

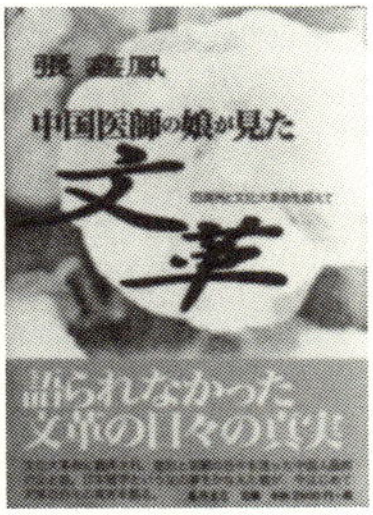

「朝鮮戦争」とは何だったのか？

歴史の不寝番《ねずのばん》

（「亡命」韓国人の回想録）

鄭 敬謨
鄭剛憲訳

多方面からの根拠のない嫌疑と圧力にも屈することなく南北双方に等距離を保ち、いかなる組織にも肩書きにも拠らずに「亡命」の地、日本に身を置く鄭敬謨。躯ひとつで朝鮮半島の分断に抵抗し続け、激動の現代史の数々の歴史的現場に立ち会いながら、志を貫いた、その生涯。

四六上製　四八八頁　**口絵一六頁**　**四六〇〇円**
（二〇一一年五月刊）
◇978-4-89434-804-2

小説のような壮絶で華麗な生涯

三生三世《さんしょうさんぜ》

（中国・台湾・アメリカに生きて）

聶《ニエ》 華苓《ホアリン》
島田順子訳

国共内戦の中を中国で逞しく生き抜き、戦後『自由中国』誌を通し台湾民主化と弾圧の渦中に身を置き、その後渡米し、詩人エングルと共にアイオワの地に世界文学の一大拠点を創出した中国人女性作家。その生涯から見える激動の東アジア二十世紀史。

四六上製　四六四頁　**口絵三二頁**　**四六〇〇円**
（二〇〇八年一〇月刊）
◇978-4-89434-654-3

「目に映る／通りを／道と／決めてはならない。」

金時鐘（1929-　）

1929年、朝鮮元山市生まれ。済州島で育つ。48年の「済州島四・三事件」に関わり来日。50年頃から日本語で詩作。在日朝鮮人団体の文化関係の活動に携わるが、運動の路線転換以降、組織批判を受け、離れる。兵庫県立湊川高等学校教員（1973-92）。大阪文学学校特別アドバイザー。詩人。詩集に『地平線』（1955）『日本風土記』（1957）長篇詩集『新潟』（1970）『化石の夏』（1998）『境界の詩　猪飼野詩集／光州詩片』（2005）他。評論集に『「在日」のはざまで』（1986）他、多数。

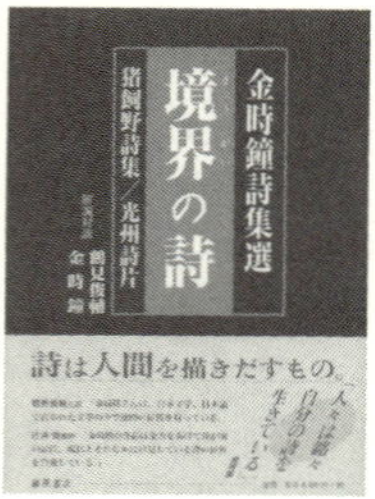

「人々は銘々自分の詩を生きている」

金時鐘詩集選
境界《きょうがい》の詩
〈猪飼野詩集／光州詩片〉

解説対談＝鶴見俊輔＋金時鐘

七三年二月を期して消滅した大阪の在日朝鮮人集落「猪飼野」をめぐる連作詩『猪飼野詩集』、八〇年五月の光州事件を悼む激情の詩集『光州詩片』の二冊を集成。「詩は人間を描きだすもの」（金時鐘）

〈補〉「鏡としての金時鐘」（辻井喬）

Ａ５上製　三九二頁　**四六〇〇円**　（二〇〇五年八月刊）
◇978-4-89434-468-6

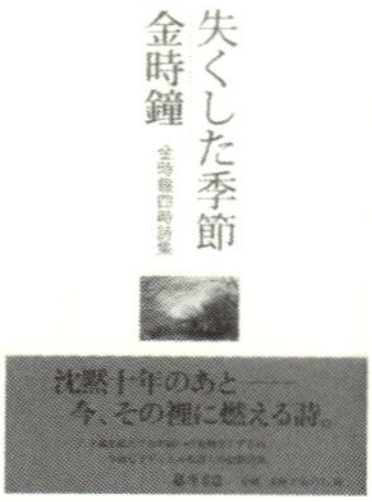

今、その裡に燃える詩

金時鐘四時詩集
失くした季節
金時鐘

「猪飼野詩集」「光州詩片」「長編詩集 新潟」で知られる在日詩人であり、思想家・金時鐘。植民地下の朝鮮で生まれ育った詩人が、日本語の抒情との対峙を常に内部に重く抱えながら日本語でうたう、四季の詩。『環』誌好評連載の巻頭詩に、十八篇の詩を追加した最新詩集。

第41回高見順賞受賞

四六変上製　一八四頁　**二五〇〇円**　（二〇一〇年二月刊）
◇978-4-89434-728-1

●**近刊**（タイトルは仮題）

金時鐘自撰コレクション（全9巻・別巻1）